前线谍影

水草 著

辽宁人民出版社

图书在版编目（CIP）数据

前线谍影 / 水草著.—沈阳：辽宁人民出版社，
2024.2
　　ISBN 978-7-205-10877-9

　　Ⅰ.①前… Ⅱ.①水… Ⅲ.①长篇小说－中国－当代
Ⅳ.①I247.5

　　中国国家版本馆CIP数据核字（2023）第196651号

出版发行：辽宁人民出版社
　　　　　地址：沈阳市和平区十一纬路25号　邮编：110003
　　　　　电话：024-23284300（发行部）
印　　刷：河北朗祥印刷有限公司
幅面尺寸：165mm×235mm
印　　张：16.5
字　　数：207千字
出版时间：2024年2月第1版
印刷时间：2024年2月第1次印刷
责任编辑：娄　瓴
助理编辑：辉俱含
封面设计：人马艺术设计·储平
版式设计：白　咏
责任校对：耿　珺
书　　号：ISBN 978-7-205-10877-9
定　　价：68.00元

谨以此书献给

曾经和正在为保卫祖国而战的战友

及广大爱国青年!

前 言
Preface

伟大的中国共产党在百年征程中，经受了历次革命战争的锤炼，不断发展壮大，从胜利走向胜利。尤其是在波澜壮阔的抗美援朝战争中，建立了不朽的功勋，谱写了一曲气壮山河的英雄赞歌。

70多年前，当帝国主义者的铁蹄即将踏入我国边境之际，在以毛泽东同志为代表的中国共产党的坚强领导下，数百万志愿军将士义无反顾地挺身而出，跨过鸭绿江入朝作战；广大热血青年走出校门，告别亲人，离开家乡，拿起武器跟随大部队奔向了战场。笔者曾经是其中的一员，亲历了战争的艰辛，也感受到了胜利的来之不易。

在现代战争中，除了正面开展军事行动外，谁占据了情报斗争的制高点，谁就控制了战争的主动权。在朝鲜战场上，美国动用了几乎所有的国家与军事的情报机构。当然，在这方面我们并不滞后，新民主主义革命时期，隐蔽斗争就是我军重要的斗争手段，传统情报手段在朝鲜战争中发挥了重要作用，取得了一系列战绩。

时光荏苒，自1950年10月中国人民志愿军出国作战已逾70年，但那血与火的岁月在亲历者的心中留下难以磨灭的印迹。为了追溯那令人难忘的年代，讴歌为捍卫和平而浴血奋战的战友们，缅怀血洒疆场的烈士们，也为了广大群众铭记历史，笔者以亲身经历为素材，描写了情报战线这一特定群体在战争乃至和谈中所发挥的特殊作用，并通过记述神秘的隐蔽斗争——情报战线上的故事，激励和鼓舞人们充满自信地坚决抵御一切敢于来犯之敌。

抗美援朝战争的伟大胜利，向全世界宣告：在中国海岸边架上两门大炮就能征服一个民族的时代，已经一去不复返了！

当年，中国人民志愿军以自己的生命和热血打破了帝国主义不可战胜的神话，从而创下了震撼世界的丰功伟绩。他们身上彰显出来的爱国主义精神、革命英雄主义精神、革命乐观主义精神、革命忠诚精神、国际主义精神，必将永远鼓舞着我国人民奋勇前进！

目 录
Contents

集结

第一章

美丽富饶的朝鲜，是我国的友好邻邦，仅一江之隔。那里山清水秀，土地肥沃，盛产水稻、苹果和金达莱；人民勤劳勇敢，男女老少乐观向上，人人能歌善舞。可是，由于惨遭战火硝烟的蹂躏，一个好端端的国家却失去了往日的繁荣景象。

朝鲜的冬天格外寒冷，雪下得特别大。一场大雪过后，满目皆白，远处一片迷茫，连绵起伏的山峦披上了一身白袍，广阔的稻田里也铺上了一层洁白的地毯，阳光映照在雪地上发出耀眼的光芒，让人睁不开眼睛。

1950年12月初，冰天雪地，炮声隆隆，空中不时传来飞机的轰鸣声和远处炸弹落地的爆炸声。此时，在新（义州）平（壤）公路上，有一支仅三四十人的中国人民志愿军小分队，正以单兵为伍沿着车辙的一侧，不时地绕过炸弹坑，迈着艰难的步伐向着前方开进。

这个小分队是一支特殊的队伍，有男有女、有老有少，虽然其中有不少人也背着乐器，看上去与文工团相似，但并非文工团。每人的装备几乎都是一样的，但与志愿军的其他部队明显不同的是头上戴着有檐栽绒帽，身穿白里儿朝外的棉大衣，背包也是白被里儿朝外打起来的，右肩斜挎着鼓鼓囊囊已褪了色的黄布挎包，腰间都扎着真牛皮的宽皮带，皮带上还别着一支小手枪；每人的枪套不同，有大的也有小的，有的还用彩色绸布包裹着，有的带着快枪套，枪管与枪把全裸露在外面；每个人的手上都拎着一个绿色的小木箱，而且大都穿着干部服，棉裤腿是马裤式的，棉大衣的后面带有开衩。由于帽子都压得很低，所以很难分清男女老少，只能从个头大小、走路的姿态辨别。一个个趔趄着走在雪地上，虽然走得并不整齐，但队伍里没有人说话，只有棉大头鞋踩在雪地上发出嘎吱嘎吱的响声，在队伍的前边有十来个身背匣子枪（装在木盒里的驳壳枪）或胸前挎着苏式转盘枪的人，那是在前边开道的警通排的战士们。

当这一支小分队走过去之后，没过多久，又有两支队伍相继从远处走来，这两支队伍的人数和着装与前一支都差不多，只是在这两支队伍中间都夹杂着一部分穿战士服的，棉裤腿不是马裤式的，而且大衣后边也没有开衩，手拎绿色小木箱的人也没有几个。第三支小分队的人数比前两支略多一点，也有十来个身背匣子枪和胸前挎着苏式转盘枪的警卫战士走在队伍的最后面。其实，这3支小分队，是由几个营级单位组成的同一个行军序列，他们同属于一个团队。指挥机关的首长赞誉他们是党的耳目、军队走夜路的灯笼，友邻部队说他们是一支神秘莫测的群体，老百姓说他们是个保密单位。敌人却把他们看作眼中钉、肉中刺，对他们恨之入骨，千方百计地防着他们并视为不共戴天、最可怕的仇敌。然而，他们却说自己"是在黑暗中探索光明的人"。这支部队，入朝以来大都住在群众家里，"打一枪换个地方"，随着志愿军总部的逐渐前移而不断地跟进，这已是赴朝后的第三次转移了。第一次是从盐州的仙台里（村）到宣川，第二次是从宣川到定州，这次转移是在我军于12月5日收复平壤以后，奉命从定州到博川境内的岩石洞，队伍头一次大摇大摆地白天行军，后面还有汽车满载给养和器材随着跟进。越往前走就越接近前线，虽然美军已被赶过了大同江，但前沿阵地上轰隆隆的炮声可听得越来越清楚了。

在美军入侵朝鲜后，毛主席高瞻远瞩，未雨绸缪，于1950年7月5日，决定加强边防建设。中央军委根据毛主席的提议，于7月7日调中国人民解放军第十三兵团组成东北边防军，所辖4个军、3个炮兵师，26万大军在辽南地区及鸭绿江沿岸筑起了一道铁壁铜墙,以防战争贩子悍然入侵我国领土。与此同时,中央军委总参谋部命令北京二局派出一支精干的工作队配属东北边防军。二局领导便立即着手组建起了207工作队,出发之前,戴局长根据局里所掌握的情报资料,先后给大家做了动员报告和形势教育,从朝鲜的历史情况讲到战争的起因以及战场上敌友双方的态势。

早在1910年日本入侵朝鲜后,迫使朝鲜签订了《日韩合并条约》,从而吞并了全朝鲜。1945年8月日本投降后,经同盟国协议,由美军、苏军分别对日军受降,并以北纬38度线为界,从此便形成了南北朝鲜的分裂格局。1948年8月15日,美军从朝鲜南部登陆进行军事占领,扶植李承晚为总统成立了大韩民国。同年9月9日,北朝鲜成立了以金日成为首相的朝鲜民主主义人民共和国。朝鲜政府主张,在没有任何外来势力干预下,举行全朝鲜民主普选,建立统一的中央政府,实现自主和平统一。可是,李承晚集团在美国的怂恿下,则坚持武力统一的政策。

1949年初,金日成就筹划南北统一,但深感手中兵力不足,便于5月派金一到中国送信给毛泽东,要求把入关的朝鲜族部队调入朝鲜。毛主席从维护社会主义阵营的利益,保卫新生的朝鲜民主政权的角度考虑,把解放战争中由东北延边朝鲜族组成的3个精锐师,携带全部装备,齐装满员地调入了朝鲜。于是,金日成将朝鲜人民军编成两个军。任命金雄为第一军军长,武亭为第二军军长。金雄曾任新四军二十二团参谋长;武亭早年毕业于张作霖时期的东北讲武堂,加入红军后参加过长征,长期在彭德怀领导下工作。

1950年5月,美国经济合作总署署长约翰逊宣称"以美国武器装备并由美国军事顾问团训练的南朝鲜军队10万官兵,已经完成准备,并能随时开始作战"。紧接着,美国国务院特别顾问杜勒斯在对南朝鲜军队检阅后讲话称"显示巨大力量的时候已经不远了"。与此同时,金日成也在加紧备战，并且正在策划必要时以武力解放全朝鲜，为此，金日成曾前往苏联与斯大林面谈，当时，斯大林为避免发生国际争端而决定苏联不直接卷入朝鲜事件，他告诫金日成，对南方采取军事行动，必须具备两个条件：一是美国不出兵干预；二是要有中国的支持。斯大林建议主动听取中国领导人的意见，以便得到中国的支持。然而，金日成由于过分自信美国不会冒险介入，并认为他已把从中国要去的3个师，扩编成了6个步兵师，自己有能力应付，而没有考虑斯大林的建议。在事先不通知中国的情况下，金日成于1950年6月25日发动了旨在统一全朝鲜的解放战争。毛主席获悉后，曾建议金日成要步步为营，稳扎稳打，并注意西海岸的防守。周恩来也提醒，要注意抢先占领各大港口，以防不测。

在金日成的指挥下，朝鲜人民军以破竹之势向三八线以南挺进。由于李承晚伪军不堪一击，朝鲜人民军越战越勇，而金日成对毛主席和周总理的提醒全然不顾，一味冒进。

李承晚伪军节节败退，不得不向美国求救。在美国决定出兵前，美驻日远东军总司令麦克阿瑟电告蒋介石准备参战。当时，蒋介石觉得打过鸭绿江去，从东北反攻大陆的时机到了，便复电麦克阿瑟积极要求出兵，并于6月26日命令第五十二军进入一级战备，随时准备出发。此举被杜鲁门制止。

朝鲜内战爆发的第三天，美帝国主义宣布武装援助南朝鲜，插足朝鲜内战，同时命令其海军第七舰队开入台湾海峡，插足中国领土台湾，公然干涉中国内政。

中国政府对美帝国主义侵略朝鲜和中国领土台湾的行径，表示了强烈的抗议。6月28日，毛泽东主席发表讲话指出："全世界各国的事务应由各国人民自己来管，亚洲的事务应由亚洲人民自己来管，而不应由美国来管。美国对亚洲的侵略，只能引起亚洲人民广泛的和坚决的反抗。"当年的政务院总理兼外交部长周恩来曾严重警告说："中国人民热爱和平，但是为了保卫和平，从不也永不害怕反抗侵略战争。中国人民决不能容忍外国的侵略，也不能听任帝国主义者对自己的邻人肆行侵略而置之不理。""我们不能坐视不顾，我们要管。"但是，美方情报部门没有准确地判断中国的公开信息并提供给上级，而导致最高层过分低估了中国人民的决心和力量，以为中国人软弱可欺，对我国政府多次发表的声明、警告不予理睬。当时的美国总统杜鲁门，认为中国出兵参战的"可能性很小""不足为患"，他们"赢定了"。7月7日，美国盗用联合国的名义，纠集附庸国的军队组织了由美国指挥的"联合国军"，任命美国驻日远东军的总司令麦克阿瑟为"联合国军总司令"，至此，战争的性质则由朝鲜内战转变成了由外部势力发动的侵朝战争。

朝鲜人民军于8月中旬，胜利进军到朝鲜半岛最南端的城市釜山附近，解放了南朝鲜90%的土地。美帝国主义为挽回败局，于9月15日出兵7万，在500架飞机、260艘军舰的配合下悍然于南朝鲜西海岸的仁川登陆。同时，调遣驻日美军从南部配合李承晚伪军进行反扑，造成朝鲜人民军腹背受敌的局面，由于后勤补给线被截断，使得一些部队弹尽粮绝，而不得不由进攻转为退却。

侵朝美军总司令麦克阿瑟说"中国人起而抵抗的可能性极为微小"，并部署"于感恩节前结束战争，占领全朝鲜"，而后很快便把部队推进到鸭绿江边。

戴局长的动员和形势报告使工作队的全体同志受到极大的鼓舞，个个义愤填膺，摩拳擦掌，昼夜兼程地开赴了前沿，进驻了当时的辽东省安东市镇江山（即现在的辽宁省丹东市锦江山）。在镇江山的西南角上，一片松林环抱中，有一栋三层的小洋楼，楼的东南角由上到下突出来呈圆柱形，在里边看是个圆形的房间，采光非常好，从日出到日落室内始终充满阳光。小楼前边有花园，后边有膳房和浴室，大门口有警卫、门房和车库；院子里的平地并不宽敞，就是大门口的一小片，充其量也不过一个篮球场那么大。其余地方都是山坡地，长满了奇形怪状的树木。这里的松树长得非常别致，已是深秋时节，墨绿色的松针仍然很茂密，树干虽不挺拔却很粗，主干从1米多高的地方就开始向横里长，枝杈很多，人可以躺在上面休息、看书。这里视线非常开阔，整个安东市尽收眼底，并且与朝鲜的新义州隔江相望。据说此处在伪满时期曾经是日本宪兵司令的官邸，在当时来讲可算是相当阔气的所在了。

207工作队是紧急组建起来，临时配属给东北边防军的，他们当中只有少数人是从同一个单位来的，而大多数人都是来自四面八方，互相并不熟悉。大家在北京集结后，便在工作队队长的率领下，乘着闷罐军列来到了祖国边陲重镇安东。当时，安东的军列车站就临时建在镇江山南麓的山脚下，下了火车走20多分钟，爬个山坡再穿过一条公路，就可以到达小洋楼大院，全队100多人都住在大院里。工作队的队长吴庆阳，是从苏北老区走出来的老革命，1938年就参加了新四军，先后当过报务员、机要员、通讯科长、侦察科长、副处长，对通讯与侦察业务非常精通；高高的个子、瘦瘦的身材、白皙的脸膛，乍一看上去很像个文化人，其实文化程度并不太高，顶多也不过是个初中生，尽管如此，一旦做起报告来却头头是道，马列主义、辩证法总挂在嘴边，让人听起来津津有味。副队长名叫周志远，是天津人，毕业于南开大学，曾在北平搞过地下工作，还在军调部当过英语翻译，到延安后曾在军政大学当过英语教员；人长得浓眉大眼、一副膀大腰圆的好身板儿，整个就是一个威武军人的形象，可是一说起话来软绵绵的满口天津味，其实，他才真是一位十足的文化人，精通英语并对西方文化很有研究，大家当面称呼他为周副队长，在背地里却都叫他"英美通"。队长和副队长都是团级干部，他俩的爱人都是军人，又都是工作队的机要员。这两个精明强干的女人在当机要员之前，都曾当过报务员，一人能干两人的活，既发报又译电。队长的爱人叫洪彩霞，也是从新四军出来的，待人热情，在同志们面前总有个老大姐样，因此，无论人前背后很多人都称呼她洪大姐；副队长的爱人是陕北人，名叫杨玉莲，虽然年龄不大，但也算得上是一位老资格，刚入伍就学报务，现在与洪彩霞两个人交替值班。

工作队里，除了两位团职和几位营级干部外，大部分都是"三大战役"前后入伍的不老不新的连排干部，很多人是来自华北军政大学、华东军政大学，用当年一句时髦的话说，这里就是"小知识分子成堆的地方"，其实，说句公道话，他们可都是有文化的热血青年！从华北军大来的人中，有的曾在清华大学学过机械制造，摆弄起电报机、搞个小发明什么的，可以说都是高手；有的对高等数学很有研究，摆弄起德国制造的西门子台式数码电动计算机和英国制造的密码机那也是行家里手；他们用自己的实践诠释了一句名言：知识就是力量！从华东军大来的一些人，不少是毕业于上海教会中学的，那都是英语说得呱呱叫的人。此外，在工作队进驻安东以后，从长春机要学校调来一些既懂朝鲜语又懂机要通讯的年轻人，清一色都是排级待遇，虽然年轻未经历过战争，语言却是他们的强项。就是这么一个简单的、战斗的群体，在抗美援朝战争中，宛如一把利剑刺进了敌人的胸膛，宛如顺风耳能知晓敌酋的对话，宛如潜望镜能洞悉敌指挥所里的作战方略，他们为正义战争的胜利，做出了无可替代的贡献，为祖国和人民立下了不可泯灭的丰功伟绩。

出国

第二章

由于美帝国主义者的入侵，金日成难以招架了，便于1950年10月1日，以朝鲜劳动党和朝鲜政府的名义紧急向中国政府提出请求，出兵协助抗击美帝国主义者的侵略行径。党中央于10月8日做出了"抗美援朝、保家卫国"的重大战略决策，将东北边防军改编成为中国人民志愿军，任命彭德怀为司令员兼政治委员，并命令"迅即向朝鲜境内出动"。

与此同时，207工作队也跟着改名为中国人民志愿军207工作队。全队上上下下群情激昂，一连几天都忙着出国前的准备，先党内后党外地层层开会动员、宣誓、表决心。人们纷纷合影留念；一些政治敏感性较强、积极要求上进的同志，纷纷写入党申请书，争取火线入党；一些喜欢读书的同志急忙跑书店买书；一些爱干净的也少不了要去逛商店储备点香皂、牙粉、搽手油、肥皂什么的。当时，上级宣布了规定：一律暂停写信。因此，上街只是买东西谁也不敢发信，凡是老兵都知道，这是部队开拔之前，必须遵守的一条纪律。这对老同志来说，早已是习以为常的事儿了，可是，一些从大城市来的新同志就感到别扭，似乎通信自由都受到了限制。因为刚调来安东不久，才给家里写过信，尚未收到回信，部队就要开拔了，家里来信收不到咋办？于是，一些明白事理的老同志便负责安抚教育，有针对性地进行思想工作。

每个星期一的上午，工作队都要召开行政办公会议，会议的成员有两位队长、管理股的杨股长、柳协理员、战情股的杜股长、分析股的宋股长、报务股的柴股长、话务股的廖股长、技术保障股的万股长，还有业务参谋鲁明和政治干事雷鸣。由于这是出国前的最后一次行政办公会议,所以会议内容都围绕着出国前后的工作安排进行的。主要讨论了出发前的准备工作、出发时间及行军序列、具体要求等问题,会议决定大部队开拔后,在安东仍设有留守处,一方面为了确保工作队与上级联系,一方面保障后勤补给,也便于部队行军期间保持工作的连续性。由管理股杨股长负责统一指挥,队里唯一的一辆嘎斯51汽车,专门负责往前方运送给养;洪彩霞和杨玉莲两人,一个在留守处,一个随大部队走,专门负责前后方的通联工作。

207工作队自7月进驻安东镇江山以来,各方面的信息获得不少,为统率机关源源不断地提供了大量有价值的情报。除了及时电话通报外,经过编审并打印成《内线报告》《密息通报》《情况综合》等不定期的书面材料,上报总部二局、东北军区司令部情报部和东北边防军司令部情报部,后来由于强调时效性则改为主送志愿军司令部情报部,抄送总部二局和东北军区情报部。因此,曾不止一次地受到来自各个方面的好评及表扬,同时,也引起了各方面的重视和支持。

一天,一辆吉普车开到镇江山207工作队的门前,车上走下来一位身着干部服的军人,向门卫说明来意,门卫便打电话报告队里。不一会儿,业务参谋鲁明从楼上跑下来,看了来人出示的公文后,便将来人引领到了吴队长的办公室,说:"报告吴队长,志愿军司令部的达秘书来借人。"一边说着,一边把公文放在吴队长面前的办公桌上,然后招呼达秘书落座并倒茶。吴队长看完公文后,起立与达秘书握手表示欢迎。

"请问,需要什么样的人?"

"首长准备先期入朝,打算借两三名懂朝鲜语的报话员带着报话机跟随同行。"

　　吴队长听后，便叫鲁参谋通知雷干事，把长春机要学校新来的学员档案全拿来，请达秘书亲自挑选，吴队长说："请你选两名，我另外再派一名有经验一点的老同志，负责配合你。"看见达秘书点了头并接过档案，吴队长便叫鲁参谋找来话务股的廖股长，把这一情况告诉了他并要他派一个人出来，廖股长提出让孟昭生去，吴队长表示同意。此时，达秘书也选好了，点出了李德宝、金月容。吴队长便让人找来孟昭生、李德宝、金月容三人，当面交代了任务，并让廖股长同孟昭生具体研究了他们外出后与工作队的联络办法。然后，他们带上机器便随同达秘书出发了。

　　1950年11月1日0时，正值农历九月二十二日，一弯下弦月当空高照，中国人民志愿军207工作队整队出发。每个人全副武装，头上戴着用树枝扎的伪装，根据行军计划，按照预定的行军序列，分为3个梯队，在第一梯队的前面由警通排排长带着警卫一班和通讯班走在最前面负责开道，两位队长也走在他们当中。走在第三方队后面的是警卫二班，整个队伍的后边跟着一辆苏式嘎斯51卡车，载有给养和设备以及大家的棉大衣和零星用品，由协理员带车，另有几个警卫员负责押车并兼负收容任务。

　　出国前，于10月31日上午召开了总支委员会，进行了分工，管理股股长杨天喜带领留守人员马上进入工作，由报务股副股长耿立国带领第二梯队上岗值班，其他人员由各个股自己分头动员，立即进行出国准备，定于晚饭后停止一切活动进行假眠，0点准时出发。留守人员主要是管理股股长、文书、财会、军医、通信员、部分炊事人员、警卫三班以及机要员杨玉莲；第二梯队主要是身体较弱和年龄小的同志，在大部队行军期间，由他们担任值班，待前方开展工作后，第二梯队即完成任务，届时连人带装备一起乘车向前方转移。

早在几天前，出国的命令下达以后，工作队就编制了行军计划开始组织行军训练，此前，队里还专门利用早操时间进行体能训练，爬山、跑步、徒步行军；接到命令后，每天晚上，按时打起背包紧急集合沿着镇江山公路和铁路沿线进行夜行军训练，最后几天的训练还带上全部装备进入了市区，通过火车站广场到达鸭绿江大桥，然后返回营房，每次训练逐步增加时间和路程，从一口气走上一两个小时到两三个小时。

这段时间，最闹心的是杨玉莲，她总想参加行军训练，但洪彩霞不让去，因为她已是内定的留守人员，无须参加行军。起初，杨玉莲与洪彩霞两人都争着先出国。

"洪大姐，"杨玉莲说，"我看还是让我先过去吧！"

"那哪行呢！你的小亚平还那么小，"洪彩霞说，"不行，还是我先过去吧。"

"洪大姐！"杨玉莲坚持着，"你就让着我一点吧！还是我先去。"

"不行！"洪彩霞坚决不同意，"不是我不让你，你还在给孩子喂奶期间，怎么跟大部队行军啊？你听我的没错。"两人争执不下，谁也说服不了谁，最后还是两位队长拍了板，让杨玉莲留下来，因为她的孩子仍在哺乳期，而洪彩霞的孩子已经可以吃饭了，吴庆阳决定让他家的保姆帮助照看两个孩子；部队出发的当天杨玉莲需要长守听，以后改为定时通联，夜间不值班可以带孩子。

洪彩霞如愿能与丈夫一同奔赴战场了，感到多少能有个照应，虽然心里挺高兴的，但到了夜晚，尤其夜深人静时却难以入眠，看着一旁睡着的孩子，想到他刚刚断奶，才学会叫爸爸妈妈，一旦见不到爸妈他会哭闹的，多可怜呀！想着想着就睡了，刚睡着了突然被孩子的哭叫声惊醒，当打开灯看见小元朝这孩子仍在熟睡着，方知原来是个梦。

一大早，洪彩霞整理好一大包孩子的衣物和用品交给了保姆，然后到杨玉莲家，千谢万谢之后说："我的孩子小，一旦看不见爸妈，免不了会哭闹，少不了给你添麻烦的。请你多担待点吧！"说着说着就泪流满面，再也说不下去了，没等杨玉莲答话就转身离开了。

部队出发前的那天晚饭后，杨玉莲由于担心丈夫的胃病，生怕他到了战场上条件艰苦，因工作忙而不按时吃药，便找出一大盒胃药，拿着药走进洪彩霞的家门，把胃药交给了洪彩霞，说老周的胃不好还经常忘记吃药，托付洪彩霞提醒他按时吃药，边说边有意地亲近孩子，逗孩子玩。两个人都有各自的担心，一个担心孩子、一个担心丈夫，谁也说不好这场战争何时才能结束。她俩毕竟是经过战争考验的，比一般女人要坚强些，抹去眼泪之后又互相劝慰，互相鼓励，为了胜利而克服困难、努力工作，不给丈夫、不给部队拖后腿。杨玉莲觉得，此时部队已经假眠，不能再耽误洪彩霞休息，便抱起孩子说："元朝，咱跟妈妈再见！"然后与保姆一起带着孩子去玩了。

夜里，207工作队大踏步地通过了鸭绿江大桥，进入了异国他乡，走在朝鲜新义州的土地上，人们异常兴奋，有的不时地回头张望，仅仅一江之隔，江北是灯火通明，而江南则是漆黑一片。新义州在朝鲜来说本是一座名城，但这时的新义州，早已失去了往日的辉煌，由于惨遭战火的蹂躏，断壁残垣处处可见。人们见此情形，难免触景生情，这个说："我们若是不来抗美援朝，安东也免不了会像新义州这个样子啊！"那个说："自己真来对了，不管怎么说，也算是出了一次国！"有的人心气挺盛，毫无顾忌地只管大踏步地向前走着，也有人虽然在走着，但走上三步两步就一回头，深深地眷恋着祖国的大好河山。值星股长边走边喊着口令："一二一！一二一！"尤其是走在鸭绿江大桥上和走在新义州的市区内时，队列很整齐，人们也有精神，当远离了城区，江北的夜景也逐渐模糊了，走在并不平坦显然是被炸毁后临时垫平的公路上，只能步伐散乱地行进着。今天的值星股长是分析股的宋股长，虽然年龄并不大，但也是参加过抗日战争、解放战争的老革命了，他是从延安出来的；究竟是什么学历、哪个大学毕业的，谁也说不太清楚，大家只说他是毕业于名牌大学，既会日语又懂英文，从打鬼子那时起到打国民党，一直就是干这一行，在技术上有一套，是呱呱叫的顶尖人才。今晚行军应该数他最累，3个方队不能光守着1个，还特别应该照顾到后边，看完了后边还得往前跑，跑到前边有时还得向队长报告情况。看看时间，这一口气已走了将近两个小时，也应该休息一会儿了，经吴队长同意便吹了哨子，沿着公路原地休息。宋股长宣布说："需要方便的，女同志在行军方向的右侧，男同志在左侧路边田野里。"一说休息，有的同志坐下来往后一仰就躺在背包上睡大觉，宋股长跑前跑后地喊着："别睡觉，别睡觉！活动活动做一下游戏。"于是，这边围一堆唱歌，那边围一圈讲故事，女孩子们则围一个大圈，玩起了丢手绢，本来一弯下弦月的天光就较暗，个别男同志又跟着捣乱，有时手绢丢下去却找不着了；一旦有汽车过来还得赶紧给让道，把圈子缩小再缩小，玩了一会儿觉得不好玩就改碰球玩，连说带唱，"哎，我的一球碰二球。""哎，我的二球碰三球。"一旦有人接得慢了或碰得不好，就得罚唱歌。休息15分钟后，又继续开拔了。

第三章

巧遇

　　到了后半夜人困马乏，走着走着，就开始有人掉队了，宋股长紧着喊："跟上，跟上！"人们就往前跑几步跟上队伍。可是，报务股的潘雅娴却怎么也跟不上了，拼命地迈着双腿也无法跟上队伍。按规定，后边有收容车，实在走不动的是可以上车休息一会儿的，大家都劝她上车，她却说自己是来打仗的，得坚持下去。负责收容工作的柳协理员从车上下来，动员小潘上车，小潘却说啥也不肯，仍坚持步行，本来也有个别人想上车去偷偷懒的，当看到潘雅娴这样坚持着也就都不好意思上车了。协理员看看潘雅娴艰苦奋斗的精神挺感人的，也就不再勉强她了，就把她的背包扔到车上去并派了一名警卫员陪着她在后面走。然后便跑到队伍前边，向队长报告了这一情况，并说小潘是很要强的，她走得慢，不是因为她不行，看她走路的那个样子有可能是个扁平足，根本不适合长途行军。两位队长听后也感到内疚，觉得是调查研究不够，本来是经过筛选的，把身体不好的都放在第二梯队了，怎么竟没人发现她是个扁平足，如此说来那可真让她受累了！吴队长想到这便说："哎，不对呀！咱们进行体能和夜行军训练时，怎么没发现呢？""可能是值早班又值夜班的没参加……哦，也可能她是轻微的扁平足，走短途还行，走长途就不行了！"周副队长分析说。"对了，在新义州那边的时候她还没掉队，走到这边就不行了！"柳协理员补充说。首长们商定：就连潘雅娴这样的都不上车，谁还能上车？既然没了收容任务，嘎斯51汽车也就不要在后边跟着了，可以先走了，让炊事班都上车，赶到盐州仙台里早点埋锅造饭。于是，协理员带着车直接往前开去了。

潘雅娴，上海人，圆圆的、红红的脸，一双大眼睛戴着一副白边的近视眼镜，耳后边用橡皮筋儿扎着两个小抓髻，人长得挺好看的，爱说爱笑，喜欢唱歌还会演节目，只是略显得发胖，她是从华东军大来的，曾经毕业于上海教会学校，英语水平不错，便被提前分配到二局工作。由于工作队是临时组建起来的，人员来自四面八方，互相都不怎么熟悉，所以也没人注意到她是扁平足。此时的潘雅娴在一名警卫员的陪同下，咬紧牙关一步一步艰难地用尽全身的力气向前挪动着，心想，既然有人陪着，也就不害怕了，就是爬也要爬到宿营地。潘雅娴对有人陪着自己走，既感到高兴，又觉得很内疚。

"小同志，很对不起你，让你跟着我受累了！"潘雅娴向警卫战士表示歉意。

"老大姐，"警卫员非常诚恳地说，"你可千万别这么说，这不是首长交给俺的任务嘛，俺得努力完成啊！"

潘雅娴听他说话俺俺的，把个"俺"读成nǎn感到好奇，便问：

"你是什么地方人？"

"俺是河北省唐山的。"

"入伍几年了？怎么到咱们二局来的？"

"两年了，本来俺是四野的，平津战役后，俺们连驻扎在北平西山负责警卫，后来俺们连随大部队开拔了，俺却被留了下来，再后来，俺就跟着吴队长来到了安东。"

他们俩边走边唠，谁也没注意后面开来一辆美式吉普车，"嘎"的一声突然停在身旁。从车上下来一个人，问："同志，你们是哪个部队的？"

潘雅娴回答："207工作队的。"那人摸了摸后脑勺，似乎根本就未曾听说过，便朝吉普车里边说了句什么，然后转过身来说："首长请你们上车！"

潘雅娴一边说着："谢谢首长！不用了，不用了！"一边头也不回地只管往前走。那人便上前阻拦，此时，车上下来一位首长模样的人一瘸一拐地走到前面，说："站住！瞧你走路那么困难的样子，你咋还这么拧呢？"先下车问话的那个人便赶忙介绍说："这位是我们部队的302首长。"潘雅娴瞅了瞅也没太在意，说了声"谢谢"，只管继续往前走。

当302首长走近了才发现，原来这一位还是个女的，于是口气就缓和了下来，用热情的口吻请她上车，但潘雅娴并不领他的情，仍坚持走路不上车。那位302首长便说："这荒郊野外的，一旦遇上了武装特务，就你们俩，靠这一支转盘枪那可是对付不了的呀。"

潘雅娴听后心里激灵了一下，怎么还会有武装特务呢？心想这若是真的碰上了，那可不得了，于是，便赶忙拉着警卫员钻到车里边去了，还自言自语地说："我还得到前方去打仗哪，若是死在这儿那可算啥？也太不值得了吧！"

302首长便说："这就对了嘛！"随后，也跟着上了车继续向前开拔。首长不停地问东问西，部队在哪儿？怎么就你们俩？其他人呢？潘雅娴漫不经心地应答着。不一会儿就追上了行进着的方队，潘雅娴要求下车，302首长不让，并说要当面交给207的首长。车开到队伍的最前面时便停了下来，车上的人都下了车，那位秘书便朝着队伍里喊："哪一位是吴队长？"

吴队长便应声跑了过来，潘雅娴赶忙向两边介绍说："这是我们207的吴队长，这位是302首长。"她介绍完了便拉着警卫战士，一起向302首长敬礼说："谢谢首长！我们现在该归队了。"说完转身就跑，302首长便让秘书追她回来。然后，便和吴队长寒暄起来。宋股长一看有情况，便吹哨让部队原地休息了。当大家弄明白了事情的原委后，有人就说："看人家潘雅娴多好，还因祸得福了，小车都坐上了！"也有人说："说不定啊，还交好运了哪！"

原来，302首长是某步兵团的政委，在刚入朝时负了伤，被送回凤凰城野战医院治疗，由于心里一直惦记着前方的部队，当腿骨接好打上了钢锔子，养了些日子能下地走路了，便急着要求出院上前线，因时间不长，伤口尚未痊愈，医生不让走，但怎么也挡不住部队有车来呀，当晚他们留下了字条便从凤凰城野战医院跑了出来，想不到却在此处与工作队相遇了。当302首长问明207的宿营地之后，便表示带潘雅娴到宿营地等候工作队。尽管吴队长反复强调，不用费心了，首长有伤在身还是赶路要紧，然而，302首长仍执意不肯，吴队长只好听任其便，让潘雅娴跟车走了。然后，吴队长告诉宋股长，天亮之前可以到达，时间尚有余，采取走走停停的缓步行军，不要把大家累垮了，白天还要干工作咧！宋股长吹响了哨子，部队又开始继续行军。

辽阔长空，高挂着一弯下弦月，公路两侧的景物依稀可见。敌军的汽车、坦克等隔不远就有一辆，东倒西歪懒洋洋地趴在水沟里、田野里，大多头朝南，那种狼狈相分明是溃逃时被我军击毁后掀翻到那里的，战友们不约而同地喊着："好，打得好！"3个方队在一起行军，虽然并不是浩浩荡荡，但目标也是很大的，又有下弦月照着，因此防空任务仍十分艰巨。敌机过来便隐蔽一下，敌机飞走之后再继续前进，就这样一路走来，在缓慢地行军中度过了进入朝鲜的第一个夜晚。

当晨曦初露，透过渐渐散去的夜雾，那起伏的峰峦、蜿蜒的溪流、茫茫的原野、平静的冰面、远处的村落、近处的城池都一一呈现在眼前。可是，所有这一切的一切无不被美帝国主义者所蹂躏，处处留下了他们罪恶滔天的痕迹。美帝国主义的罪恶行径，更加激发了大家对敌人的仇恨，也更增强了保家卫国的决心，人人义愤填膺誓与美帝国主义者决一死战！

经过连续几个小时的长途跋涉，终于走完了20多公里的路程。当东方发白，晨雾散尽时分，207工作队的大队人马都已离开了公路，拐进了一条东西走向的乡村土道，这是一条从仙台里（村子）中间穿过的乡路。老远就发现有辆吉普车停在路边，走近一看，果然是302首长的车先到了。302首长向跑步过来的吴队长招手并笑脸相迎，吴队长赶紧上前握手，问寒问暖。直到这时，在晨光的映照下，才显露出302首长的真实面容，高高的个子，细挑的身材，棕红色的脸膛，珠黑眸明，眉如卧蚕，倒也显得十分英俊。

"到了好一会儿了吧？"

"不长，不长！你的人在这里，现在俺就把她交给你了，俺们也该走了。"

"吃完早饭再走吧！"

"不了，不了！俺们还得赶路呢！"

"真是对不起！耽误了首长的时间。"

"没关系！能有机会认识你们，俺也感到十分荣幸啊！"

"再见！"握手之后，潘雅娴和吴队长不约而同地齐声喊着。

"后会有期，再见！"302首长一边说，一边摆着手便上车走了。送走了客人，吴队长就照看部队去了。潘雅娴仍若有所思地站在那里，挥手目送地向着远方。

负责设营的齐管理员提前一天就到了仙台里，与里委员长一起定下了房子，这会儿，他正在跑前跑后地给各个单位安排住处。警通排排长带着两个班长，在村子内外忙着布置岗哨；炊事班早已开始埋锅造饭，孔司务长和老班长在国内就商量好了，出国后的第一顿饭要让大家吃得好一点，油条、豆浆和咸黄瓜，在国内就已发好了面、泡好了黄豆。

吴队长走到嘎斯51汽车前，看见技术保障股的万股长正在组织人卸车，便上前表扬了几句并告诉他抓点紧，早干完早开饭。然后，找来报务股和话务股的两位股长，交代他俩先把值班人员安排好，招呼其他人搬机器，早饭后让大家补觉，下午1点准时开机。然后又交代司机，卸完车后，把汽车开到隐蔽处隐蔽好了再去吃饭，饭后到炊事班找个地方睡觉，下午维修车辆，晚上和管理员一起返回安东。第二天晚上，把耿立国副股长等第二梯队，还有信和报纸都送到前方来，并且要求他以后每次来前方，这两样都不能忘！

洪彩霞正带着两名摇机员搬机器、扛天线，吴队长走过来向洪彩霞交代了几句就走开了；洪彩霞在管理员的引领下找到自己的住处，便架好了天线和机器，开始与国内通联起来，两名摇机员在旁边轮换着摇机发电。吴队长找到了政治干事雷鸣，让他通知办公会成员，上午10点到队部开会。可是，忙碌到现在，连他自己都不知道，管理员把队部安排在何处，于是，便径直去找齐管理员问清楚，并告诉他上午列席办公会，下午睡觉，晚上带车返回安东。

207工作队出发以后，留守人员都严阵以待坚守岗位，机要员兼报务员杨玉莲，当晚把孩子交给保姆后，就到了工作房打开机器开始工作，她一方面觉得洪彩霞带着收发报机随着大部队走了，说不定什么时候会出来通联，她必须进行长守听；另一方面是她的丈夫周志远副队长也行走在队伍里，每走一步都在她的牵挂之中。

杨玉莲一夜未眠，一直戴着耳机守在机器旁边，刚刚熬过了黎明前最困倦的时段，看着东方已开始发白，心想，这一夜可真难熬啊！但又一想，自己算啥，这一夜参加行军的那些人才叫艰苦呢。正想着，突然机器里传来呼叫的声音，一听这手法就知道是洪彩霞在呼叫自己，杨玉莲马上敲起电键进行应答。洪彩霞传达了队里的通知，通联以后并约定了下次开机联络的时间。关机后，杨玉莲立马译出电文："下午1点钟前方准时接班，第二梯队于明晚乘车过江，请知照耿立国安排。"于是，杨玉莲将电文内容口头通知给耿副股长。然后，又到管理股通知了杨股长："嘎斯51今晚回来，明晚送第二梯队过江。"

万股长带着全股的同志架设天线忙得满头大汗，短波天线搞得挺巧妙，架在一栋较高的民房顶上并不十分显眼，问题是超短波天线的位置不好办，费了点劲，再加上村子里的电压较低需要自己发电，等他们把这一切都安排就绪后去吃饭时，别的人都已睡觉去了。

207工作队的队部设在里委员长（村长）办公室的东屋，入朝后的首次办公会，就在这里准时召开了。到会人员有：两位队长、协理员、各位股长和参谋、干事、管理员等。会上决定了出国后有关日常工作、群众工作、保卫工作等注意事项；并议定，每周视情分2—3次由管理员或给养员及时把给养物资、办公用品、报纸和信件等送到前方来，并请管理员义务为大家采购日常生活用品；然后，由各单位汇报行军中的好人好事及存在的问题，请协理员收集起来，准备在晚点名时做一次转移工作小结。

下午1时，前方接了班，开始了正常的工作。

晚点名时，柳协理员把行军情况做了小结。吴队长在小结的基础上，又补充了一些宿营部署和驻地情况，给局里写了一份宿营报告。

第四章

驻扎

朝鲜的地名与国内的不同，国内的行政区划叫省、市、县、乡、村、屯，而他们这儿则叫道、州、川、郡、里、洞；其中的"里"是行政村，"洞"是自然村屯。

当年，朝鲜农村的房子与国内的也不同，国内农村的瓦房，房顶是南、北两个斜面的，而朝鲜农村的房子，房顶是由四个斜面构成的，大多是草房。一般都是四间，正面开三到四扇门，门为四方形左右拉门，房檐较长；西屋是厨房，其余均为卧室，室内用砖铺成火炕，进门前在屋檐下脱鞋，室内可席地（炕）而坐。一般人家类似我国北方农村的四合院，除了上房还有东、西厢房，分放粮食、柴草或养牛，有的人家还有门房。餐桌上的传统食品大多是泡菜、冷面、打糕和狗肉等，餐具以锃亮的铜制品为主，据说美国兵看见了还以为是黄金的，掠走了不少。朝鲜的服装很讲究，妇女们上穿小巧的短衣，下着长裙，上衣为斜襟，以飘带在胸前打结，长裙有筒裙、缠裙之分，衣、裙的颜色十分鲜艳。男子穿短上衣外罩坎肩（马甲），早晚另加一件斜襟长袍，裤子以白色居多且裤腿宽大于腕部扎带。朝鲜族是有文化传统的民族，充满乐观主义，不论男女老少，人人都能歌善舞；虽然在战争环境下，村子里只剩下中年妇女、老人和孩子，青壮年都上前线了，粮食歉收、物资短缺，生活是那么艰苦，但人们的精神状态依然很好，每天都有说有笑，而且歌声不断。每当夜间，我们志愿军在村子内外要派出固定、流动岗哨；村民们也组织起来站岗，由老年男子怀抱木棍，坐在村口的门洞里，禁止行人出入；里委会门前，有十来个中年妇女围着被子坐在草堆上，从家里拿来食物分着吃，边吃边说笑，吃完了，也笑够了，就开始唱歌，一支歌接着一支歌地唱，一直唱到后半夜，然后由少数人轮流放哨，其他人就地露天睡觉，冬天也是这样。

207工作队进驻仙台里后，迅速地展开了工作。一天，分析股第一小组从机械密码中，破译出一份令人疑惑不解的电文，美军远东情报局向美第八军传达麦克阿瑟的命令，派特种部队执行重要任务，远东情报局届时将派人前往布控，秘密劫持一个名叫毛爱英的人。电文译出后，谁也不解其意，毛爱英是谁？是哪位大首长，值得麦克阿瑟如此兴师动众？当组长于忠信把电报拿给周副队长看时，周副队长也弄不明白是啥意思，便指示于忠信叫战情股上报志司情报部。后来，从志司情报部传来消息说，电文中的毛爱英，可能指的是志司的刘秘书，他现在是彭老总身边的俄语翻译，其真名叫毛岸英，是毛主席的长子。当于忠信回到组里说出这一消息后，大家都感到十分震惊，毛主席把自己的儿子都派来前线了！既然已化名为刘秘书，美军的情报怎么搞得如此清楚？大家都感到担忧，也纷纷为毛岸英捏了一把汗，也有人说："怕什么？麦克阿瑟肯定是在吹牛皮！""志司那里有千军万马保护着，他想抓谁就抓谁呀？简直就是做梦！"

孟昭生、李德宝和金月容三人完成任务后，已回到了工作队，孟昭生仍然回到话务股工作，李德宝和金月容则被分配到分析股的第三小组工作。第三小组的组长是一名老同志，姓高名密，是山东省高密县人，当过民兵，而后参加了新四军，在晋察冀军政干部学校由国际友人任教的外语干部训练班学过英语，毕业后被分配到军委二局一直做侦察工作。现组里共有5人，三男两女，高密、岳为民和李德宝三位男同志住在一位阿妈妮家的东屋，既是宿舍又是办公室，金月容跟组里的另一位名叫赵阿春的女同志住在别处，白天来此办公。由于进门就是火炕没有办公桌，只能坐在背包上或者趴在炕上写字。高密负责培训李德宝和金月容两名新同志，边学习边工作，他们在外面找了个四处无人、干涸的稻田，三人都坐在田埂上，由高密讲课。高密首先问道："你俩知道为啥咱们选在这个地方学习吗？"

"为了不影响老同志办公。"

"为了保密，防止隔墙有耳。"

"你俩说的都对！我想，你们在安东训练时，都经过保密教育了，干咱们这行的就要特别注意保密工作。"高密举起手中的本子，继续说，"一定要养成好习惯，凡经手的密件和写有文字的纸张不许随便乱扔，要注意保存，等到周末清理密件时再同作废的纸张一并烧毁，凡是工作中产生的废纸烧毁前必须登记并由兼职保密员签字。"高密分别看了他们俩一眼，意思是要记住喽！然后又说，"在自己分工的范围内，努力完成任务，不该问的不问，不该说的不说，这是纪律，必须遵守……"

听到这，心直口快的金月容马上发问："那组长讲课时，我有不明白的地方可不可以问呢？""当然可以，就是说，在咱们组里，有啥不明白的地方都可以问。"高密在给他俩明确了纪律之后，又讲解了工作的性质及干这一工作应具备的思想品德与基本素质等，然后才开始讲课，讲课的内容很多，有的地方是蜻蜓点水式的，有的地方又是填鸭式的，从世界密码简史、中国密码史，讲到当前战役方向的密码现状，以及组里的主要任务和工作状况、工作分工。每天上午给他俩讲课，下午辅导他俩做些操作性的业务，一连十来天都是如此度过的。

经过一段时间的接触，高密觉得，李德宝、金月容两人都挺聪明，虽说是新同志，但毕竟在志愿军总部待过那么几天，听到的、看到的肯定不少，于是，就在一个星期六的下午，利用工作空余时候，在外面找了一块宽敞空旷的地方，边晒太阳边开会，安排他俩随便谈谈心得。李、金二人本来都有很多见闻想说给大家听，但考虑到身边都是些老同志欲说又不敢，经高组长这么一说，他俩的话匣子也就打开了，尤其是金月容，一开口就滔滔不绝。

金月容是大连来的朝鲜族姑娘，一双大眼睛长得挺好看，圆圆的脸庞好像春天的花朵一般，尤其是那从容一笑宛如一朵绽放的牡丹花，十分动人；她的长相，称得上是花容月貌，或许她的名字就是从花容月貌中摘取出来的。她待人热情，性格外向，爱说、爱笑、爱唱，还喜欢打排球，说起话来是辽南口音满嘴海蛎子味儿。在她面前，李德宝就只有插话的份儿了。从他俩断断续续的汇报中，组里的同志逐步地了解到：

当时，在我志愿军出国前夕，部分美军、伪军已逼近了鸭绿江边，仅知道与我国一江之隔的新义州尚未失守，其他地区的情况都不甚明了。10月18日那天，在夕阳余晖中，中国人民志愿军中的一位首长，以大无畏的精神，身先士卒，亲临前线，与秘书同乘一辆吉普车跨过了鸭绿江，在这种情势下，首长要在部队开拔之前，先期入朝实在有一定的风险。孟昭生、李德宝、金月容等人的主要任务是为首长做耳目，通过无线电进行探路，测距，查明与敌方之距离，他们在前面走，首长乘的车跟在后面，经过左行右行，七拐八拐，一直把首长顺利地护送到了金日成同志所在地——大榆洞。

大部队在19日夜间才分别从安东、长甸、辑安（今集安）等地跨过鸭绿江，同朝鲜人民军并肩作战。25日早晨，志愿军的前卫部队在开进中，于云山地区和敌人遭遇，便隐蔽在公路两侧树林里占据有利地形构筑工事，准备把敌人放进来，然后再扎上口打歼灭战。敌人开过来后，由于行走的速度很慢，队伍拉开得太长，因而迟迟扎不了口，当敌人的先头部队接近我军某师部附近时，发现路边有辆指挥车他们便打枪，我军被迫还击，此时担任扎口任务的部队也开了火，于是，便打响了入朝作战的第一次战役，至11月5日第一次战役胜利结束。歼敌1.5万余人，其中美军3500余人，重创号称"王牌军"的美军第一骑兵师一个团。这一仗，把敌人打得晕头转向，无论对李承晚伪军，还是侵朝美军的震动都是很大的，敌人还以为碰上了朝鲜人民军的精锐部队。金月容和李德宝两人说到这，把组里的同志们逗得哈哈大笑。赵阿春、岳为民两人介绍说，当时，股里也获得消息：在敌人营垒中也有人怀疑这不是朝鲜人民军，但美军驻远东最高司令官麦克阿瑟认为："中国人起而抵抗的可能性极为微小。"根据情报获悉，美国国防部忙碌在五角大楼里的一些官员也认为"苏联和中国出兵干涉的时机已过"与之相呼应。当麦克阿瑟为了阻止我军参战，提出要炸毁我国鸭绿江大桥时，国务卿艾奇逊、国防部长马歇尔纷纷向杜鲁门总统建议："在尚未获得中共局势的更多事实之前，此次轰炸不应进行……除非发现中共军队在安东集结，威胁联合国军安全，否则轰炸是不明智的。"可见，咱们几十万大军已经跨过鸭绿江，在朝鲜的崇山峻岭中秘密奔赴前线，都打了他十几天了，他们还以为咱们没动静呐。美军参谋长联席会议，根据杜鲁门总统"轰炸暂时不要实施"的精神，下达了"放弃轰炸"的指示并通知麦克阿瑟，在没有命令前，所有距离中国东北5英里以内的目标，都不准轰炸。正当赵阿春、岳为民他俩你一句我一句地叙述着，突然，金月容说："哎，不对呀，我们临回来的前几天，听说鸭绿江大桥被炸坏了呀！"

"是被炸坏了，那是麦克阿瑟不死心非要炸不可，美军参谋长联席会议架不住纠缠，经请示杜鲁门同意后，麦克阿瑟便派了90架B-29远程轰炸机，把鸭绿江上的公路桥给炸断了。麦克阿瑟一边十分得意地向上报告说经航拍证实'桥已全部炸断'，一边还下达了'在感恩节前占领全朝鲜'的命令。"赵阿春说。

李德宝和金月容不知道哪一天是感恩节，于是，高密组长便细心地讲给他俩听：

"这是西方人过的节日，在每年11月的第四个星期四，便是他们的感恩节，今年的感恩节是11月23日。"

金月容听完掐指一算，说："呀，还不到一个礼拜了。"

李德宝急忙说："怕啥？美军是'一棵枯了心的朽木——外强中干''玻璃铺的家当——不堪一击'，咱志愿军仅用了12个昼夜，就把他们从鸭绿江边赶回到清川江以南去了，你看着吧，麦克阿瑟肯定是把牛皮吹破了！有啥好怕的。"

金月容无心与李德宝争辩，便说："我还听达秘书说过，在成立东北边防军之初，毛主席直接点将华东军区副司令员粟裕为边防军司令员兼政委，因其犯头疼病住院未能到职，实际上东北边防军的指挥机构并未成立，所属部队一直由东北军区代管。改为志愿军后，也曾考虑要林彪任志愿军司令员兼政委，由于其身体原因而推脱了，中央才任命彭总为志愿军司令员兼政委。当时，彭老总是从西北到北京参加中央政治局会议的，接到命令后连家都没回，带着秘书就来东北上任了。"大家听了都很受感动，纷纷表示："就凭彭老总这种革命精神，我们就一定能够打败美国佬！"李德宝听后也乘兴补充说："这都是从志愿军总部的秘书和参谋那里听来的。"然后他又扬扬得意地说："我给大家透露个小秘密，达秘书送给金月容一个好听的外号叫金达莱。"赵阿春听了，便急忙对李德宝说："我也想送你一个好听的外号，不过你得先说说达秘书为啥管小金子叫金达莱。"

李德宝，人长得短粗胖，虎头虎脑的，虽说是汉族，但长得倒是很像朝鲜人，说起话来慢声慢气，汉语讲得并不很流利，乍一接触还以为他是朝鲜族。经赵阿春这么一问，他便不紧不慢地把金月容外号的来历讲了一遍。

原来志愿军总部所在地附近的山上，开着一些杜鹃花，朝鲜语叫金达莱，本是朝鲜的国花，当地人说，从春到秋漫山遍野都是这种花。金月容时常采些来放在瓶子里，村子里的姑娘们都特喜欢她，也去采来送给她，人们经常能见到金月容手上拿着金达莱，因此，达秘书他们就干脆叫她金达莱，并说有诗为证。李德宝说完就把那首赞美金月容的顺口溜背了出来："人见人爱一小丫，从早到晚笑哈哈，众口齐唤金达莱，万马军中一枝花。"

金月容被夸得挺不好意思的，还一个劲儿地朝他瞪眼，示意他不要说了，可李德宝假装没看见只管讲他的，直到讲完了便急忙问赵阿春："给我起个啥外号？"

"你的名字告诉我们，你叫小男孩儿。"李德宝听赵阿春这样说，感到莫名其妙。

"怎么讲？"李德宝不解地问，"我的名字里怎么还会有小男孩儿！？"

组里的另一位男同志岳为民，见赵阿春只顾捂着嘴乐，说不了话便替她解释说："你的名字呀，跟英文小男孩儿的发音很接近，a little boy。"他顺嘴便把英文的小男孩儿给念了出来。李德宝听了，拍着脑门风趣地说："哦，原来如'些'（他故意把此说成些字）呀！"

打那以后，岳、赵二人就常用英语叫"a little boy小男孩儿"，李德宝在初中也曾学过一年的英语，听起来确实感到与汉语差不多，只是"德"字的发音稍轻了点，而"宝"字的发音还拐了个弯儿，反正知道是在叫自己，也就不管那么多了，只好随叫随答应就是了。

赵阿春是上海人，在教会中学读的高中，上海解放后便考上了华东军政大学，因为英语讲得很好，所以提前分配到了工作，在工作单位刚接受完培训，才工作了不长的时间便被调到了207工作队，到达安东后的第二天便被分配到高密这个小组，专门负责处理李承晚伪军与侵朝美军之间来往的英文电报。赵阿春长得身材匀称，容貌出众，是典型的江南美女；她的性格温文尔雅，宽容厚道，见多识广，思维敏捷，待人接物落落大方。在领导面前也不拘束，和谁都敢搭腔，平时讲普通话时还常常带着上海腔，时不时地加上一些上海方言，与南方同志在一起时，就讲纯粹的上海话。在金月容和李德宝的面前总有个老大姐的样子，在工作中、生活上都给他们一些照顾。

虽然金秋时节已过，但满山的枫叶仍在吐艳。都说秋风扫落叶，可是这里是向阳的山坡，受北风的影响较小，枫树上仍残留着一些枫叶，红色的、黄色的混杂在一起显得色彩斑斓，尤其远看更显得十分壮观。早上，人们从小学校出操返回时，一边身披朝霞走在路上，一边扭头向右尽情地欣赏那漫山红叶，在朝阳的映照下竞相争艳，让人感到格外心情舒畅，竟仿佛忘记了这是在战场上。每当午休，乘大家坐在一起抽烟、闲扯时，赵阿春就带着金月容、李德宝漫步在枫林中，踏着满地的红叶，不时地捡起一片又一片，摆弄着、欣赏着；李德宝却只顾低着头用脚在这边踢一下，然后又到那边踢一下，有时还蹲下身去，用手扒拉过来扒拉过去在寻找着什么，赵阿春见状便好奇地问："小男孩儿，你在找啥？"

"这里只有三角枫和五角枫，本来在枫叶中有七角、九角还有十一个角的，怎么一个也找不着了？"没等李德宝说完，金月容便插话说："我不管它几个角的，只要好看就行。"

"我跟你说，九角枫、十一角枫是很罕见的，叫做'圣叶'，据说见到九角枫、十一角枫的人，只要对它许一个愿，就能美梦成真呢！等我找到了便送给你，然后你向它许一个愿，将来就能找个好对象！"

"去你的吧，我才不呢！"金月容说完，赵阿春便指责李德宝："小男孩儿，侬搞啥个宿命论，侬跌格言论完全充满了封建迷信色彩。要不得！"李德宝急忙辩解说："那倒也不是，因为这两种形态的枫叶较为罕见，所以人们就赋予一种神圣的说法，叫做'圣叶'，只不过是一个美好的传说而已。"

他们在素雅的枫林中寻觅着，从大量的枫叶中选一些佼佼者带回去，夹在书里、日记本中。在金月容的日记中，就曾有过这样的记述：

漫步于枫林下，就好像穿行在五彩斑斓的色彩中，嫣红的枫叶是那样的鲜艳而夺目，宛如怒放的火焰奔放而热烈，在朝霞的映照下显得格外灿烂；一条林间小路直通密林深处，两旁耸立着高大的枫树，树影婆娑……

一天，分析股第二小组的秋小玉在报务股送来的刚刚截获的密报中，发现了几份发报单位不同、等级不同，但电文的长短几乎相同的密报，秋小玉觉得稀奇便立即招呼组长快来看，组长看了也觉得少见，便报告了宋股长，经宋股长根据发报时间的先后做进一步分析后，初步认定，这是一份逐级上报的行文，是美国海军陆战队的一个下属部队向海军陆战队报告情况，而海军陆战队又将此转报给舰队指挥部，然后舰队指挥部又上报给美国远东军司令部。宋股长认为这是一份受到敌人十分青睐的重要情报，必须立即组织人马进行突破，先从密性不太强的基层单位搞起，很快便破译出电文来，然后就层层追击，破译出了全部电文，掌握了一系列密码编制规律，尤其令人震惊的是该份电文的内容，无论谁看了都肃然起敬。

该份电报的内容是，美国海军陆战队某团的里兹伯格团长被我志愿军的英雄事迹所震撼并以胜利者的姿态上报战场上的情况。当吴队长看过之后，便立即找到柳协理员商量，要以此电报内容对大家进行一次革命英雄主义教育，于是，柳协理员在晚点名时宣读了该份电报。该份电报的全文如下："在对面长津湖附近的1081高地上，敌人的整个阵地全都被大雪覆盖了，往日在望远镜里所看到的堑壕以及堑壕里的士兵，全无踪影，整个阵地上静得令人恐惧。我们陆战队小心翼翼地走走停停，走了很久终于到达了1081高地。高地上静悄悄的，寒冷的阳光洒在雪地上，漫天皆白，没有了枪声，没有了喊声，整个战场上是一片安宁。当我军接近敌人的堑壕时，每个人都被那种景象惊呆了，在积雪覆盖下竟有近百具僵硬的躯体，他们紧挨着趴在自己的战位上，戴着单帽穿着单衣单鞋，没有大衣，冰雪在他们脸上凝结了一层寒霜，宁肯冻死在阵地上也不后退一步。眼前的景象让我感到无比震撼，不由得举起了右手向他们行了一个庄重的军礼，因为我一向十分敬佩这种军人的精神。凭我的经验可以断定，这些军人并非朝鲜人，很大程度上他们是中国军人。假如我没估计错的话，那就是说中国已派出军队参加了这场战争。"柳协理员终于声泪俱下地读完了电文，"发扬革命英雄主义精神！""向革命英雄学习！""向革命英雄致敬！""革命英雄主义万岁！"等口号此起彼伏，群情激昂。本来电文中还有一段话，协理员没有念出来，只是说美军的团长还高度地赞扬了我志愿军的革命精神。其实那段原话是这样的："假如我们美国陆军的士兵，能有中国人的这种精神，那么，我们美军则能够以压倒一切的优势，轻而易举地称雄于世界。"

这里所讲的是长津湖地区的黄草岭战役，美联社随军记者詹姆斯·爱德华曾经公开发表过一篇《前线日记》对此也曾有过详细的记载，他说："长津湖地区是北朝鲜北部最为苦寒的山区，海拔在1000—2000米之间，林木茂密，山高路险，村镇寥落，人烟稀少，满目一片荒凉贫瘠。每年冬季，来自西伯利亚的寒流顺着狼林山脉与赴战岭之间的峡谷直达长津湖，并向南涌向咸兴和元山港附近的日本海，气温往往在零下三四十摄氏度……让人不寒而栗。"

高密小组所住的朝鲜老乡的家里，只有阿妈妮和她的小儿子两人，丈夫和女儿都支前去了。阿妈妮50多岁，耳边已有了丝丝白发，那瘦削的枣核形脸上布满了皱纹，显得有些过早苍老。她性格直爽，心地善良，满眼里都是暖融融的亲切与慈祥，也许是李德宝与她的儿子差不多大的缘故，阿妈妮总喜欢用慈祥的目光望着李德宝。

"志愿军里也有朝鲜人吗？"阿妈妮发现李德宝能讲一口流利的朝鲜语，便问，"你是不是朝鲜人？"

"志愿军里有不少朝鲜族人，不过我不是，我是汉族。"李德宝用朝鲜语回答后，阿妈妮有些不相信，便又接着问："你怎么是汉族？那你又怎么会说朝鲜语的？"

"我的家在中国的吉林，我爸是汉族，我妈是朝鲜族，我从小就会说朝鲜语。"李德宝回答说。

由于李德宝身上有一半是朝鲜族的血统，所以阿妈妮特别喜欢李德宝，因此，每当做了好吃的，炒了花生或者烀了地瓜什么的都要送一些给他。因志愿军出国前都经过宣誓："爱护朝鲜人民一草一木""不拿朝鲜人民一针一线"，所以李德宝也不敢接受，趁阿妈妮不在家时便给她送回到厨房去。阿妈妮发现了照例还要送过来，并且很不高兴；她唠叨完了隔三岔五仍要送过来，李德宝不知如何是好，经高组长请示协理员后只好让他收下。一次，全组的同志正在扫院子，阿妈妮大声喊："边机瓦哨！边机瓦哨（飞机来了）！"看看大家没反应，便上前去拽，拽完了这个又去拽那个，把大家一一都拽到屋檐下，过了一会儿，只见两架敌机掠空而过。李德宝看看敌机飞得挺高，便对阿妈妮说："以辽布哨（没关系）！"

虽然如此，但大家的心里仍然很感激阿妈妮的关照，便经常主动帮阿妈妮家干活，并主动与阿妈妮的儿子交朋友。阿妈妮的小儿子正在上初一，也学俄文，李德宝在初中二年后曾当过两年俄文课的课代表，辅导他是没问题的，他俩经常在一起一会儿用朝鲜语，一会儿又用半生不熟的俄语进行对话，阿妈妮见了在一旁抿着嘴笑。或许在阿妈妮的眼里，李德宝也不过是个孩子，比她的小儿子也大不了多少，因此，经常对李德宝给以慈母般的呵护，每当轮到李德宝夜间站岗时，阿妈妮都要跟在后面陪着李德宝去站岗。李德宝发现了就劝她回去不要跟着，然而，阿妈妮说啥也不肯，李德宝走哪儿她就跟到哪儿，一连几次都如此，无奈李德宝只好报告了高密组长，结果大家一起做阿妈妮的工作，从那以后，阿妈妮不再跟着了，但仍是不放心，每当李德宝前脚去站岗，阿妈妮后脚就出门坐在屋檐下，一直等到李德宝下岗回来。每当此时，看见老人正在屋檐下面等着自己，李德宝便被感动得热泪盈眶而轻轻地喊她一声"阿妈妮"，于是阿妈妮便朝着李德宝摆摆手，然后站起身来回房里去睡觉。

村里的一些老年人，会使用毛笔写汉字而且写得非常好，当年，在朝鲜的文字中，也和日语一样，采用部分汉字作词汇，读音与汉语不同，但意思相近，因此，志愿军只要拿一支笔就可以同他们交流。村子里也有不少的中年妇女会讲日语，高密猜想阿妈妮也许会，便试着用日语向阿妈妮问话，阿妈妮听了脸上露出了惊喜的笑容，其实阿妈妮在日本统治下生活了40多年，她日语讲得很好的。

阿妈妮用日语问高密：你是哪国人？是日本人吗？

"不，不是，我是中国人。"高密用日语回答后，又熟练地用朝鲜语很流利地回答说："在日伪统治时期，我曾在学校里学过日语。那时候，在日语课堂上，若是不会用日语讲'我要上厕所'老师就不让去，就得尿裤子。"阿妈妮听高密还会说朝鲜语，更感到惊奇，便又疑惑不解地问：

"那你怎么还会说朝鲜语？"

"小时候，我家住在大连，有几个邻居是朝鲜族人，他们家的孩子都是我小学的同学，我常与朝鲜族孩子一起玩，我们一起长大，在学校时同他们讲汉语也讲日语，在家里的时候他们都是和我讲朝鲜语，算起来也有十多年的时间，所以一般的朝鲜语我都会讲，后来跟父母回到了山东老家，长大以后就参加了新四军。"阿妈妮听了便竖起大拇指说："你真了不起，志愿军里边有能人，一定能打胜仗！打倒那个战争贩子杜鲁门！把美国侵略者赶出朝鲜去，恢复我们的和平生活。"高组长听了她的夸奖，便说："有朝鲜人民的支持，我们和人民军一起并肩作战，一定能够打败美国佬！"

打那以后，大家在日常交往中，时不时地用笔写汉字，用朝鲜语、日语、俄语进行对话，这样既丰富了生活中的情趣，又加深了中朝两国人民的友谊和感情。

　　一天，在村小学校里进行晚点名时，雷干事站在队前，说："点名之前咱们先来学唱一首歌，这首歌叫《中国人民志愿军战歌》，原是志愿军一位名叫麻扶摇的文化教员写的一首诗，刊登在11月26日的《人民日报》上，没几天就被大作曲家周巍峙给谱了曲，也刊登在前几天的《人民日报》上。此歌很好听也很好唱，现在就请潘雅娴同志来教唱！"说完，便把事先用报纸抄好的歌篇贴在了黑板上。潘雅娴走到队前，说："大家听我唱一遍先有个印象，学起来有劲儿！"听她唱完，大家一起鼓了掌，然后，她就"雄赳赳，气昂昂，跨过鸭绿江"一句一句地教大家唱，教了一遍之后，她起个了头便指挥大家一起唱，结果，大家唱得非常起劲，唱了一遍又一遍，她叫停也停不下来，她跑了大家还在唱。雷干事走上前，举起了双手，使劲往下一压，马上就鸦雀无声了，他说："现在请协理员讲话。"柳协理员走上前，笑呵呵地说："挺好啊！大家挺带劲，学得快，唱得好！这首歌就是咱们志愿军的歌，以后要经常唱起来，现在开始点名……"

　　自从207工作队进驻仙台里之后，报务股的柴股长这才发现原来潘雅娴是扁平足，于是，便在股务会上做了公开检讨，承认了对大家的了解不够，工作上安排不周，造成工作失误，不该让潘雅娴跟大部队行军而让她吃了不少苦头，为此，柴股长在会上当面向潘雅娴表示了道歉；然后，当众宣布：今后潘雅娴属于第二梯队。从那以后，潘雅娴则以吃苦耐劳的典范而出了名，值得大家尊重，同时又因扁平足应该得到照顾，于是，潘雅娴便成了股里的中心人物、重点照顾对象。

　　潘雅娴住在一位老奶奶的家里，老奶奶的家里有一个十来岁的小姑娘名叫朴淑女。女孩的父母都上前线了，祖孙二人对潘雅娴都非常热情，每当潘雅娴下班回来，祖孙二人便跑到潘雅娴的身边唠嗑，起初潘雅娴一句也听不懂，只能看表情猜出个大概意思。后来她就一边教朴淑女学汉语，一边跟她学习朝鲜语。有空的时候还教她唱《中国人民志愿军战歌》《团结就是力量》《松花江上》等歌曲，一边教歌，一边教她学中文，老奶奶看见了也非常高兴。一来二去，潘雅娴与祖孙二人相处得非常好。大家对潘雅娴如此热情地联系群众都赞不绝口。人们有事儿没事儿就都喜欢拿她打比方、做例子，一时间搞得她光彩照人，潘雅娴却总感到无功受禄，很不自在，只好用埋头苦干去堵大家的嘴。当然，也有人在背后喊喊喳喳，说潘雅娴将来肯定会因祸得福的，你没听见那位302首长，临走时说了一句"后会有期"嘛！因此，有些好信儿的人，曾不止一次地当面问她"后会有期"在何时。潘雅娴是天生的一个好脾气，跟谁也不红脸，若是开玩笑的人比她年纪大，她就不吱声；如果是比她年纪小的，她就说："那是偶然萍水相逢的事，说说而已呗！这么大的战场咋能后会有期呢？求你了，别逗姐行不？"说完仍然像没事儿人似的，该干啥还干啥。过后，比她年纪小的，逐步认识到应该尊重人家这位老大姐，学习她吃苦耐劳的精神，则不再同她开玩笑了；比她年长的自愧不如，也就不好意思再去逗人家，从此大家并肩战斗相安无事。

转移

美军和伪军自从遭到中朝部队的迎头痛击，节节败退到清川江以南之后，仍不甘心失败，每天都要派出大批的飞机进行报复性的狂轰滥炸。

一天晚上，岳为民与赵阿春几乎同时由不同的密码译出了一份相同的电文来，是美军通知伪军说：打过清川江去过圣诞节。岳为民译出来之后，骂道："简直是无稽之谈，我们仅用了12天就把他们赶回清川江以南去了，还想打回清川江来过圣诞节，做梦去吧！"

"哪一天是圣诞节？"正在伏案工作的李德宝抬起头来问。

"12月25日，这是洋人过的节日，咱们国家没人过，那是纪念耶稣的诞辰。"岳为民这样解释说。李德宝便说："噢，对了，在苏联的电影上曾经看到过，还准备了什么圣诞树，上面挂满了很多小玩意儿，是吧？"

"是啊，你知道圣诞树的来历吗？"岳为民见李德宝摇头，便继续说："这圣诞树还有个故事哩！据说，在一个风雪交加的夜晚，有位好心的农民，把一个饥寒交迫的小孩儿，从野外领回家里，让他吃了一顿丰盛的晚餐；当小孩儿告别时，从杉树上折了一根树枝，插在雪地上，然后，对农民说：'留此美丽的杉树，报答您的好意，每年之今日将有礼物挂满枝头。'农民半信半疑地把杉树枝保留了下来，到第二年圣诞节时，那根树枝竟变成了一棵茁壮的大树，而且树上真的挂满了各种各样的礼物。于是，人们就把那个小孩儿看作天使，纷纷在圣诞节这天栽种圣诞树，后来便逐渐演变成为一种习俗。"

李德宝听完便问："其意义何在？"

"大概是取杉树的常绿，来象征生命的长存吧！"岳为民解释说。

"若是这样的话，说不定将来有一天，在咱们的国家里也会有人过的，也未可知。"李德宝说完，便若有所思地望着民房的屋顶，然后，两只眼睛便定格在两面墙与屋顶交接的那个犄角上，心中盘算着："过这个节可以促进小礼物的发展，也正是做生意赚钱的好机会，对了，等打完仗以后，我就去干这个。"李德宝一边寻思着却一边把后面的两句不由自主地脱口而出。金月容听后便好奇地问："你想干什么？"李德宝突然一愣，不好意思地笑了笑。

由于207工作队装备多、人员少，干部多、战士少的特点，很容易引起人们的猜测而暴露目标，弄不好还会给群众引来灾难，所以在一个地方不能久住，需要经常进行转移。

一旦下达了转移的命令，人们就得立马开始行动，悄悄地整理行装，为了不惊扰群众，晚饭后都像没事儿似的该干啥还干啥，有的打扫院子收拾环境卫生，第二梯队照常上班。等天黑下来以后，各单位便开始悄悄地向村外集结，可是，无论怎么藏着掖着，毕竟瞒不过在里委员会门前站岗放哨的那些妇女，多亏有里委员长及时做工作不让她们声张，但仍然有不少女孩子跑到村口，拉着女兵们的背包不撒手，你走她也跟着走。那个名字叫朴淑女的小姑娘跑前跑后地寻找潘姐姐，当有人告诉她，潘雅娴没走仍在村里，那女孩儿仍旧半信半疑地寻找着。女孩子们一直跟着部队走，离开村子好远了也无法劝阻她们，实在没办法只好把部队停下来，请来里委员长做工作，才帮助部队解了围。朝鲜人民对志愿军的感情实在是太深了，当高密组长带着第三小组的同志，准备离开阿妈妮的住房时，尽管不出一点声音，但仍然还是被阿妈妮察觉到了，阿妈妮跑出房门就像老鹰扑小鸡似的，一下子扑了过来抱住李德宝就不撒手，在场的人都被感动得流下了热泪。高密组长不得不走上前去，深情地劝慰了老半天，阿妈妮这才松开了手，但哭得很厉害，一边用手撩起衣襟擦着眼泪，一边说："你们不能走啊，你们走了我们的和平生活也就没有了！"高密又给她解释了一番："我们不是回国而是往前走，是上前线去打仗，继续保卫和平的！"临别时，高密组长带领全组同志一齐郑重地向阿妈妮敬了个举手礼。

麦克阿瑟由于没能实现在感恩节前打到鸭绿江边的梦想，为了遮羞，便在感恩节后的第二天又提出了"在圣诞节前结束朝鲜战争"的计划。

在此之前，207工作队曾获悉：麦克阿瑟眼见感恩节之前已无望打到鸭绿江边去，便于11月20日致电蒋介石，要求他"仍派五十二军前往朝鲜助战"，蒋介石觉得这是打过鸭绿江去从东北反攻大陆的好机会，便积极配合。与此同时，麦克阿瑟向美国政府建议，把台湾"五十二军"编入"联合国军"以增强美军在朝鲜的作战实力。然而杜鲁门担心会由此惹出是非，坚决反对。当麦克阿瑟启动台湾兵力的计划，再次遭到美国国务院的否定后，便于11月24日，发起了继续向北进攻的命令，妄图迅速占领全朝鲜。我志愿军按照毛泽东同志的部署于11月25日发起了第二次战役，主动撤退，将主力集中于西线，以小部队节节抗击，引敌进攻，把敌人引诱到清川江以北的预定区域后，趁其立足未稳发起了猛烈的围歼战，歼灭李承晚伪军两个师大部和美军一部，然后乘胜追击南逃之敌，一鼓作气于12月5日收复了平壤。当时我国著名经济学家马寅初正在华沙参加世界保卫和平大会，当收复平壤的消息传到会场时，80多个国家的3000多名代表，立即向中国代表团欢呼："毛泽东万岁！毛泽东万岁！""新中国万岁！""志愿军万岁！"并热烈鼓掌达15分钟之久，气氛热烈空前。可见，这个胜利的喜讯，不仅对中朝两国人民有极大的鼓舞，而且对全世界一切热爱和平的人们，也是有很大的振奋和鼓舞的。同时这也说明，所有爱好和平的人，心都是向着我们的！

此时，麦克阿瑟的牛皮真的吹破了。我志愿军于12月24日打完第二次战役后，共歼敌3.6万余人，收复了三八线以北的广大地区；恢复了朝鲜民主主义人民共和国的全部领土，奠定了抗美战争的胜利基础。于是，麦克阿瑟在一份电报中只好委婉地承认了发动圣诞节攻势的失败。在一个专门的会议上，他召来了朝鲜战场上的两位指挥官，西线的第八集团军司令沃尔顿·沃克中将，东线的第十军军长爱德华·阿尔蒙德少将。他们都异口同声地说："我们正面临着一场全新的战争，派给我们的任务已经超出了我们的能力。目前由于鸭绿江已经全面封冻，中国人开辟了越来越多的增援补给的通道，使得我们的空中力量无法实施有效的封锁。显然，我们的军力不足以应付中国人这一场不宣而战的战争，它已超出了本战区司令所能达到的权限。"无独有偶，与此同时美军陆战一师史密斯师长在给第十军军部的电报中，哀叹道："我们陆战一师的'北极熊团'是诞生于第一次世界大战的，曾参加过1918—1920年的对苏俄干涉作战，因而获得'北极熊团'的称号；第二次世界大战期间，在太平洋战场上，曾参加过阿留申群岛、马绍尔群岛和冲绳岛的战斗，可以说是迄今为止美国陆军中战斗力最强的部队，然而，就是这样一支战功赫赫的部队却在这冰封雪冻的长津湖畔被中国人给干掉了。现在看来，继续北进鸭绿江不仅是愚蠢的，也是根本不可能的了，只会招致陆战队更大的损失甚至全军覆灭。"

207工作队每天都要处理大量类似的电报。一天，战情股的杜股长拿着一份电报来找到分析股的宋股长，说："志司情报部打电话来查问，这份电文是否有误。"宋股长接过电报看了看，便说："没啥问题呀！""情报部主要是对那句'回过头来向南进攻'感到费解。"听杜股长指出疑点后，宋股长便陪同杜股长一起来到第一小组找到了房明霞，让她拿出该电报的原文进行校对，校对结果完全无误。宋股长解释说："这份电报是机械密码，是由机器自动破译的，不会有错。至于'回过头来向南进攻'，或许这是他们对撤退的一种体面的说法！据说，美军陆战一师在'二战'期间是常胜军，只说进攻不言撤退，这大概是他们头一次打了败仗，还不习惯说撤退二字，仍然冠冕堂皇、不知羞耻地把撤退说成了进攻吧？"杜股长听完半信半疑地走了，心想：也只能这样解释了。

从207工作队所截获的这些电文中，不难看出，我志愿军出国作战后，才刚刚接上火而对方就招架不住了，同时，我中国人民志愿军也开创了在一次战斗中，歼灭美军一个整团建制的历史。李德宝对此曾用"冲着香炉碗儿打喷嚏——闹了一鼻子灰"来形容美帝国主义者的遭遇。

入朝以来207工作队已经多次转移阵地，经过一次次的转移也就一次次地更加接近前线。从最初的仙台里到大栗子里又到岩石洞再到月牙里，每次转移时都是白天工作夜间行军，唯有出定州那次是白天行军，也就是本书开头的那一幕。

随着第二次战役的胜利，志愿军总部由大榆洞向南转移至君子里，上级指示207工作队也要迅速跟进。此次从月牙里出发前移仍然是夜行军，所不同的是坐车却不用步行了。由于此次转移的距离较远，中间还要经过两条大江，上级从运输团临时调来3辆卡车，加上工作队原有的1辆，共4辆卡车，在没有月亮的夜里浩浩荡荡地行军，所以这次转移，既轻松又愉快，经过小半夜的行军，于即将天亮时分到达了新的阵地——月岘里。

新的阵地在清川江的南面，距离平壤也不过只有几十公里，在一个名叫月岘里村庄的后山坡上有一条山涧，西侧是一大片柞树林，那是朝鲜老乡养柞蚕的地方；东侧是一大片枫树林，在枫树林的掩护下，整个山坡上都挖了许多防空洞。

据说，某部的机关曾在此地驻扎过，防空洞是由他们挖的。从两栋民房的中间，向山坡上走去，就可以直接进入四通八达的交通壕，在交通壕的两侧，相隔一定距离就有一个防空洞，洞与洞之间都由交通壕连接着。洞的大小不尽相同，有长的，有方的，有单间的，也有套间的，但多数是方方正正的，如同地面上的办公室一般，里面有简陋的桌凳，有的还有火炕适合办公或住宿。防空洞很坚固耐用，在四个角上都立着一根柱子，墙面上和洞顶上都排满了直径十几厘米的松木；洞顶的松木上面堆了厚土、铺上草皮，还栽上了一些小树作伪装。

分析股的第三小组，因为人员少，所以给了一个小一点的防空洞，从里面看就像我国北方民房的一间小屋，一半是火炕，一半是屋地。在地上埋下四根桩，钉上几块板就成了办公桌，于办公桌的周围，埋上几个木墩钉块板就成了凳子，虽然桌子、凳子都很简陋，但挺实用；四面墙和房顶都糊着报纸，灯一开也挺亮堂。岳为民一进来便喊："Oh my God, great！"

李德宝听到他说great，便说："大什么大呀，这还算大吗？"

高组长解释说："他不是说大，而是说，我的天，太好了！Great这个词在这里用，可以是了不起、太好了的意思。"李德宝听了点点头，表示明白了。

金月容初到洞里便大喊大叫地跳了起来："呀，多好啊，太美了！赛过广厦千万间，庇护战士得安全，这里将是我们生活、工作与战斗的好地方啊！"

"呀哈！'耗子钻书包——咬文嚼字'哪！"李德宝顺嘴接了一句。

金月容瞪了他一眼，刚一转身便和跟在她后面进来的赵阿春撞了个满怀，两人抱在一起高兴得又蹦又跳了起来。高密见状便说："这儿，是你俩工作与战斗的地方，但不是休息的地方，你俩住在别处，一会儿就带你们俩过去看看。"

刚刚安顿下来，队长、副队长和协理员，便在宋股长的陪同下前来看望大家了。队长一进门便问："怎么样？"

"我们金月容说，太美了。"高密组长把金月容方才的话重复了一遍，然后又说，"她的话也代表了我们大家的心情。"

"金月容同志挺有文采嘛！杜甫的诗被她改得挺贴近现实的。"柳协理员当场表扬了金月容。吴队长见他说完，便把前不久志愿军总部遭敌机轰炸后，首长们都非常强调防空问题并特意安排工作队住进这片防空洞的情况讲了一遍。

宋股长听后便对大家说："我们要努力工作，以实际行动感谢上级首长的关怀！"

大家齐声喊："是！保证完成任务！"领导们又交代了一些注意事项，然后便走出防空洞到别处去了。

晚上除了值班人员外，全队在村小学校里参加晚点名，由柳协理员对工作队这次顺利转移的情况进行了讲评，讲评中表扬了好人好事；也讲评了大家对防空洞的各种反映，重点表扬了金月容乐得直蹦高等情况，协理员也用了司马光的一句古诗"人生无苦乐，适意即为美"告诫大家要不断端正自己的苦乐观，适者生存，以苦为荣，并强调指出，咱们能够住进防空洞还充分体现了志愿军总部首长的关怀与厚爱。

柳协理员是个从大别山出来的老干部，他的主要职责就是协助工作队首长对全队人员进行日常思想政治工作；由于管理股股长留在安东负责后勤、留守任务，所以柳协理员还要兼顾行政管理教育工作。每个阶段的工作和学习动员、讲评与总结，都要由他作报告，特别是每当全队的晚点名时都少不了要听他讲话。无论他讲了啥，那些与他平级的股长并不以为然，背地里总要骂他婆婆嘴，只有那些连排干部和战士对他唯命是从。尤其是一些年轻同志都挺乐意听他讲话，他那朴实无华，充满人生哲理、军事修养和生活常识，而又循循善诱的讲话，常常会让人感到受益匪浅。

在分析股第三小组洞口不远的地方有棵板栗树，树干有腰粗，树冠如伞，树杈挺茂密，把整个防空洞都遮挡在树荫下，给人一种安全感，敌人侦察机即使超低空飞行，也很难发现。

时已仲冬，早过了收获的季节，满树的栗子都压弯了枝头，却不见有人来采收。通常人们所看到的栗子，外壳是溜光水滑的，可是树上的栗子，外面还有一个硬壳，其毛如刺。忽如一夜风雪过，晓来红叶撒满天。开门一看，栗子落满地，有些竟滚落到交通壕里，一不小心就踩个正着，为了方便走路就弯腰把它捡起来扔到树底下去，在这种时候，即使手上并未沾上泥土，往往人们也要故意把手拍得啪啪响，以示清白。每每至此，人们常会想起协理员在晚点名时，讲解的那首古诗《君子行》："君子防未然，不处嫌疑间。瓜田不纳履，李下不整冠。"协理员用这一典故告诫大家，瓜田李下都是容易发生嫌疑之处，经过瓜田别弯腰，走进果园别抬手，以免有偷瓜摘果之嫌；他教育并敦促大家自觉地履行"爱护朝鲜人民一草一木，不拿朝鲜人民一针一线"的誓言。因此，尽管大大的栗子对这些时常一连几天都见不着一点新鲜蔬菜的人来说，是那么充满诱惑，却任凭其在脚下踢来踢去却也没人采食。

数九寒天将至，随着北风呼啸而过，枝头上的板栗几乎全都掉到地面上了。高密从群众那里借来工具，发动全组同志把洞口周围的板栗通通收集起来，以免被冰雪覆盖后冻坏了。由于不知道那些板栗树到底是个人的还是集体的，所以只好都送到里委员会去了。当时，里委员长还拿出来一些送给他们，被他们婉言谢绝了。里委员长便说：

"今后的不要再送来了，你们的是可以吃的！你们，我们统统的憨嘎记（都是一样的）！"

"考冒细比他（谢谢）！"高密一边说着就一边告辞了，虽然嘴里说着谢谢，但心里想着："谁敢哪！我们可不敢吃呀！"为此，晚点名时还得到了协理员的表扬。

尽管天气寒冷，但防空洞里还是挺暖和的，每个洞里都有一个地炉子，可以烧火炕。晚饭后，大家散步回来都集中在一起，自觉地进行工作或学习、读书看报。这一天，正是号称小周末的星期三晚上，可以搞活动，也可以说笑话、讲故事之类的，岳为民见大家都坐好了就兴致勃勃地讲起了他们家乡是怎么吃糖炒栗子的，"把栗子放进锅里，加上麦芽糖和菜籽油及少许碎焦炭，稀里哗啦的翻炒声，噼里啪啦的爆炸声，整个天井、弄堂里，都是栗子飘香，孩子们吃得两手油乎乎的，嘴角黢黑，笑声满庭院。"高密组长见金月容、李德宝两人听得直流口水，便制止老岳说："行了，行了，别馋我们了，你该干啥就干啥吧！"

"我们吉林那疙瘩有句话：'桃饱人，杏伤人，李子树下撑死人。'栗子吃多了也会撑人的。"李德宝说。

"依抵咯小男孩，哪能嘎许多俏皮喔（话）！"赵阿春搭话说。

"是啊！"金月容也接了话，"前些日子他在伙房里喊'土豆子炸茄子，撑死老爷子'逗得大家直乐，这会儿又说'栗子吃多了也会撑人'了，可你想吃也吃不着啊！"

"这都是民间谚语，说给大家听听，不知可信可不信！"李德宝急忙解释说。

"好了，好了！"高密组长叫金月容、李德宝都准备好纸和笔，"给你俩做一道数学题。"

李德宝听了便说："No problem（没问题）。天下无难事，只要肯动脑，就没有解不开的题。"

"不！"金月容感到李德宝的话说得有些过头了，便补充说，"我是说，凡是我学过的，任何题目都可以解。"

赵阿春在一旁插话说："侬勿要把咸喔（大话）港（讲）过头了，团俩鬼头（你们俩）还是把题目先凯凯叫再港好伐啦（看看题目再说好不好）？"

"那你也别'门缝里瞧人——把人看扁了'啊！"李德宝反驳了一句。

"请抄题！"高组长便把题目念了出来，"ABCD+EFGB=EFCBH。"

"天哪，尽是英文字母，这算什么数学题呀！"两人几乎是异口同声地惊叫了起来。

"别着急，这就叫密码数学，难吗？仔细看看，没啥难的嘛！"听组长这么一说，李德宝便一边抓耳挠腮，一边说："什么叫密码数学？咋没听说过呀！"

"对！在社会上这叫做智力游戏，是用英文字母代替0—9的数字。"高组长看了看他俩，然后又接着说，"所谓密码数学，是因为它与咱们的工作有关系，这种作业方式在咱们的业务上，就叫做以一个已知数去求两个未知数，也可以叫单码代替，你俩不是已学过了吗？要破译它可是要下点功夫的哟！"李德宝受到启发后有点明白了，便风趣地说："噢，原来如'彼'呀！那我试试看！"两眼死盯着试题，聚精会神地琢磨了起来，手里拿着一支铅笔和一块橡皮，写了擦，擦了写，过了不一会儿，他突然叫了起来："好了，'大力士耍扁担——轻而易举'嘛，我解开了！"

紧接着金月容也喊了起来："我也解开了！"

高密组长把他俩的答案都认真地检查了一遍，然后说："不错，你俩都做对了！并不难吧？关键的问题就是先确定E=1，其余的就迎刃而解了。"李德宝与金月容都应声道：

"正是这样的！"

"只要确定了E=1，那就必然是A=9了！"

"很好！方法对头，答案也是正确的！"

坐在旁边看报纸的岳为民、赵阿春听了后都抬起头来，大家相视而笑。

时光如流水一般，什么感恩节、圣诞节，一晃就都过去了，不知不觉，1951年的元旦快要到来了，柳协理员召集会议，布置了元旦晚会和会餐事项，要求每个组、每个班届时都要派人帮厨，并要准备节目。还强调指出，这是工作队成立之后，也是我们入朝以来在战场上，第一次举行如此大型的文娱活动，要求大家都要高度重视。

第二天上班时，高密组长传达了会议内容并通知大家："认真考虑考虑，上午下班前留半个小时讨论讨论，看看咱们能出个啥节目。"话音刚落，赵阿春便说："我有个好主意，让金达莱唱歌。"高密赶忙制止说："好，好，等一下再研究。"

整个一上午，每个人都怀着兴奋的心情，好不容易才盼到了11点钟，组长吩咐大家把密件收好，于是，每个人都把密件放入自己那个绿色小木箱子里，并把连在木箱盖上的绳子埋在木箱下边的印泥盒里，并在印泥里盖上自己的印章。未等到高密组长宣布开会，赵阿春就迫不及待地把早上的意见又重复了一遍。

"小金子，你看行吗？"高密组长问。

"行就行吧。"金月容低着头，连眼皮也没抬一下说。

"好像有些勉强嘛！"高密感到犹豫了。

"不，不是勉强，她是有点不大好意思，"赵阿春急忙说，"她唱得蛮好咯！"

"那唱一个什么歌？"高密继续问道。

"苏联歌曲《红莓花儿开》《喀秋莎》，还能用俄语唱《祖国颂》！"赵阿春尽情地给予推荐。

"最好找个人给我伴奏！"金月容终于开口说话了，高密组长的心里就有了底儿了，便赶忙说："那行，一组、二组都有会拉琴的，我去跟他们说。"

"干脆吧，向股长建议，咱们股3个组，大家合在一起搞几个节目不就得了呗！一组的房明霞、二组的秋小玉再加上咱组的金达莱，一人唱一支歌，然后再来一个女声小合唱或者叫田枫跳个舞，蛮好的！"赵阿春把自己的想法说了一遍。

岳为民在旁边喊了一句："This is not a bad idea（这倒是个好主意）！"

高组长也说："的确是个好主意。"他见大家都表示赞成并支持阿春当导演，便把这个意见汇报到股里去了，宋股长觉得这个建议不错，便采纳了。于是，分别从三个组共抽出七八个人，并真的由赵阿春担任导演，每天下午和晚饭后都聚在女同志住宿的防空洞里排节目。

正当1951年元旦即将到来之际，北京传来好消息，毛主席给二局题词了。洪彩霞译出电文后便立马交给吴队长，吴队长看后高兴得不得了，立即召集总支委员会进行学习讨论。12月30日星期六下午开大会，由协理员给大家宣读了题词："你们的工作很有成绩，配合了正义战争的胜利，希望你们继续努力，为争取完全的胜利而奋斗。毛泽东，一九五零年十二月廿九日"。大家听了毛主席的题词无不为之欢欣鼓舞，精神振奋，纷纷表示一定要努力工作，为争取完全的胜利而奋斗！

207工作队获悉，美军第八集团军司令官沃克因车祸身亡，由麦克阿瑟提名经杜鲁门同意，任命马修·邦克·李奇微接任第八集团军司令官一职。

我军于12月31日晚，发起了入朝后的第三次战役。因为要开战了，所以元旦晚会也就变成了战备动员会。此前，当美军、李伪军败退三八线以后，应"联合国军"的要求，土耳其派遣了一个步兵旅开到了朝鲜战场，配属在美军第一军团序列中。该旅旅长信誓旦旦地下决心要打出"土耳其军威"，决定在元旦上午八时，于金化地区举行阅兵式，接受"联合国军"总司令麦克阿瑟的检阅。207工作队得到这一情报后便迅速上报志司情报部。于是，彭总便下令让刚刚组建的全套苏军装备的远程榴弹炮师投入战斗。元旦上午八时，正当土耳其旅列队集合等待检阅的时候，我志愿军第一炮兵师数千发炮弹呼啸着飞向土耳其旅检阅场，6000余名土耳其士兵瞬间伤亡过半。麦克阿瑟因飞机迟到而侥幸逃过了这一劫。也就是说，整个土耳其旅还没有参战就报废了。第三次战役刚刚开始就打了一个漂亮仗，几乎全歼了土耳其旅，由此，敌人闻风丧胆，便于新年的第二天开始全线撤退了。

元旦期间，工作队曾获悉：美军为了自己逃命，便电令英军第二十九旅皇家奥斯特来复枪团及英国皇家重坦克营，埋伏在一个叫议政府的地区担任掩护，企图阻止我志愿军先头部队向汉城方向追击。英国皇家二十九旅仗着自己的装备优良，训练有素，狂妄地叫嚣：他们一个旅可以击溃中国的一个师。志司首长接到207工作队的密电报告后，决定于1月3日开始追击作战，命令先头部队的两个加强营绕过英国皇家奥斯特来复枪团及皇家重坦克营，直插议政府与汉城之间的高阳，抄其后路追击美军，首先击溃了美军第二十五师担负断后任务的一个营，随即乘胜进军占领高阳，然后用两个步兵连的兵力截住英国皇家重坦克营的退路，将英军第二十九旅皇家来复枪团第一营及皇家重坦克营一举全歼，狠狠地给英国人上了一课。我军乘胜于1月4日占领了李伪军首府汉城（现已改称首尔），并有3个军的兵力已进入汉江以南，将战线推至"三七线"附近，战役至1月8日结束，歼敌一万九千余人，为1951年开了个好头，也带来了一个开年大吉。

为了迎接1951年新春佳节的到来，柳协理员又宣布大年三十那天还要进行会餐、开晚会，要求各个班、组都要派公差帮厨，并继续准备节目。于是，各股的文艺骨干们又开始活跃起来了，分析股的文艺小组，仍然由赵阿春担任编导，组织排练节目，准备在春节晚会上进行演出。

新年伊始，敌人全面启用了新频率、新呼号、新密码，整个工作队从上到下，忙得脚打后脑勺，尤其是报务股、分析股没黑没白地加班加点干，而且还要抽出一些人去排节目。金月容他们几个累得走路都打晃，吴队长见了感到心疼，虽有意暂停排节目，但又觉得应支持协理员的工作，于是，便找到各位股长说：

"这样不行，到时候恐怕都上不了台了，要给排节目的同志保证夜间休息，不安排加班。"

"工作这样忙，柳协理员是否知道，还排什么节目？"

"前方在打仗，咱们在这儿开晚会，是否不太协调？"

听了股长们的抱怨，吴队长说："协理员主张开晚会，事先和我商量过；越是生活艰苦、工作困难，我们越是要千方百计地鼓舞士气，这就是辩证法，这就是对立统一嘛。好了，你俩也不必多说了，就这么干吧！"

自元旦以来，经过十多天的忙碌，各项工作都取得了的进展，工作队的突击任务圆满结束了。

三九严寒，冰天雪地，气温在零下三十摄氏度，实在冷得让人无奈，尤其是晚点名后往回走。走在小学校空旷的操场上，呼啸的北风吹过来，即使是身穿棉衣及棉大衣，也照样穿透。工作队的成员，绝大部分都是关里人，还有不少是长江以南的南方人，对于他们来说，可真的是领略了北方的严寒，尤其是朝鲜这雪盖冰封的冬天。虽然防空洞里还可以，不穿棉衣也能对付，但是一旦走到洞外，就是刺骨地寒冷的，尤其吃饭是个大问题，开饭时，尚未走到伙房，拿碗的手就已冻得有些麻木了，所以一个个都把饭碗夹在腋窝下，拿筷子的手连同筷子一起都插到大棉手套里，简陋的伙房里没有那么多桌子，仅有的几张桌子只能留给首长和女同志，大多数人打了饭菜就到厨房外面，把菜碗放在屋檐下的台阶上或院子里的地面上蹲着吃饭，没等吃到一半，碗里的菜饭就已经冰凉了，而且拿筷子的手也已不大好使了，有的人耐不住这种寒冷，就干脆打了饭拿回到防空洞里去吃。一些坚持在伙房门前露天吃饭的同志，还互相鼓励说："我就不信，有啥克服不了的困难！"也有人说："听老人们说，'只有享不了的福，没有吃不了的苦'，这点苦可算得了啥呀！""说得对呀！比起前方战士们的'一口炒面一把雪'来，我们还能端着饭碗吃饭，这可算是享福喽！""是啊！有炒面吃那还算好的哪！有的部队给养上不去，不少战士都饿昏在阵地上咧！"

空战

晚上，金月容从外面走进防空洞，对大家说："管理股来通知，要统计一下这个季度需要的办公用品，你们都需要点啥？组长先来，你要点啥？"

"要一支2B的铅笔。"

"我也是。"

"我也是。"

负责办公用品的金月容把组长、赵阿春和李德宝所需的，都逐一登记下来后，只见岳为民仍然在埋头工作，便问："老岳同志，你需要点啥？"

"啊，我来一袋牙粉。"岳为民边说边从兜里往外掏钱，当他看到金月容和赵阿春两人笑得前仰后合的样子时，便问，"哎！你们俩笑啥呀？"

金月容笑得上气不接下气地说："人家问你，这个季度需要点啥办公用品，可你倒好，要一袋牙粉！管理股能给吗？呵，呵，呵！"

"哦，不好意思！不好意思！That's too bad（真糟糕）！"岳为民急忙赔个笑脸，然后说，"一块橡皮，一支2B铅笔。"

高组长见大家都登记完了，便吩咐金月容说："组里共用的红、蓝墨水，原稿纸都需要领一点。"然后便替老岳打圆场说："老岳同志就是这么个人，经常是工作起来非常投入，太专心了，你说啥他根本就没听见。"

"不，不是，今晚我看到给养车从后方来了，我还以为要从国内捎东西呐。出国前，我本来有一袋刚开封的牙粉，我想，还能用一阵子，所以就没有备份，谁知包装搞坏了全糟蹋了。"

"我格搭还有一支黑宁牙膏（黑白牙膏当年叫黑人牙膏），拨侬先用吧！"赵阿春说着，便起身向外走。

"别，别价，阿春同志别去拿！我用惯了牙粉，从不用牙膏的。"

"甩了（算了）吧，啥宁弗晓得（谁不知道），侬就是勿舍得几个钞票，其实又用不脱多少格呀！"赵阿春说完便又向外走。

"真的，真的，我真的是用惯了牙粉。谢谢你，别去拿了！"说完便伏案工作起来。

"那么，我还有一小盒牙粉，给你先用着。"高组长说着便从墙上挂着的挎包里，摸出来两个又圆又扁的小铁盒，一个蓝色的，一个白色的，看了看那上面的字，蓝色盒子的是搽手油，白色盒子的是牙粉。高组长把搽手油放回挎包里，把牙粉放在了岳为民的面前，岳为民只是嘴里说着："谢谢！"可是手和眼睛仍然都在工作上，须臾没有离开。那年月，部队里一般的干部战士都是喜欢用牙粉刷牙，包装简便。有铁盒的、有纸袋的，又不贵，只有少数讲究一点的人才使用牙膏，农村出来的人大都使用盐面子；由于天寒地冻皮肤容易粗糙，一些小知识分子的挎包里也都有搽手油，分大、中、小蓝色铁盒包装，大盒的也只不过手掌心那么大，都是扁扁的。

岳为民是淮海战役时期入伍的，江苏泰兴人，与战斗英雄杨根思是同乡。杨根思1944年参加新四军，早在解放战争中，就已是出了名的爆破大王，曾荣获华东一级人民英雄称号，因此岳为民常说杨根思是他家乡的骄傲。可惜，前些日子有消息传来，杨根思在1950年9月出席全国战斗英雄代表会议后，赴朝还不到两个月，便于11月29日的战斗中壮烈牺牲了。在朝鲜咸镜南道长津郡下竭隅里飞鹤山围歼敌人的战斗中，担任连长的杨根思，带领一个排坚守在阵地上，战斗相当激烈和残酷，当打到只剩他一个人时，他便义无反顾地抱起炸药包冲入敌群，猛拉雷管炸死大量敌人，完成了切断敌人退路的任务。杨根思壮烈牺牲的消息强烈地震撼了岳为民，也强烈地激励着他努力工作、打击敌人。

当杨根思牺牲的消息传来，柳协理员还用了一个下午政治教育的时间，组织学习杨根思的事迹。首先由他宣读了上级发来的材料，然后便请杨根思的同乡岳为民发言，岳为民领会协理员的意图，所以他简要地讲了一下：解放战争时，就知道他家乡出了个战斗英雄叫杨根思，家乡人都以杨根思为骄傲，然后就赶紧表决心，把自己应该如何、怎样地向英雄学习讲了一遍。协理员当场小结了几句，便宣布散会了，要求各班组回去组织学习讨论。打那以后，大家都知道了岳为民是杨根思的同乡，仿佛岳为民也成了英雄似的，人们对他也都高看一眼；而岳为民自己也觉得，既然在会上表过决心，行动上就得做到，因此处处以英雄为榜样，更加严格地要求自己，无论工作上、生活上都注意发挥模范带头作用。就拿牙粉这件事来说吧，牙粉用完了他也不好意思讨扰别人，只是到伙房向炊事班长要点盐粒子碾成粉（那时部队里没有精盐，都是吃大粒子海盐）。有不少人就是用碾碎的盐面子刷牙，为了省着点用有时则不刷牙，只用盐水漱口了事。男子汉就是这样刚强，生活再艰苦也能穷对付。当然，少不了也遭人误会，一次，李德宝瞧见岳为民用牙刷蘸盐面刷牙，便不解地问赵阿春：

"为啥老岳同志用盐面刷牙？"

"该不是《红楼梦》看多了吧！"

"怎么讲？何以见得？"

"在《红楼梦》中，说贾宝玉有个习惯，每天清晨起来都要用盐来擦牙。"赵阿春说。第二天，当李德宝再次看到岳为民用盐面刷牙时，就想起赵阿春说的话，于是，张嘴便问：

"你用盐面儿刷牙，是不是跟贾宝玉学的？"

"哪呀，跟他学啥？真是岂有此理！因为盐具有清火、凉血、解毒的作用，又能固齿，所以我们老家的人，都是用盐刷牙的，将湿牙刷蘸些盐面刷牙，挺好的，你不妨试试！"李德宝果真试了一下，也觉得挺好的。

1月21日上午，美空军出动20架F-84战斗轰炸机，企图破坏由清川江至鸭绿江的铁路运输线，207工作队将截获的这一情报发出后，很快便从国内凤凰城起飞了6架米格-15，赶到了清川江上空迎战敌机，让美空军对突如其来的6架米格-15感到措手不及。在空战中，只见美机中的一架带队长机被击伤后而冒着烟逃窜，其余飞机也都逃离了现场。当时有很多人都目睹了这场空战，然而谁也未曾想到这竟是年轻的中国空军首次出战，起初人们都习惯性地以为是从安东机场起飞的苏军飞机，只有眼尖的人发现了，飞机的标识不同。可是据美军的战报透露，他们竟误以为是朝鲜空军的飞机，并惊呼在朝鲜人民军中也有了米格-15。其实，这是刚成立不久的我人民空军初试身手。

正当大家准备轻松愉快地迎接春节的时候，"联合国军"方面为了破坏我军休整，于1月27日（1951年春节前的腊月二十）发动了全线进攻。我军集结5个军进行迎击，毅然决然地发起了第四次战役，以一部兵力于西线的汉江南岸，坚决阻击敌人主力向汉城进攻；我军主力集中于东线向敌人展开猛烈的反击，歼灭李承晚伪军一个师，法国、比利时、卢森堡混合部队约两千人及美军一个多营，从而保证了战役的胜利。

第四次战役开始后，由于美军士气低落，大多不知道为何而战。时任美军第八集团军司令官的李奇微，曾感叹地描述说：美军"是一支张皇失措的军队，对自己、对领导机关都丧失了信心，不清楚自己究竟在那里干什么，老是盼望着早日乘船回国"，"步兵的祖宗倘若真能看到这支军队目前的状况，是会气得在坟墓里打滚的"。207工作队获悉：美军四处调兵遣将补充兵力，从欧洲抽调了一些有作战经验的老兵补充部队，并从日本从国内抽调了4个师的兵力，集结于洛东江一带，计划诱惑我军攻坚，然后，待我军疲惫、消耗后，便从正面向我反击，侧面由海上登陆进行截击，断我军退路以围歼之。由于李奇微偷学了我志愿军的一些战法，使得我军在第四次战役中打得很艰巨，也损失不小。但无论敌人计划得如何周密，其阴谋诡计早已被我精明强干的侦察兵们揭穿。

1月29日中午，我志愿军空军再次出巡，在清川江上空与前来袭击清川江大桥的美机遭遇。只见我空军8架米格-15与美军16架F-84飞机，顿时展开了空战。美军16架F-84在两个高度上飞行，我机立刻进行右转弯，以迅雷不及掩耳之势向上层8架F-84猛压过去，敌机见势不妙便慌忙扔掉副油箱，想抢占有利高度，被我机拦截后，敌机便突然左转弯企图迂回，我机也机智地向左转弯，抄近路从敌机内侧截击过去。此时，4架敌机从我机右侧翻转上来，想从右后方攻击我带队长机，只见我另4架米格飞机扭转机头向敌机扑去，一阵猛烈的炮火打得敌机丢下长机便跑，结果其长机被我击落，在追击逃敌中，又击伤了1架F-84，胜利地结束了这场空战，又是一个大获全胜，从而，在人民空军的史册上再次写下了光辉的一页。

安东留守处警卫三班的战士刘春生，突然接到岫岩老家来信说，他媳妇要来部队探亲，按信上说的时间计算，明后天就能到安东，若回信不让她来已经来不及了，只好报告了班长。经班长请示杨股长同意接待，赶紧给安排房间。第二天午饭后，刘春生请了假便去火车站接人，快到吃晚饭时，他独自一人回到了营房，跟班长说没接到。第三天午饭后又去接人。

当夕阳下沉时，营门口来了一位女青年，问明单位后便说要找刘春生，门卫一听要找刘春生便打电话报告给班长。班长跑来便问："你是刘春生媳妇吧？他去火车站接你了，怎么没碰上？"说完便把女青年领到了业已安排好的房间里，并报告了杨股长。杨股长带着管理员、会计等一帮人前来看望，女青年一见来了首长便赶忙出示结婚证，大家正在唠着家常，刘春生气喘吁吁地跑了进来，班长见了便问："人哪？你接到哪儿去了？"

"又没接着！我等了好几趟车也没见到人影。"班长听刘春生说完便指着女青年问："你看，那是谁？"刘春生看了半天也没敢认。

班长便说："她就是来找你的。"

刘春生听了，便怯声怯气地问女青年："你是李春花吗？我是刘春生啊！"

只见女青年站起来问："春生？你咋长这么高了？"

"我天天摸爬滚打进行训练，吃得多长得快！你咋变黑了？变得让人不敢认了。"

"天天下地干农活晒的呗！哪能不黑呀！"

原来，刘春生入伍时，父母考虑其弟和妹都年幼，家里缺人手，就托人给介绍了个对象，并让他俩突击结了婚。婚后三天刘春生便离开了家门。一晃两年多了，由于婆婆急着抱孙子，就趁农闲催着儿媳到部队探亲，于是，李春花就带上结婚证，拿着信底儿找来了。大家都觉得这件事儿挺新奇，于是，警卫班里有人作了一首诗：刘李二春喜结亲，三天之后参了军。夫妻见面难相认，军中笑谈传佳音。

刚过完小年，部队就收到了祖国人民寄来的大批的慰问信、慰问袋。队部的雷干事带着通信班的战士们，按人头发给各个股、室及班组，差不多每人都能得到大把的慰问信和两三个慰问袋；这是入朝以来，祖国人民发起的第一次大规模的慰问高潮，使广大的干部战士受到了极大的鼓舞。人们纷纷传诵着："毛主席时刻惦记着我们！""祖国人民和我们心连心！""我们一定要打胜仗啊！""决不辜负祖国人民的期望啊！"

春节，眼看着一天天地临近了，高密和岳为民两人商量，想写一副对联贴在防空洞的门框上，可是没有红纸，琢磨了半天终于想出了一个办法，首先用报纸裁成对联，然后刷上红墨水，待红墨水晾干后再用毛笔蘸墨汁写字。虽然对联挺简陋，却很吸引人，无论谁经过洞口时都少不了要驻足观看一番，并逐字逐句地念上两遍，上联是：党和国家把我们放在心上，下联是：我为祖国和人民奉献青春，横批是：战斗之家。大家都觉得很新颖，于是，不到半天工夫就自动推广开了，整个阵地上到处都有红对联，呈现出一片迎接新春的节日景象，烘托着一派浓烈的战斗气氛。

时光在无情地流逝着，时间老人终于把1951年的春节送到了人间，送到朝鲜战场，送到了志愿军的阵地上，2月5日除夕这一天，晚餐格外丰盛，每桌是八个人十个菜，散装的白酒敞开喝。因为条件有限，人们只能轮流就餐，从下午三点半开始一拨又一拨地到伙房里会餐，李德宝吃完后，一边拍着肚子一边说："我是'老母猪吃酒糟——酒足饭饱'了。"并且还感慨万分地说："这是我有生以来头一次领略了会餐是啥滋味，而且还是在战场上。"当时，虽然是酒管够，但许多年轻人都未曾沾过白酒则不敢喝，一些值班人员都遵守规定自觉不喝，尤其晚上还有猜灯谜，军棋、象棋和扑克比赛，照例还要开晚会，因此谁也不敢贪杯。晚会是在村里小学举行的，学校没有礼堂，却有一个召开会议用的大教室，平时，中间用可折叠的活动门做隔墙分为两个教室，经过校方的指点把课桌搬出去摆好凳子，坐上个一二百人毫无问题；教室内挂上几盏马灯也蛮亮堂，没有舞台只能在平地上演节目。虽然条件是差了点，但仍然热闹非凡；有人说，能在这种场合开晚会，比起堑壕里的战士们那简直是幸福到天上去了。

夜里，大家在防空洞里，互相翻看着祖国人民送来的慰问袋，外面不时地传来"爆竹声声"（高炮打飞机），似乎也在为节日助兴。高密带着李德宝，一人拿一个盆从厨房里按人头领回来肉馅和已经和好的白面，于是，大家便七手八脚地包起饺子来。高组长知道江南人家是很少吃饺子的，还特意给赵阿春做了示范，手把手地教了她一遍。大家一边包饺子，一边谈笑风生，起先，话题最多的还是围绕着晚会节目，大家都夸"咱小金子最棒"，说她"唱得好，音域宽广、声音清脆明亮""音色甜美，悦耳动听"。大家你一言我一语地把小金子夸得怪不好意思的，李德宝打圆场说："金达莱的确唱得真不赖，不过我觉得房明霞的女中音也挺好的，《莫斯科郊外的晚上》唱得多好！"赵阿春评价说："田枫的舞蹈跳得也挺带劲儿，模仿老太太种地瓜，真是活灵活现，还有报务股的小话剧也蛮好的！"大家刚表示赞成，她又补了一句，说："就是潘雅娴的扮相不大好，活像个小寡妇！"逗得人们哈哈大笑起来。笑了一阵子后，李德宝对岳为民说："老岳，晚会前，我看了墙上贴的那些谜语，我只能猜出几条，还有几条到现在我也没猜出来，你帮帮我，好吗？"

"请讲！"岳为民说完，未等李德宝说话便又接着说，"那你先说说你都猜出了哪几条。"李德宝便如数家珍地一条一条地讲来，岳为民边听边点头，有的地方还赞许几句，当听到"晚间日落，一点见"是门字时，岳为民插话了："这个字，你可没猜准，不是门而应该是兔。"

"哪能港（怎么讲）？"赵阿春在旁边听了，还没等李德宝反应过来，便不解地问道。

"这条谜语的谜面是'晚间日落，一点见'，德宝只猜了前一半，而忽略了后一半，其实它的关键字，应该是晚而不是间，晚字去掉了日，就剩下了兔，在兔字上再加个点，就是兔。"

"对对对！'一加一等于二——没错'！当时我一看就认准那个'门'字了，把后边的'一点见'给忘了。"

"是吧！其实，你把这一条同前边的那两条联系起来看，'尖端''百里挑一''晚间日落，一点见'合在一起，就是——"

"就是'小白兔'！"李德宝抢先说出来了。

"对了，若是这样，你也就不会把它当门字猜了，那你再把没猜出来的讲讲，Let me try（让我试试看）！"

"一个是'人人都有优缺点'，一个是'禁止烟火，闲人免进'，再一个是'今日一去不复返'，都打一个字。"

"这三个谜语，后两个都属于一种类型，需要破解的关键字眼，就在谜面上，如第二个谜语，关键是'烟火'，把烟的火字旁去掉，然后闲人免进，叫里边的人字出来。"

"噢，我知道了，是个'日'字，那第三个呢？"

"第三个的关键字，是'今日'两个字，一去不复返，就是去掉日字里的那一横，然后再合起来。"

"我晓得，是个'含'字。"没等岳为民说出来，在一旁包饺子的赵阿春就抢先回答了。李德宝用手拿擀面杖在桌面上比画了几下，欣然点头称是，然后又追问道：

"那第一个呢？"

"这第一个稍微难点，'人人都有优缺点'难就难在它的关键字不在谜面上，首先需要把它的意思搞清楚，如人人是说至少有两人，这个字应该是双立人旁，优也就是良，那么良字缺个点。"

"那是啥？"李德宝不解地问道。

没等岳为民回答，赵阿春又抢话说："良字没有点，就成了一个艮字，再加上双立人就是'很'字喽！"李德宝听了，朝岳为民跷起大拇指，说："你真行，佩服！佩服！看起来，我还是酥油渣儿发白——短炼哪！"

"若说猜谜语呀，"高组长接过话茬说，"那是咱们老岳的拿手好戏，尤其擅长猜字谜，他在这方面的能力与咱们的业务素养，是大有关系的。"高组长停了一会儿，又接下去好像是针对着两名新战友说的，"干咱们这行，需要有很丰富的知识，知识是能力的基础，能力是知识的体现，能力的高级形式则表现为创造，一旦发现与掌握了规律，知识就转换成强大的动力，有了这种动力无论在任何方面、任何问题上都能出成果。"大家听了高组长的一番论述都感到很受启发。

"侬港的交乖好（你讲得真好）！"赵阿春用上海话赞美地说。

李德宝便再一次跷起了大拇指说："说得好，真好！不愧是老革命，说起话来很富有哲理，让人很受教育！真的，受益匪浅哪！"

人们一边包饺子一边猜谜语，有说有笑热闹非凡。可是，金月容有好长一会儿都沉默无语，不说不笑也不参加猜谜语。大家便嘁嘁喳喳地议论说："你们看，金月容她想家了。"金月容听见了便回了一句说："才不是呐！"由于她在组里年龄最小，战友们少不了要拿她寻开心。此时，吴队长的爱人洪大姐，到每个洞里巡回指导大家包饺子，金月容究竟为啥沉默不语，也就无人去追究了。洪大姐包起饺子来又快又好，对大家既有启发又有鼓舞。饺子包完后，大家又猜了一会儿谜语，由岳为民用唐诗出了一些诸如"东边日出西边雨（汨）""少小离家老大回（夭）""锄禾日当午（香）""白日依山尽（沈阳）"之类的谜语，只见李德宝抓耳挠腮地猜，却一个也没猜出来。当岳为民揭晓了谜底后，他对"白日依山尽"

猜沈阳提出了疑问。岳为民便给他解释了一下，沈和沉两个字有时通用，比如，国民党里有位高级官员名叫沈醉，这沈醉两个字的意思，就是醉得很沉很深，所以这个沈字也可以当做沉字用，白日依山尽，岂不是太阳要沉下去了嘛？"哦，原来如'彼'呀！"李德宝俏皮地说。

高组长看看桌上的马蹄表，已过23点了，于是，就招呼人赶紧把柴火抱进来，在地炉子上，边烧炕边煮饺子。战争年代，每个班发两个盆，早上洗脸，晚上洗脚，开饭时一个盆打饭、一个盆打菜；抗美援朝时期条件则好多了，每个人都有自己的盆，公用的盆则只供打饭打菜用，此时，他们拿两个盆来煮饺子，一个盆子当锅一个盆子当盖。由金月容掌勺煮饺子，她一边不时地往锅里加着水，一边夸耀地说："这煮饺子可是个技术活呀，不信，阿春姐你来试试！"

"我可勿来晒（不行）！阿拉偓里厢（我们家里）过年辰光是不切（吃）饺子的。"

"那咋过年呀！"

"阿拉切汤圆。"

"啥叫汤圆呀？"

"汤圆就像元宵似的，不同的是，元宵是滚出来的，汤圆是包出来的。"高组长一边比画着一边解释说。饺子煮熟了之后，又把锅盖变回了盆用来装饺子，大家边吃饺子边说笑，欢欢乐乐地度过了一个热热闹闹的除夕夜。

大年初一早晨，天刚破晓，集合的哨音便已吹响了，工作队全体整队在小学校的操场上举行团拜会，队首长在队前向大家拜年，并要求大家在过年期间仍要以战备工作为重，我们的工作关系到前线战士们的得失，关系到后勤运输线的安危，关系到整个战争的胜败，丝毫松懈不得。协理员在新春致辞中，强调不要辜负祖国人民的关怀，一定要坚决打胜仗，并高度评价了后勤、警卫工作。这使大家深深地认识到：战争的胜利，冲锋陷阵固然很重要，但没有人民的支援，没有强有力的后勤保障，恐怕也很难实现。为此，李德宝也十分感慨地说："火热的战斗不只是在前沿阵地上，也时常会发生在钢铁运输线上啊！"

前线就是前线，节假日也照样忙碌着，尤其是像207工作队这样的战备值班单位，即使是新春佳节也是如此，一切都由晚点名来安排，如通知周六上午过组织生活，下午整理内务、收拾个人卫生、洗衣服，剩余的时间则为自由活动，也就意味着放了半天假。从春节到元宵节，像这样的半天也只安排了一次，元宵节过后，也没几天就进入了3月份。

自2月中旬以来，彭总下令，让西线担任阻击任务的部队全部撤回到汉江以北进行休整。因此，有好几个野战部队都陆续撤了下来，急待补充人员和给养、弹药，有的就驻扎在207工作队附近的村子里，于是，这一片寂静的山林，气氛顿时热烈、喧嚣起来。一方面是人多了，热闹非凡，另一方面是207工作队的一帮子球迷可找到打篮球的对手了，这在战场上那可是非常难得的呀！可是，你乐了，敌人却并不高兴，他们不甘心失败，也绝不会让对手安宁的，没过多久，美军果然开始了向北大举进攻。207工作队获悉，美军于3月1日，在第九军所在地即靠近汉城的骊州，召开了作战会议，为破坏我军的休整，决定于朝鲜战场的西线、中线和东线发动全线进攻。前不久，美军曾搞了一个叫"石竹花"的作战计划，从发起进攻的时间、地点、兵力部署及其欲达之目的等，都被工作队无所遗漏地搞到手了，因此，美军的"石竹花"计划，便理所当然地、不可避免地遭到了惨败。

　　时已三月天，乍暖还寒，自昨天下午开始，天空中哩哩啦啦地散落下一颗颗亮晶晶的小冰粒子，在我国北方有的地方管这个叫小米糁子雪。从傍晚到夜里，逐渐由米糁子转换成小雪，又由小雪变成了大雪，一片片鹅毛大的雪片，缓慢地飘落下来，不久，雪片便连成了线似的快速地下了起来。大多数人都猫在防空洞里，对此却毫无察觉，唯有夜间巡逻放哨和上、下夜班的人才有幸欣赏到这一壮美的景观。人们早上起来一看，漫天皆白，就连树上全都挂满了树挂，于是，勤快人便拿起了工具开始扫雪。按照协理员要保护伪装的指示，扫雪，也只是限于交通壕里边，便于走路即可。

　　两个多月来，经过高密组长手把手地热心地传、帮、带，以及金月容和李德宝两人的积极努力、刻苦学习，两人业务上进步很快，尤其经过元旦以来敌人全面启用新密，两人经受了很大的磨炼，业务能力又有明显的提高，工作上已能独立完成任务，并较熟练地掌握日常工作，做到了独当一面。起初，金月容、李德宝两人，总是抓耳挠腮地感到困难重重，后来，逐渐入门了，生手逐渐变成了老手，也就不感到那么困难了，用李德宝的话说"就觉得像吃豆腐那么容易了"。高密组长曾经多次对他俩说过："我们这些人，是在黑洞中探索光明的人，必须要有蚂蚁啃骨头那么一股韧劲。""世上本无秘密可言，只要你擅于捕捉契机，时间会把一切都告诉你，然而这个时间是坐等不来的！"这些话本来是用来鼓励他俩而说的，他俩听了觉得此乃经典格言，比啥都有力度，在实践中也深有体会，便以此为座右铭写在工作手册上，记在心中，并不断用以鼓舞士气、增强信心，因而，他俩的工作成果一个接着一个，曾不止一次地得到宋股长和大家的表扬。高密看到他俩逐步成熟起来可以放手了，便把李伪军方向的简易密码破译工作，全交给他俩，自己便腾出手来与岳、赵他们一起攻坚伪军方向的中、高级密码。

春的气息越来越浓了，不知不觉满山的冰雪已消融，新绿已开始萌动，向阳处的青草已茁壮地钻出了地壳。蓦然，有谁提着气使劲地喊上了一嗓子："快看哪！"于是，人们才发现板栗树的枝条上露出了芽苞，那绿中含红的嫩芽，非常明显地把春天的气息带回到了人间。没几天工夫，整个山坡上由白转黄又由黄转绿，逐渐地变成了一片片绿野；紧接着又到了山花烂漫的季节，红、黄、白，各式各样叫不出名的山花，遍地开放；一些无名的小花随风摇摆，仿佛见了谁都会频频点头示意似的。不仅如此，大家就餐时便会发现，伙房里也出现了一派春色，那是柳协理员带着警卫战士们从山上挖来的野菜，大家边吃边议论着。北方人说，这是"啃春"的传统，而南方人说，这是"嚼春"的习俗，李德宝听了却大声吆喝起来："什么啃春嚼春的！你们没看见这里坐着个阿春吗？"把大家逗得直笑。

无论"啃春"还是"嚼春"，反正在人们的心里已明确地感受到：冬天已经远去，春天已来临了。

天气渐暖，反而防空洞里却显得有些凉了，所以人们在洞外活动的时间也就逐渐地多了起来。同在一个股里工作，除了召开股务会，大家也很难凑在一起，所以都非常珍惜工间休息的时间，一些象棋高手叫喊着："天当棋盘星作子，哪个敢与我较量？"于是，就会有一些喜欢下棋或喜欢看下棋的人应声聚在一起；一些年纪小的或抢不上槽或并不喜欢下棋的人，他们每人拿五个石子，两人一伙儿玩下五道；女同胞们玩抓石子儿：先用手扔起一个石子儿，然后抓起地上的石子儿再接住扔起的那个石子儿，看谁抓起的石子儿多就算赢；更多的同志则是聚在一起闲唠嗑，报务股那边经常是以邵建平、米志强为中心，而分析股这边经常是以关庆春、郭大江为中心，因为他们几个人都是喜欢打篮球的，一有空就凑在一起，到步兵连那边去打篮球，所以他们听来的消息也就比别人多；每当此时，爱听消息的便都围着他们转，不喜欢听小道消息的李德宝便挖苦说："这帮人'半道上捡了个喇叭——有的吹了'，你看着吧！"那时候，半导体尚未普及，人们听不到广播，唯有技术保障股自己用旧电报机改装了一台电子管收音机，由于场地小，每天只能有少数人去那里听广播，而更多的人就只能听小道消息，当然小道消息中，有时也少不了有"大道"新闻。如这一天，关庆春、郭大江他俩抢在公开新闻广播之前，就传播了一个即将轰动世界的消息：一天拂晓，一二五师三七五团一连正在抗击英军二十九旅一个营的进攻时，竟有十几架美军飞机为英军助战，在我军一连的阵地上来回轰炸，而且飞得很低，俯冲时带起的风都能把堑壕里战士们的帽子掀掉，机枪射手关崇贵眼见着一个个战友在腾空而起的泥土中倒下，他急红了眼，端起轻机枪就向俯冲下来的敌机开了火，于是，一架美军的P-51战斗机冒着黑烟就栽进了山沟，飞行员虽然跳了伞，但由于高度太低，还没等到伞张开，人就摔死了。可是，关崇贵却变成了一个有争议的人物，因为在志愿军入朝初期，为避免暴露目标，志司首长曾规定，不准用轻武器对空射击，这就是说，关崇贵虽然打下了敌机，却严重地违反了纪律。究竟如何看待关崇贵的行为，是功还是过，还是既有功也有过，还是两者相抵，团首长也拿不准，便逐级上报，最终报到彭德怀司令员那里，彭老总仔细询问了关崇贵打下飞机的经过后，说："这个纪律倒也犯出了一条经验，就是说轻武器是可以打下敌人飞机的！"于是，彭总决定取消禁令，给予关崇贵重奖，记特等功一次，授予"一级战斗英雄"称号，并指示对关崇贵要提升三级使用。遵照彭总的指示，军里便把他由副班长提升为副连长。

关庆春、郭大江两人手舞足蹈、绘声绘色地讲完了这段感人的故事之后，高密接着说："1943年，我们胶东的八路军，有个叫宋岭春的18岁小战士，在栖霞县的一座小山上，躺在茂密的草丛中，用三八式步枪打下了一架日军的飞机，许世友司令员还接见过他呢！据说那可是我军有史以来的第一次……"刚讲到这，便响起了哨音，工间休息时间结束了，尽管有人嚷嚷，要他讲详细点，但也不可能了。一次，晚点名时，柳协理员提醒大家，千万千万要注意防空，切勿贪玩儿，尤其是工间休息时，要注意隐蔽，不要扎堆儿，请各位股长安排一下，还是就地就近在各股的范围内分散活动好，以免扎堆儿后，目标太大。

尽管敌人疯狂地破坏我军的休整，但是上级仍然一再强调，要休整好以利再战。为此，志愿军政治部文工团，给从前线撤下来正在休整的部队进行慰问演出，由于207工作队的驻地距离演出地点并不太远，所以也被划在受慰问之列。于是，除值班者外，全队按行军序列整队前往看节目。本来金月容是值班的，可高组长特意把她换下来，让她去看演出，她乐得又蹦又跳地跑着去排队，李德宝见了吓了一跳：

"咦，你怎么来了？不是值班吗？"

"组长换我了。"金月容一边说着还一边十分得意地把脑袋向左又向右地歪了几下。

"那我去换组长！"李德宝说完便转身向值班室跑去，过了一会儿耷拉个脑袋，很不情愿地走了回来。

金月容见了，便问："你咋回来了？组长不去吧。"

"组长非让我去不可。"金月容听李德宝这样说了，心里觉得挺不得劲儿的，便赌气用双手在李德宝的胸脯上狠劲地推了一把，说："显你呀？若是那样，组长不早就让你换我了！"

其实，高密的用意是让金月容一边去接受慰问，一边去学习的。由于金月容充分地领会了组长的意图，所以当女声独唱《王大妈要和平》的节目刚表演完，她就跑得无影无踪了。起初，人们还以为她去方便了，过了一会儿不见她回来，赵阿春就着急了，便弯着腰跑到队前去报告宋股长。因为是露天演出，小金子离开队伍时，宋股长瞄了她一眼，看见她朝舞台方向跑去，所以，股长心里明白，便对赵阿春说："没事儿，她一会儿就能回来。"等到演最后一个节目时，金月容高高兴兴地跑了回来，赵阿春看见她手上拿着一张纸，上面有《王大妈要和平》的歌谱时，才恍然大悟，原来她是跟人家学歌去了。

打那以后，金月容无论坐着、躺着、站着、走着，甚至睡着，嘴里都一直哼唱《王大妈要和平》，有时组里开会前，只要有人喊："小金子来一个！"她就会站起来把《王大妈要和平》唱一遍，股里开会时，叫她唱她也唱，当然全队开会时也少不了要唱的，《王大妈要和平》是一首表演唱，一遍一遍地演唱，一次一次地增加动作，边唱边表演，一来二去《王大妈要和平》也就成了金月容的保留节目，逢会必唱。可是，谁也说不准，从1951年春天到1953年的夏天，她到底唱了多少遍《王大妈要和平》，就连化装上台表演的次数，她自己也记不清了，于是，《王大妈要和平》这首歌就成了当时人们喜闻乐见、百听不厌的好歌。在金月容的带动和熏染下，很多人都学会了哼唱《王大妈要和平》。这首歌之所以能够如此受到人们的喜爱和迅速而广泛地传开，并不仅是因为好听、好唱，而是它的旋律与歌词，可以深深地唤醒人们对和平的渴望与向往。

节日

第七章

春天真的来到了，一天比一天地热了起来。207工作队驻地西侧小河里的冰已全部融化，朝阳映照下的小桥流水与岸边无比轻柔摇曳着的杨柳树，呈现出一派绿意盎然，百花初绽，也有的还正在含苞待放，其绵延不绝的壮景，宛如一幅水彩画，也不知是出于哪位绘画大师的杰作。但春天的天气变化无常，经常是一天晴两天阴的，昨天还是晴空万里，风和日丽，而今天就是乌云密布，天气阴冷。清明前后仍是阴雨天气居多，防空洞里的潮湿度已开始上升，若想烧柴取暖，柴火也极少有干的；防空洞里阴冷阴冷的，即使穿着棉衣再披上棉大衣，也并不觉得暖和，这是最难受的季节。遇到好天气大家都喜欢往洞外跑，沐浴在阳光下面边说边笑，但这种时候总是很短暂的。

自从侵朝美军被赶回三八线以后，整个战线都向南移了，使得我军在后勤保障方面出现了很多困难。前方所需要的一切物资，都得由国内运送，而且还要及时回运伤员，因此，整个运输线上异常繁忙。敌人发现后便疯狂地进行破坏，无论公路、铁路，每天都要遭到狂轰滥炸，公路炸了有民工修，铁路炸了有铁道兵修，交通运输从未停止过。当时，铁路运输的关键所在即两座大铁桥。一座是鸭绿江大桥，一座是清川江大铁桥，都成了敌人的眼中钉、肉中刺，千方百计地进行破坏。

柳协理员在晚点名时，强调了要节约用电，他说："现在，天气一天天地暖和起来了，大家在外面活动的时间逐渐增多了，如果洞里没人，希望大家离开防空洞时要随手关灯。”

协理员的话倒使得高密组长突然来了个灵感，点名回来后，他一会儿在洞里边用手指进行测量，一会儿又跑到洞外边去看，反复琢磨了好一阵子，第二天他便对大家说：

“咱们把防空洞开一个窗户，让阳光射进来，白天办公时就不要再点灯了。”

“防空洞在地底下，咋开窗户呀？”

“开天窗呗！”

“那哪行？搞不好会漏雨的呀。”大家七嘴八舌地表示疑惑不解，高密见状便说：“我有办法！”说完便叫上男同志都跟他走，过了一会儿，他们从附近友邻部队借来了步兵进行土工作业用的小锹、小镐，就在防空洞南侧的山坡上，干了起来。结果不到半天就整好了，首先挖了一条沟，然后，再紧贴防空洞的南墙，从洞顶向下挖了个横1米宽、50厘米高的长方形的洞口，撅几根粗一点的树枝做个窗框、窗棂，然后糊上白纸。这样一来，洞里就亮堂多了，白天也用不着点电灯了。岳为民见状突然来了灵感，便问大家：“谁有办法，用什么东西能尽快地装满咱们的防空洞？”

“用空气！”李德宝抢先回答。

“不，用光！”金月容纠正了李德宝的说法。

“侬两个小赤佬，哪能嘎聪明，阿拉还在想，装满房间做啥嘛事，侬两个小鬼头就都答出来了，好厉害嘛！”赵阿春既对自己感到惭愧，又对金月容和李德宝二人大加称赞。

“他俩说得都有道理，不过，还是用光更符合题意；这么长时间，咱们谁也没想到，打开窗户，光不就进来了嘛！可见有了智慧，就能想出好的办法，有好办法就能产生好的结果，这样一来，白天不用开灯了，不是比随手关灯的效果就大得多了嘛，可以节省多少电呀！"

"行了！老岳，要说贡献也有你一份哪。"高密听了别人的夸奖，还挺不好意思的。

后来，队里专门召开了现场会，对这一创举给予了充分的肯定，并在全队进行了推广，而且还根据各个防空洞的大小统一规定了每个窗子的尺寸，从国内做了一批不反光的玻璃窗框，还有红、黑两层的防空窗帘哪。高密的这一举动可以节省很多的用电，为此，他荣获了个人三等功一次。柳协理员在晚点名时宣布了这一决定，并号召大家要向高密学习。在晚点名结束以后回来的路上，赵阿春拉着金月容紧追了几步，追上了高密，便说："高组长，今朝侬又受表扬了，真结棍哟（真行啊）！"金月容没听明白，便问了一句："你在说啥呀，什么三节棍呀？"赵阿春和高密听了只是抿着嘴笑，谁也没说啥。金月容疑惑不解地跟着赵阿春向她们女同志住的防空洞跑去，两人一边跑一边喊喊喳喳的。当两人进了防空洞打开灯后，金月容一边伸手去拉防空窗帘，一边说："噢，我明白了。"刚说了这一句话，正好被走进防空洞来的田枫听到了，田枫便一脚门里一脚门外地问："金达莱，你明白啥了？"从后面进来的房明霞和秋小玉，也一起跟着问："啥事体呀，侬明白啥嘛事了？"

经她们几个这么一问，倒一下子把金月容给闹愣了，两只大眼睛忽闪忽闪的，也不知从何说起了，便顺嘴胡说："阿春姐对我们组长有好感！"大家听了都为之愕然，赵阿春听后更是异常反感，便急忙追打金月容，边打边说："侬勿要呵筛舞四，哈港八港的侬（你不要说三道四，瞎说八道）！"田枫、房明霞、秋小玉等人便赶紧拦着不让打："好了啦，侬勿要打伊了呀，好伐啦侬（好了，你不要打她了，好不好）！"

"行了，行了，内务都搞乱了。"她们几个异口同声地制止了赵阿春。

赵阿春没打着金月容，气得直说；"侬迭个小金子，烦塔塔！切否消侬（你烦死人啦，吃不消，真拿你没办法）。"金月容一看，赵阿春似乎真的生气了，怪不好意思地跑上前去，搂着赵阿春的脖子，说："Excuse me（对不起，请原谅）！阿春姐你打我吧，打我吧！开玩笑的，你何必当真呀！"两人搂在一起竟然滚倒在炕上，赵阿春有意把话题岔开说：

"今朝亚里厢啥宁（今天夜里是谁）烧的炕，老捏（热）的嘛！"看看没人应答，便对金月容说，"好了伐（吧）金达莱，咱们赶快去打一打（洗一洗），好困告（睡觉）了呀！"

转眼间，清明节早已经远去了，山坡上绿草如茵，山花争艳，在阳光照耀下显得分外妖娆。人们偷闲的时候，都会从防空洞里跑出来，在山坡上晒太阳，几人一起坐着或躺着尽情地闲谈胡侃。这天，阳光灿烂，春风送暖，话务股和报务股不值班的同志，趁着业务活动的休息时间，都跑到防空洞外面的山坡上晒太阳，话务股的张丽红凑到孟昭生跟前，问道："分析股的金月容，怎么大家都叫她金达莱？"潘雅娴听到了张丽红的问话，也感到好奇便也凑到跟前去听。

"金达莱是朝鲜人最喜欢的花，我们一起去了志愿军总部执行任务，那里满山遍野地开着金达莱，由于金月容那甜美的外貌、细腻的嗓音，村子里的姑娘们都很喜欢她，常把采来的金达莱送给她，这样，金月容的手上就经常会拿着一束金达莱，又由于她姓金，所以总部的那些参谋索性就叫她金达莱。从总部回来后，李德宝便把这个秘密给公开了。"孟昭生的话音刚落，报务股的邵建平便很有感触地说：

"有些事儿呀想保密是保不住的。"他说完，又转身对报务股的其他几个人说："你们听说没有？咱们驻朝鲜大使馆的电台被敌人劫持了。"

"别逗了，电台咋劫持，被窃听了吧。"旁边的一个同志插话说。

"你看你还不信，还不只是被窃听，这种情况应该算被劫持。"

"那你快说说是咋个情况。"有人这样催促着。

"一天，上午10点钟，本来是会晤时间，"邵建平慢声慢语地说，"可是，总部电台与使馆电台之间怎么也联络不上，到了下午，16点的会晤时间快要到了，总部打电话询问使馆为啥上午通联不上。使馆说，不对呀，上午联络后，你台说干扰厉害指示我们改频，我们还给你台发报来的。经查证，总部根本没有叫他们改频率，完全是敌人搞的鬼，你们看敌人多狡猾，他们居然冒充总部电台窃取情报。"报务股的耿副股长听完便接过话茬儿，证明说："小邵说的不错，是有这么回事儿。"然后他又补充说："还不仅是大使馆呐，咱们有个军，最近也出了这种事儿，一连三天，志愿军总部的电台与他们都联不上，志愿军总部通讯处的乔参谋到该军找通讯科长了解情况，结果，科长并不承认，他说天天都在联络，而且现在正在联络中，乔参谋走到报务员身旁，接过电键便向对方拍发了'敌我识别暗令'，可是，对方却始终避而不答，乔参谋当即校正了频率，呼叫志愿军总部电台，联络上后，交换了'敌我识别暗令'，然后，乔参谋告诉他们：这才是志愿军司令部的电台，一定是你们不注意使用'敌我识别暗令'而被敌人钻了空子。"耿立国副股长停了一会儿，又感叹地说："这件事儿幸亏及时纠正了，否则后果不堪设想，就是现在说起来，都让人感到不寒而栗啊！"

每当此时，人们正谈得忘乎所以之际，柳协理员就会出现，他站在远处的山脚下朝大家喊："光顾了晒太阳可不行啊，要注意隐蔽！"于是，人们便赶忙叽里咕噜地从草地上爬起来，钻进防空洞，虽然有的感到余兴未尽，甚至并非情愿，但是协理员的命令不得违抗，即使与他平级的那些股长，虽然心里反感，但行动上也不得不执行。

敌人每失败一次以后，便会变本加厉地更加疯狂起来，于是，他们便再一次地制订了一个新的作战计划，命名为"屠夫作战"。好嘛，你听听多么吓人哪！失败后又出台了一个"撕裂行动"，这些都是李奇微协助麦克阿瑟搞的鬼名堂，无论他变换什么花样，其结果都逃脱不了失败的下场，因为有207工作队严密地掌握着他们的情况。

麦克阿瑟屡战屡败，尤其"石竹花"等一系列作战计划的破产，他不仅不吸取教训，而且还狂妄自大，既不听从美国国会的招呼，又背离白宫意图，擅自公开发表打过鸭绿江扩大战争的言论，而使得白宫对其丧失信心，于1951年4月11日将其免职。由李奇微接替远东军总司令兼"联合国军"总司令职务。狂妄、孤傲的麦克阿瑟，在中国人民志愿军面前吃尽了苦头，他颇有感慨地告诫李奇微说："不要小看了中国人，他们是很危险的敌人。"李奇微是个喜欢观察、善于琢磨的人，对志愿军的战法较有研究，一上任就想大显身手。207工作队获悉，美军于4月12日出动70余架次重型轰炸机，对我鸭绿江大桥实施轰炸。鸭绿江上原有两座大铁桥，一座公路桥，一座铁路桥，尽管有高炮部队保卫着，但由于当时我军尚未掌握制空权，再加上敌人是采取大机群作战，搞得我军防不胜防，最终鸭绿江上的公路桥被美国飞机再次炸断了，原铁路桥是复线的，后改为单线，在铁路桥上临时铺了路面，在没有火车通行时也可走汽车。鸭绿江大桥成了敌人的眼中钉、肉中刺，公路桥被炸后，鸭绿江大桥上的铁路运输更加繁忙，同时清川江大铁桥也是铁路运输线上的咽喉要道，日夜繁忙的铁路运输都要由此通过，无疑便成了敌人的一块心病，敌人每天都要派大机群进行轰炸，为此，铁道兵部队专门派了几个连队担任抢修任务，负责日夜维修；高炮部队有十几个连在那儿负责保卫，当然，保卫清川江大铁桥，也成了207工作队的重点任务之一。

根据207工作队所提供的信息，志愿军总部决定，于4月22日，从西线和东线组织反攻，志愿军入朝后的第五次战役开始了。由于李奇微熟悉我军战法，所以这一仗打得相当艰苦，敌我双方的兵力都在近百万人，出现了势均力敌的状态，敌人空中有飞机、地面有机械化部队的救援，若想歼灭美军一个整团，已经不能像刚入朝的时候那么容易了。根据毛主席的指示：对美军作战的胃口不能太大，必须采取"零敲牛皮糖"的办法，一点点地敲，实行战术小包围，打小歼灭战，然后逐步打大歼灭战。

最近，柳协理员曾不止一次地发现周副队长每顿饭都吃得很少，便跟吴队长说，担心他的胃病犯了。刚好吴队长也有察觉，经过他们几人商量后，便让周副队长回国去，请留守处的军医给开一张会诊单，然后到辽东省军区战地医院去看病。但周副队长去了还不到一星期便跑回前线了。吴队长见了便问：

"你怎么这么快就回来了？不是让你多待几天吗？"

"我做了钡餐透视没啥大问题，开了点药吃就行了，在后方待着没事干，心里总想着前方的工作，这不，玉莲还让我带来了元朝的照片。"吴队长看见儿子的照片，高兴得顾不得说啥了，便赶紧招呼洪彩霞来看。洪彩霞看后流着眼泪说："非常感谢杨玉莲！在安东给孩子照张相并不容易，要抱着孩子走很远的路还要穿过铁道洞。"

由于"五一"节快到了，星期天的晚点名提前了两天，于星期五的晚上进行。柳协理员在队前进行了战备动员，要求大家切实加强战备、搞好值班，并再次强调了防空问题，还宣布了假日安排，布置了任务：一、星期六下午先打扫环境卫生，然后整理内务和个人卫生；二、为了鼓舞士气，搞好宣传鼓动，决定出一期墙报挂在大伙房里，要求每个班组各投一篇稿，星期天下午交给雷干事；三、星期一早上不出操，临时改为擦拭武器时间，上午各单位派公差帮厨，晚上会餐；四、"五一"上午照常工作，下午放假。

高密组长只顾忙着搞卫生了，星期六一整天都忘了布置写稿的事儿。到了星期天的上午，赵阿春找到了高密组长，便问：

"组长，稿子由啥宁（人）写？今朝切过中饭（今天下午）要交了呀！"

"哦！你不说，我还真的把这码事儿给忘了，赶快把大家找来商量一下。"等大家都到齐后，高密说："关于墙报稿的事儿，若不是阿春提醒我，我都忘了，你们看谁来写呀？"大家不约而同地都把目光投向了金月容。

"你们都看着我干吗？让我写呀？"高密听了便赶忙操起逗着玩似的口吻问：

"怎么样啊？"

"既然组长问了，那我就试试看呗。"大家都一致鼓掌表示赞成！赵阿春免不了又要对她夸奖一番，什么金月容觉悟高呀、表现好啊、工作积极勇于挑重担等说了一大堆好话。

下午，政治干事雷鸣，从各小组把稿子收集起来后，带着几个能写会画的宣传骨干，在大伙房里准备出墙报；有的俯在饭桌上抄写稿件，有的画刊头，雷干事负责排版，一张又一张地往墙报上粘贴。稿子挺多栏目也不少，有学习园地、战地花絮、历史资料、知识问答、名词解释等，刊头上呈半圆形的一排小字，写的是"纪念五一国际劳动节"，下面有四个大字：战地生活。晚饭时，人们都端着饭碗站在墙报前观看。赵阿春已经看过墙报了，坐在餐桌前正端着饭碗吃着，见金月容打了饭菜，端着碗走了过来，便赶忙招呼她：

"金达莱，侬咯诗歌写得蛮好嘛！"

"哎呀，好啥呀，不行，不行！"

"防空洞里空间小，四四方方真挺好，日夜伏案在洞中，誓与敌人争分秒；别说我像笼中鸟，美伪敌情全知晓，心中装着四亿五，定能打败美国佬！"尽管金月容一再地声明"不行，不行"，赵阿春还是把金月容写的诗，一口气地全给背诵了出来。

"哎呀，你脑子可真好使，全背下来了，这叫啥诗呀，顺口溜而已。"金月容自谦地说。

"谦虚啥呀？文笔清新隽永，活泼流畅，挺好的呀！"秋小玉等几个女同胞都端着碗，坐到了一起，七嘴八舌地交流读后感。由于桌子不够用，所以男同胞们都自动地端着碗，到院子里蹲在地上吃饭。报务股有几个喜欢开玩笑的人，边吃边跟别人打趣儿：

"喂，你小子不错呀，文章写得挺好嘛！"

"别逗了！泡我干啥？"

"实事求是嘛！你看那一段……"

"别说了！别说了！快吃你的吧！"

由于工作队新组建才半年多，人们从五湖四海走到一起来，互相并不是很熟悉，而且又是第一次出墙报，每个人的才华显露的机会并不多，所以一旦在墙报上露了脸，难免会引起大家的惊喜，也少不了恭维、祝贺一番。

　　星期一不出操，人们都想多睡一会儿懒觉，高密组长急忙招呼大家Get up！Time to wake up（该起床了）！岳为民、李德宝二人从睡梦中醒来，稍有点迟缓，高密便又督促说："快呀，若被两位女同胞堵在被窝里那可就太尴尬了！"二人听了便叽里咕噜地爬了起来。

　　当天早上，除了警通排和各股的值班人员之外，各单位都按规定组织擦枪，分析股第三小组的人员都到齐后，便围着桌子开始了擦枪，每个人在桌子上铺一张报纸，从腰里掏出手枪后首先把子弹夹拿下来，然后把分解下来的零部件放在报纸上，一边擦着枪，一边围绕着枪的话题便唠了起来。

　　"高组长，侬格支枪蛮好嘛！"赵阿春看见高密的手枪，瓦蓝瓦蓝的，便十分羡慕地说。

　　"还可以吧！"高密同志一边把自己手枪的各种零部件逐一地分解下来，一边说，"不过，我的枪还不算是最好的。"他看了看每个人手上正在擦着的枪，然后，便把他所知道的关于枪的情况，队里谁的枪如何如何都一一做了介绍，他说："最好的是警通排长和咱们宋股长的德国造，20响带快慢机的驳壳枪，可以打连发杀伤力强；其次，吴队长腰里的加拿大手枪，也是很高级的，命中率高，打得准；剩下来的就是咱们这些小手枪了，哪个国家的都有，不论是啥型号都统称为撸子，而撸子里边又根据枪身上的标牌不同，分为三六九等，有一枪、二马、三花狗之分。"

　　"哦，还有花狗牌！我的枪是花牌。"金月容说。

　　"不是花狗牌，而是花牌和狗牌，"赵阿春纠正了她，并说，"我咯迭支也是花牌。"

　　"我的是狗牌。"李德宝好像很不开心似的说。

　　"我和组长的都是马牌，"岳为民说，"你们知道为啥女同胞的枪都是花牌吗？”

“是不是象征着，女同胞都如同花一样美？”李德宝抢着回答。

“才不是呢！”金月容提出了反驳，表示不同意李德宝的看法，“可能是……”李德宝看她说不出来了，便问：“是什么呀？”

“知不道了。”她说完自己先笑了起来，也把大家逗笑了，笑过之后，岳为民为了打破这个尴尬的局面，便说：“还是我来揭开谜底吧！因为花牌撸子的枪声比较小，以免吓着你们。”

“手枪的种类很多，”高组长继续说，“还有蛇牌、张嘴撸子、勃朗宁、左轮子、六轮子，女同志大部分都是花牌，不管啥牌，都是蒋介石那个运输大队长给咱们送来的，等将来有了国产的，这些枪全都会替换掉，手枪的种类繁多，子弹的型号也很杂乱，不便供应，而且打一发就少一发；协理员说了，若想让枪为你服务，你就得首先为枪服好务，保持完好别生锈……好了，快些弄完收摊吧，赶紧洗漱，吃过早饭该干活了。”高密组长一边说着，一边喊里喀喳地把擦好的各个零部件组装了起来，然后，把手枪插到腰间的枪套子里。

在柳协理员张罗下，按着惯例五一节的前一天还得要进行会餐。吃早饭的时候，孔司务长在小黑板上写下了要公差帮厨的通知，各单位都自觉响应。高密组长本想派李德宝去出公差，可是赵阿春和金月容也都积极要求去，高组长问她俩手上的工作情况咋样，她俩都说没问题，高组长对金月容说：“李德宝去，你就别去了，你俩一摊工作，总得留一个人。”

“没事儿的呀！组长，晚上我加班。”

“亚里厢（晚上），阿拉陪伊加班，让伊同阿拉一道去，好伐（不）啦？”赵阿春又在给金月容帮腔。

"若是这样，李德宝就别去了。"

"别改了吧，组长！"李德宝也坚持要去。

"一会儿有工作咋办？"

"那就喊一声呗！"赵阿春等三人几乎是异口同声地说出了同一句话，高密组长出于无奈，也就只好同意了。出公差本来是个累人的活，然而，大家都乐意参加，就是因为平时的工作太紧张了，又要有高度的警觉，防止敌人破坏。只有在此时才可以一边干着活，一边说说笑笑图个热闹，精神上轻松愉快，所以那时候大家都是踊跃出公差的。

孔司务长看到金月容在剥葱剥蒜，便凑到她身边说："想不到你金达莱的歌唱得好，手也还挺灵巧的嘛。"

"侬啊，勿要门缝儿里厢瞧宁（人），好伐（不）啦！"没等金月容搭腔，赵阿春却气不过地回了他一句。

"喂，孔司务长，上次烙的油饼挺好吃的，啥时候再吃一顿吧！"金月容感到，既然有人替自己打抱不平了，也就不必再说啥，便有意地把话岔开了。

"你知道那叫什么饼吗？那可是辽宁有名的千层饼啊。是咱们炊事班长老家的大饼，做大饼是他的拿手好戏。"司务长回头朝周围看了一眼，然后又对金月容说："你呀，你是不当家不知道柴米油盐贵呀！吃馒头、面条一个人顶多半斤面，吃饺子得一斤，烙油饼一个人就得一斤半，费呀！"

"你那么说可不对呀，包一次饺子，可是让我们吃两顿的呀；再说吃油饼不用菜，有汤就行。"

司务长不好意思与金月容争辩，便说："行啊！等没菜吃的时候，可以考虑再烙一次大饼吃。"张嘴一笑露出两颗大金牙，习惯性地抬起手臂把手腕上那个有金属表带的大罗马手表往上串了串，然后改口说："现在上级要求咱们，每人每天要节约2两粮食支援当地朝鲜群众。"

"那也没看见你给当地群众送粮食呀！"有人不解地问。

"哪呀，领粮的时候，人家就按人头给你扣下了，由志愿军后勤司令部统一交给朝鲜政府。"他说着便从兜里掏出了一盒"大生产"（当年除了"大前门"那可是最好的香烟，沈阳产的），用火柴点了一支，然后又接着说，"而且，人家只扣咱的大米、白面，不扣高粱米。"

"那也不至于让我们天天吃高粱米吧！"有人气不过地说。

"国内的部队供应标准是60%粗粮，志愿军是40%，大米、白面各占30%。"司务长说。

"那还是大米、白面多呀！"金月容和赵阿春两人交替着步步紧逼地追问着。

"多是多，但吃起来就不多喽，大米、白面不禁吃呀。关里人都不爱吃高粱米，吃得少，所以高粱米就省下了。为啥协理员总叫伙房磨豆浆，一是改善生活，二是为了把早上做粥的大米省下来，留着做干饭吃。"

"听君一席话，真是胜读十年书啊。"金月容感叹道，她觉得孔司务长是滴水不漏，表示服了。

"得了吧！砢碜（嘲笑、寒碜）我呢？"

"真的，没想到我的一句话，倒引起你给我上了一堂后勤大课，值了！"

"可不是嘛！"赵阿春又在一旁敲起了边鼓，刚说了半句话，孔司务长突然打了几个喷嚏，一边掏出手绢擦嘴巴，一边嬉皮笑脸地说：

"哪个大姑娘想女婿了，啊？金达莱吧！哈哈，哈哈！"金月容听后用白眼珠扫了孔司务长一眼，没好意思吱声。李德宝在一旁觉得，孔司务长这个人的言行举止简直太随便了，便冲着他气不过地说："'耗子钻鸟笼——你算哪头鸟'啊？我看你呀，纯粹是一百七加八十。"

"怎么讲？"孔司务长没听明白便很不高兴地问了一句。

"二百五呗！"这话刚一出口，便惹得哄堂大笑。李德宝继续说，"金达莱再怎么想，也想不到你那疙瘩呀！"

"那是呀，有你们这些小白脸子，哪还能轮到我呀！"他的话又一次引起了哄堂大笑。

"其实呢，当一把二百五也没啥！"孔司务长自己解嘲说。

"你想当二百五吗？那可是要杀头的呀！"

李德宝说完，孔司务长便问："怎么讲？"

李德宝听后便笑着说："战国时期有位大臣被刺杀了，国王为了抓到凶手，便出了个告示，谎称该大臣是内奸，该杀，出五百两白银悬赏。结果有两个人自称是杀手，国王便吩咐下去：把五百两白银分给每人二百五，推出去斩首！据说，这就是'二百五'的来历。"孔司务长被奚落得无地自容。

中午是一菜一饭，大家只吃了个半饱，都给晚餐留着肚子咧。晚上，会餐仍然和春节时一样，由于条件有限，人们只能轮流就餐，从下午3点半开始一拨又一拨地到伙房里会餐，每桌是8个人10个菜，还有散装的白酒。高密把本组的5个人拢在了一起，又让赵阿春邀来同宿舍的田枫、秋小玉、房明霞，凑了8个人开了一桌。大家一边品尝着美味的菜肴，一边喝酒、唠嗑。岳为民颇有感触地说："我们南方人喜欢煎炒烹炸，而北方人则喜欢吃炖菜，无论什么菜扔锅里就一起炖，省事儿又方便，虽然看上去似乎不够讲究，但吃起来倒是很好吃的，猪肉炖粉条子，小鸡儿炖蘑菇，滋味十足，好吃极了！挺解馋的。"在8个人当中，半数以上都是南方人，他们在一起唠起来话就多了，都有同感。而只有高组长、李德宝、金月容3人是吃惯了炖菜的地道的北方人。尤其是李德宝对会餐的形式特别向往，他是那种吃啥都行、吃啥都香的主，还边吃边吆喝："油炸带鱼是我的命，见了小鸡炖蘑菇我就不要命了！"逗得大家边吃边笑。

"五一"节这天是星期二，下午放了半天假，金月容叫上李德宝还有其他股里的小伙伴们，跑到学校操场上打排球。那时候的排球叫九人排球，正式比赛时，每个球队上场的是九个人站3排，第三排是一传，第二排是二传，第一排是主攻手。平时，非正式比赛几个人都能玩儿，十来个人足足玩儿了一个下午。别看他们在球场上都生龙活虎的样子，等打完球下来，一个个都累得像狗熊似的，嘴里一边喘着粗气，还一边说："不累，不累，玩得真过瘾！"

是啊，入朝后不久就进入了冰天雪地的冬季，又是在战场上，谁还能有心思玩球呢？而今，大雪已经消融，春光明媚，新绿已在萌发，正是初夏即将到来的季节，蜷曲了一冬的身躯正好可以伸展一下了，尤其是一些好运动的年轻人实在是憋不住了，总想寻找机会大显身手了。可是，年轻人就是这个样子，只顾一时的痛快却不懂得适可而止，不善于节制，玩起来就不要命，结果恐怕就得一连好几天，浑身上下没有不疼的地方，甚至连走路都十分费劲，不遵守循序渐进的规律，就会出现运动过度，必然要受到自然规律的惩罚。假日里，好动的人总是闲不住的，喜欢运动的得到了尽情的运动，一些好动脑筋的人可也没有闲着，以分析股一组组长于忠信、三组组长高密为首的十来个人，提前好几天就在张罗着，怎样利用假期解决下雨天吃饭的问题，并事先到村里请建房的老把式给画了图纸，经请示协理员同意，他们从山上收集、从群众家里购买，还有群众自己主动送过来的一些建筑材料，经过半天的努力，在大伙房门前搭起了一个简易的饭厅，以及固定在地上的长条桌、凳，从此也就用不着蹲在地上露天吃饭了。与此同时，他们还从山上挖来了一些爬山虎，围着饭厅种植在墙根处。当然，这个善举肯定会受到柳协理员的表扬。事后，李德宝、金月容对自己遗漏了"军情"，没参加上这一活动而感到追悔莫及！

前些日子，岳为民曾接到家里来信，说已托人给他物色了一个对象，岳为民看了信后便立马写了回信，告诉家里不要为此操心了，目前正在朝鲜战场上，天天都要打仗，等回国后再说吧！可是，信发出后不久，便又收到一位陌生姑娘的来信，很大方地自称是家里给介绍的对象，姑娘认为她们泰兴那里是出英雄的地方，便在崇拜英雄的驱使下，自告奋勇写信来表示愿意保持这一关系。这可让岳为民感到十分为难了，经过一番苦思冥想之后，直接给姑娘写了一封长长的信，高谈阔论了一番，什么保家卫国，什么家国情怀，什么热血青年如何报效祖国等，"那青春而美丽的土地——泰兴，是我亲爱的家乡，我愿为之而奋斗，不惜牺牲一切乃至生命。当今的时代，家与国的关系贴得更加紧密了，当国家处于危急关头，我们舍生忘死挺身而出，义无反顾地走上了战场。这场突如其来的战争给家国情怀增添了神圣的色彩，更加炽热而深沉地回荡在每个热血青年的心中。对家的深情厚谊更是加深了对国的耿耿忠心，革命的情怀铸就了家国责任，'位卑未敢忘忧国'，我要把家国情怀的精神转化到实际工作中。'醉卧沙场君莫笑，古来征战几人回'，目前战场上征战得很激烈，几时回，能不能回，都很难说，望多加保重，各奔前程吧！"不承想，该信却让姑娘大受感动。于是来信表示愿意等他！哪怕等到白头！搞得岳为民无计可施，只好置之一旁顺其自然了。

第八章

和谈

　　正当五月的鲜花,漫山遍野争相竞放的时节,207工作队迎来了总部二局的戴局长。戴局长一行5人,从北京来到抗美援朝的前线,主要是来解决207工作队的体制问题,因此,戴局长此行是由志愿军司令部情报部负责接待的。当戴局长一行到达安东留守处时,吴队长便报告了志司情报部,并商定由情报部派车,由吴队长陪同夏副部长去安东接戴局长,然后直接送到了志愿军总部当时的所在地空寺洞。

　　1951年5月6日星期天,207工作队在小学校里召开欢迎大会,吴队长首先表示欢迎戴局长来前方看望大家,然后奉命宣布:为了更好地加强领导,经上级研究决定,正式明确了对207工作队实行双重领导体制,原则上仍然在局里领导下,但在具体工作中完全纳入志愿军司令部直属机关的战斗序列,主要接受志愿军司令部的领导,业务上由志愿军司令部情报部直接指挥,政治工作方面由志愿军政治部直工部领导,行政上归志愿军司令部管理局管辖,供给关系上仍由志愿军后勤司令部负责,并将代供改为直供。吴队长宣布完以后还说:"为了适应体制的变化,经志愿军首长与戴局长研究决定,207工作队正式更名为'中国人民志愿军207侦察支队'。"大家热烈鼓掌,并议论起来,队伍中出现了交头接耳,吴队长便立即制止说:"不要讲话了!现在,请志愿军司令部情报部申部长宣读命令。全体起立!"

　　申部长还是头一次到207工作队来,他是抗战初期的老八路了,高高的身材、浓眉大眼高鼻梁长方脸,每逢见到人未曾开口讲话就先抿嘴笑,显现出一副和蔼可亲的样子；步履稳健，爱学习并善于思考，从事情报侦察工作多年，常常边走路边旁若无人地思考问题、分析研究问题，就连大首长们都说他是"活字典"。

申部长走上台去，打开文件包，拿出一份文件便宣读起来："中国人民志愿军司令部命令，为适应工作需要，特决定，将中国人民志愿军207工作队，更名为中国人民志愿军207侦察支队，此令。中国人民志愿军司令部1951年5月5日。"

申部长宣读完以后，吴队长又宣布："现在请志愿军政治部直工部金主任宣读命令。"金主任也是头一次出现在大家的面前，人有些发胖，个子并不太高，戴着一副金丝边的近视镜，他大步流星地走上台，拿出一份文件宣读道："中国人民志愿军政治部直工部命令，经中国人民志愿军政治部干部部批准，特任命：吴庆阳同志为中国人民志愿军207侦察支队支队长、党委书记；任命周志远同志为中国人民志愿军207侦察支队副支队长、党委副书记，此令。中国人民志愿军政治部直工部1951年5月5日。"

宣读命令以后，吴支队长便请大家坐下，然后，吴支队长宣布体制改变以后，内部机构也要相应地跟着改变，经请示志司情报部和戴局长同意，将分析、报务、话务股依次更名为一、二、三大队，下辖各组一律更名为中队，股长改为大队长，组长改为中队长。吴支队长宣布之后并补充说，戴局长这次来，就是专程处理这件事的，有关的交接手续，现已全部办理完毕。吴支队长讲完之后，便请戴局长作指示。

戴局长操着浓重的福建闽南口音讲普通话，首先对大家表示了问候，然后，表扬了工作队前不久获得的有关美军将在东线元山、西线南浦登陆的重要情报，并说毛主席和中央军委都十分重视这一情报。大家听后都热烈鼓掌表示庆贺。戴局长进一步要求大家，一定要再接再厉，为党中央、毛主席和志愿军首长提供量多质优的情报而斗争！紧接着，戴局长把话锋一转，重点强调了这一次体制变动的重大意义，他说："体制上的变化，大家在短时间内可能还感觉不到，但在领导工作中，却有了很大的便利之处，比如，工作上不用再通过无线电向局里请示汇报了，由于咱们局远在北京，有时候往返电报费力、费时、费事，不仅不太方便，而且也不太安全，工作队也时常会有远水不解近渴之感。现在好了，很多问题都可以就地解决，直接向有关方面的领导面对面地请示汇报，然后，只要向局里备个案就行了。尤其是党的关系现在已全部转到志愿军政治部直工部以后，党的发展工作也用不着再报到局里去了，支队党委就可以审批，然后报直工部党委备案。"戴局长在讲话中，再三要求大家，尤其是支队的领导要积极主动、自觉地接受与服从志愿军各有关方面的领导，努力完成任务，为志愿军首长和领导机关服务。戴局长讲完话，便把各有关方面来的首长一一向大家做了介绍，并请他们讲话，他们在经过了一番你推我让之后，便由志司情报部的申部长代表各方面来的首长讲了话，申部长的讲话既热情洋溢，又非常精练，既相当客气而又很有分寸，给大家留下了深刻的印象，一再受到大家热烈地鼓掌欢迎。

我志愿军自4月22日发起第五次战役，于5月21日结束。经过一个月的苦战，共歼敌8万余人。至此，在我军赴朝作战最初的7个月里，打了5次战役，就把入侵之敌，从鸭绿江边赶回到汉城及其以南地区。致使大部"联合国军"已丧失斗志，不敢恋战。唯独李奇微不死心，一直想着北进，由于他发现了我军的软肋，即战线过长后勤补给能力薄弱的问题，便大做文章。他精心策划了一着险棋，企图全歼我军，彻底扭转美军失利的局面。一面命令美第八集团军大举撤退以诱骗我军盲目深入而拉长战线，造成补给困难；一面电告美国白宫"准备从东线向北进攻，并以此作为结束战争的最后一战"。我207支队截获此电文后立即上报。毛主席洞察敌人的罪恶企图，指示志司，迅速派兵坚守铁原地区，放弃汉城并撤回西线的部队。当时，铁原是我军的后勤补给中心，一旦失守不仅大批军用物资将会落入敌手，而且还会造成几十万志愿军官兵弹尽粮绝的局面，后果不堪设想。于是，彭总命令六十三军坚持10至15天死守铁原，阻击"联合国军"的进攻，以便转移大批军用物资。李奇微于5月27日，调集了精锐的机械化部队，向铁原大举进攻。我六十三军的将士们不辱使命，负险固守，以伤亡大部的代价坚守了12天，至6月11日，按彭总的要求没有撤一步，胜利完成阻击任务，共杀敌1.5万余人，保住了几十万志愿军的安全。彭总曾亲赴前沿阵地进行慰问，并向战士们敬礼表示感谢！傅崇碧军长从负重伤昏迷之中苏醒过来，开口第一句话："我要兵！"彭总含着泪说："给你两万兵！"铁原阻击战是入朝后打得最惨烈的一战，也是战略上最重要的一战，也是敌我双方由对抗转为相持阶段的一战。除李伪军的部队外，以美军为首的"联合国军"投入4个师4.7万兵力，配备火炮1300门、坦克400辆，他们凭着先进的武器装备，尤其是海、空军优势，与我军胶着在三八线附近。

不久后，207支队一大队一中队的房明霞等人曾经译出过一份电文，美第九军军长埃特加·弗雷向"联合国军"新任总司令李奇微报告说："朝鲜的山多，他们在地下挖洞，说不定什么时候就出来杀伤我们的步兵，所以我们的伤亡很大，有时一个连就被消灭了。"李奇微便把这一情况电报给杜鲁门总统："共军用土办法，对付我们的现代化，用石头对付我们的坦克群，用地下对付我们地面上的大炮和空中的轰炸，我们实在难以对付，甚感头痛。建议：造一千磅的钻深弹来对付他们。""若不是我们拥有强大的火力，经常得到近距离空中支援，并且牢牢地控制着海域，中国人可能早把我们压垮了。"不承想他们的这一举动，竟动摇了杜鲁门恋战的决心。

美国动员了它的全部陆军的30%、空军的20%和海军近50%的兵力投入在侵朝战争中，在仅半年的时间里，他们就付出了二十几万人的伤亡，耗掉了100多亿美元的军费，比其在第二次世界大战中头一年的损耗还要高出一倍半，这不能不使得美国总统杜鲁门哀叹："朝鲜战场是个无底洞，已看不到胜利的希望！"由于美国国家安全委员会洞悉内情，他们揣摩到了总统的心思，所以曾经在5月16日提出了"通过停战谈判结束敌对行动"的建议。很快便得到杜鲁门总统的批准，并责成国务卿艾奇逊进行安排。为此，艾奇逊曾回忆说："我们就像一群猎狗那样到处去寻找线索，私下里探听中国的态度。"他们曾找过驻法国、德国，甚至中国香港的苏联顾问，想通过他们给中国递个话，结果都四处碰壁无人理睬。后来，艾奇逊提议让普林斯顿大学研究所兼白宫顾问的学者乔治·凯南出面，因为他曾经在苏联工作过并与苏联驻联合国代表马立克曾有过一段私交。于是，凯南受命后便约见马立克，他们见了面寒暄几句过后，凯南便单刀直入地挑明了来意，说："美国准备……以其他任何方式与中国共产党人会面，讨论结束朝鲜战争的问题。"说明来意后，并表示以白宫的名义请求马立克从中斡旋。马立克觉得此为善举，便答应了下来。然后便把此事报告了莫斯科。于是，这段谈话的内容，很快就由莫斯科传到了北京。又经中朝两国领导人达成共识之后，便决定通过马立克发出信号。于是，1951年6月23日，苏联外交部副部长、驻联合国代表雅可夫·马立克在联合国新闻部主办的《和平的代价》广播节目中，发表了在朝鲜半岛上"交战双方应该谈判停火与休战，双方把军队撤离三八线"的演说。

两天之后，我国《人民日报》发表了题为"朝鲜战争的一年"的社论，明确表示："中国人民完全支持马立克的建议，并愿为其实现而努力。"美国总统杜鲁门也指示继麦克阿瑟之后担任驻远东美军总司令的李奇微，于6月30日通过日本和南朝鲜的广播电台同时连续广播了"本人以联合国军总司令的资格，奉命与贵军谈判……我更提议此会议可在元山港一只丹麦伤兵船上举行"的声明。7月1日，北京和平壤的电台同时广播了金日成与彭德怀的联合声明"我们同意为举行关于停止军事行动和建立和平的谈判而和你的代表会晤"，并指出会晤地点应定在位于三八线上的开城地区，时间是1951年7月10日至15日。

为了确保谈判取得胜利，根据周总理的提议，毛主席亲自点将由时任中央军委情报部长兼外交部副部长的李克农负责，乔冠华协助主持谈判工作。李克农早在大革命时期就周旋于国民党及帮会组织中，与各种政治势力、各色人物打交道，有丰富的人际关系方面的经验，又有很高的谈判手腕。1928年曾在上海特科工作，被称为中共情报史上著名的"龙潭三杰"之一。杜鲁门在指示李奇微发表广播声明后，紧接着207侦察支队破译了杜鲁门给李奇微下的一道训令："谈判只限于军事问题，不涉及解决朝鲜问题，不涉及台湾问题和中国在联合国中的席位问题。"由此，便开始了谈谈打打、边谈边打、旷日持久的马拉松式的停战谈判。

体制方面的变化很快就见到了实效。"七一"前夕，207侦察支队公布了一批预备党员转正和新党员名单，经过支队党委批准：岳为民、秋小玉、孟昭生3人转为正式党员；潘雅娴、邵建平、米志强、祁保田、关庆春、赵阿春等人为预备党员。从此，第一大队第三中队的高密和岳为民二人，便结束了在别的党小组里过组织生活的历史。赵阿春入党后，第三中队有了3名党员，也和其他中队一样，有了自己的党小组。这一喜讯，给了金月容、李德宝很大的震动，两人虽然明里互相鼓励，但暗中较着劲儿，几天之后都向党小组递交了入党申请书，要求党组织考验自己，决心争取火线入党。身为中队长、党小组长的高密，代表党组织分别同金月容、李德宝两人谈了话，并鼓励他们不断增强组织观念，积极靠拢组织，努力工作，在战斗中接受考验，争取早日加入党组织。

驻扎在附近村屯进行休整的部队，刚走了一拨又来了一拨。这一拨是打完5次战役后下来休整补充的部队，原来住一个连而现在住着一个营。207侦察支队喜欢打篮球的那几个年轻人，邵建平、米志强、关庆春、郭大江、孟昭生等人又开始活跃起来，打遍几个连队都无对手，后来请求营部把各连的好手找在一起玩玩，结果玩得挺顺手，互相都有争夺或取胜的余地，双方都觉得互相能玩到一起了，都希望多交往，所以每次打完球便约定下次打球的时间。每次去赛球，都是耿立国副大队长带队并担任场外指导。那年月打篮球是最活跃部队气氛的活动，因此，也深得营、连首长的支持和欢迎，并组织战士们看球赛以活跃部队生活。一次，正在半场休息时，营长出来送客人，客人是一位带着两名警卫员、很年轻的朝鲜人民军上校军官，汉语讲得很流利，一个劲儿地称呼营长为老首长。这本来是一件很平常的事儿，别人一走一过，看一眼也就完事儿了，可是，邵建平则不然，他感到新奇便非要打破砂锅问到底不可，上校比咱营长还大，却管咱们的营长叫老首长，他来干啥？问了文教问参谋，最后到底弄明白了才拉倒。邵建平就是这么个人，高高的个子，打起球来不要命，抢球时只要手指头尖儿挨到球，就能单手把球钩到自己的臂弯里，三大步上篮的姿势也非常优美，平时就是喜欢包打听、爱传播，热衷于小道消息。孟昭生就曾说过："邵建平是狗肚子，藏不住二两香油，今天听来明天就得传出去。"雷干事也曾说过："邵建平是自由主义小广播中心、小道消息仓库。"

第二天上午，工间休息时邵建平果然就把刚听到的这一消息，原原本本地传播开来。他说，在朝鲜人民军中有咱们四野的部队。一些不了解这段历史的同志都说他是狗戴嚼子——顺嘴胡勒，"胡说八道，咱们志愿军里才有四野的部队呢！"邵建平也是个不服输的人，看到大家如此奚落他，于是便把他看到的、听来的一股脑地全盘端了出来。原来，抗战胜利后，东北地区的很多朝鲜族人同汉族人一样，踊跃参加东北民主联军。出关后，八路军、新四军和东北民主联军一起组成了东北野战军，后来改为第四野战军。这些朝鲜族人中，有不少是日伪统治时期从朝鲜逃难到中国的朝鲜人，他们被编入四野后都经历了"三大战役"。在"渡江战役"之后，打败了蒋家王朝，我国解放战争胜利已成定局的情况下，朝鲜政府提出要这部分人回国，经党中央同意后，有两个整师全编制，另有一个师是从各个部队抽调来临时组成的，共3个师带着全部装备，先后开回了朝鲜，最远的是从广西回来的，大都是四野的，他们回国后都得到了重用。"昨天我们看见的，你不信问米志强、孟昭生，他俩也都看见了，老营长往外送的那位上校团长，从18岁就给老营长当警卫员，他是1949年12月回国的。"邵建平把大家说得半信半疑，警卫员都当团长了，老营长还当营长？才一年半他就提了五六级，这可能吗？

上级考虑到，停战谈判不可能在短时间内奏效，而必须提高警惕，稳定军心。自7月下旬起，除一线参战部队以外，在我军广大部队中，都开展了"永远是战斗队的教育"，以抵制和克服由停战谈判而带来的松懈、麻痹战斗意志的消极情绪。因此，207侦察支队也进入了半天工作、半天学习整顿的教育阶段。确实有一些人，当听到停战谈判的消息后，就准备打背包回国了，有的已经或正在整理自己的东西；"永远是战斗队的教育"深深地触动了每一个人的心灵，很多人都深刻地检查了自己永远是战斗队的思想不牢固，甚至十分动情地痛责自己，不少人在提高觉悟后，声泪俱下地悔恨自己。随着教育的不断深入，一种高昂的战斗意志，火热的情绪，澎湃的心潮，在整个侦察支队中迅速地升腾起来。有不少人在提高觉悟以后，决心火线入党，并向党支部提交了申请书。

晚上，高密中队长正在防空洞里组织大家读报，突然，外面传来枪声。岳为民立刻站了起来，对高中队长说："这枪声离得很近，好像就在交通壕出口处，我去看看。"

"我也去！"

"我也去！"李德宝和两名女同志同时站起来说。

"用不着都去，老岳和德宝去看看，有事儿叫我们。"听中队长吩咐完，岳为民、李德宝两人一边往外跑，一边从腰里拔出了手枪。待他俩跑到交通壕出口处时，便看到哨兵正在以立姿举枪向远处的黑影射击，枪声一响，那个黑影便应声倒下。此时，协理员、警通排排长和警卫员们还有一些业务人员也都先后跑了过来。

"什么情况？"协理员问。

"天刚黑下来的时候，"哨兵报告说，"我就发现那边有个黑影，鬼鬼祟祟、探头探脑地在活动，我就隐蔽在掩体里观察，他可能以为这里没有人，便大摇大摆地朝交通壕这边走来，当他走到那个地方时，我从掩体里站出来问他口令他不回答，我一拉枪栓他转身就跑，我鸣枪示警他也不站住，肯定不是好人，我又不敢离开哨位去追他。"

"他人呢？"协理员问。

"叫他一枪给撂倒了。"岳为民看哨兵支支吾吾，便用手指着远处说。

"那小子是耗子钻进烟囱里——找死呢！"李德宝手指着远处骂了一句。

"好了好了，业务人员都回去吧！"协理员说完又转身对警通排排长说，"走，咱们去看看。"说完便带着几个警卫员朝远处走去了。

星期天晚上点名时，协理员对这件事儿进行了讲评，表扬了那位哨兵，说他警惕性高，当机立断打击敌人。经过里委员长对死者进行辨认，确定不是本地人，又经过郡委员会警务部门的调查，在这个地方，像他这个年纪、能跑能颠的人全都上前线了，几乎找不到，尤其是脚上穿的鞋，从鞋底儿的花纹来看并非朝鲜生产的，因此，认定死者是南边派来的特工人员，是确定无疑了。协理员还说："这件事，吴支队长请示志司情报部后，决定暂不惊动首长，以免首长对咱们的安全不放心，先由咱们自己提高警惕，加强警戒就是了。经支队首长研究决定，从今晚起，山顶上派双岗，驻地周围增派流动哨，今晚的流动哨，暂由警通排辛苦一下，从明晚7点起，恢复由业务人员担任流动哨，和以前一样，凡是当晚不值班的都参加轮值流动哨；每班两小时，早上可以睡懒觉不出操。还是先从一大队开始，一大队各中队轮完后，便交二大队……"

吴支队长插话说："那样吧！明早8点，各大队长、股长们都到我办公室来，具体研究一下。"然后，协理员又继续说："准备从警通排抽出一支苏式转盘枪，专给流动岗哨使用，随着交班时转盘枪往下传，以转盘枪的传递作为交接班的标志，不过这枪可容易走火，大家要注意安全，具体怎么使用法明天早上出操时，由警通排排长给大家演示一下。"

晚点名以后，在回来的路上，人们七嘴八舌说啥的都有，有人兴高采烈地说："挺好，这回我又有机会可以玩玩转盘枪了！"然而更多的人却很是担心："今后咱这里恐怕不太安全了！"

金月容边走边叹息地说："那个人何苦呢！图的是啥？就这么一下子死了！"

李德宝接过话茬儿说："这就叫'人为财死，鸟为食亡'啊！在长春机要学校时，我曾经看过一本书，书上说，当年，日本人炸死张作霖后，企图嫁祸于蒋介石，便委托日本浪人找来了几个大烟鬼，然后……"

金月容听得不耐烦了，便打断说："人家说这，你却说那，还扯了那么老远，干吗呀你？"

"你别着急呀，听我说嘛！"李德宝一边走着一边拿手电筒朝金月容的脸上晃了一下，金月容生气似的，攥紧了拳头朝李德宝的胸脯上捶了一拳，还边捶边说："你快说呀！这急人劲儿！"

李德宝揉了揉自己的胸脯，继续说："先给了他们几个人一点钱，并说事成之后还给一大笔钱。可是，日本浪人把几个大烟鬼带到了炸死张作霖的地方，其中一人见势不妙撒腿就跑，其余人都被日本浪人当场杀死了，还伪装成国民党特务被击毙的现场。可是，你说奇怪不？跑掉的那个人，事后竟然去找日本浪人要那一大笔钱，结果却被人家骗到旅顺去杀掉了，你说那个人是不是为财而死的？他头一次已经逃掉了，还不赶快逃命还去要钱，简直就是财迷心窍嘛！"

"你可真能绕啊，绕了那么一大圈才绕到这儿，得了，我不听你白话了。"金月容说完便打着手电筒，径直向交通壕的入口处跑去。

一天晚上，一大队二中队的李中队长来到三中队，问："今晚11点轮到你们中队上岗了，谁上第一班？到时候喊谁呀？"高密赶紧说："那就喊我吧！靠着门睡的就是我！"送走李中队长后，高密做了安排，23点是自己，1点钟是老岳，3点钟是德宝。

黎明时分，岳为民下岗回来喊醒了李德宝，看见李德宝穿好衣服，他就上炕睡了。谁知道，李德宝穿好衣服并没有下地又躺倒睡着了。天亮时，岳为民看见李德宝衣帽整齐却躺在炕上睡大觉，便推醒他问道："哎，你啥时候回来的？"

"啊，没上哪去呀！"李德宝脑子里一片空白，啥都不记得。

"哎呀！你误岗了吧？"听见岳为民这么一说，高密中队长赶忙起床问了两人一些情况，然后说："是误岗了！这两天德宝太累，昨晚我上岗时，他还在加班工作呢！不过，老岳你也有责任，你喊醒了他却没把枪给他，口令也没传，按协理员说的'以转盘枪的传递作为交接班的标志'嘛！"

"中队长批评得对！是我疏忽了。"岳为民赶紧检讨。

"还好，是末班岗影响不太大，当然我也有责任，我去向宋大队长作检讨。"

"不，是我不好！不能连累你们俩，我保证不再发生！队务会上一定作深刻检讨！"李德宝一看中队长如此袒护自己，也赶忙表示检讨。高密中队长拎起转盘枪就送到二大队去了。

防空

最近，常有敌侦察机在207侦察支队驻地上空进行侦察，然而，支队里只有冲锋枪和手枪，射程又够不上。警通排排长急得像什么似的，在山坡上一会儿躺着，一会儿又单腿跪着，一连琢磨了好几天，然后便找到协理员请求上级发一挺机枪来。

"咱们有这么多冲锋枪，你要机枪干什么？"

"拿它打飞机呀。"

"用机枪打飞机，能行吗？"

"听说有人用机枪打下来过，我才那个啥。"

"他们说的是真是假，还不知道咧！"

"那只要给我一挺机枪，那我就保证能打下飞机！"

"别开玩笑！"

"不开玩笑，真的！协理员。"

"好！你小子若是真能打下飞机，我给你请功。"

警通排排长听到这，乐得直蹦高，童年时期的那股顽皮劲儿又上来了，把小拇指伸给协理员。

"干什么？"

"那咱俩拉钩。"

"胡扯蛋！"顿时，协理员气得脸色通红，鼻翼也因内心的恼火而张大，腮帮上突起一道肉棱，他严肃地说，"这是打仗可不是儿戏！那么容易就弄一挺机枪来，你要知道，这事儿可不是那么随便的。"

"协理员！那我可以立下军令状，就像这几天这样，敌机天天来到咱们头顶上转悠，一个礼拜我若是打不下那飞机，你就撤我的职，我到班里去当战士。"

"行啊，你小子，军中无戏言！这可是你说的，你可别后悔！"

"那您就准备请功吧，协理员！那什么，我都琢磨好几天了，我有一定的把握才那个啥。"

在警通排排长的迫切要求下，经协理员与吴支队长商量，又通过志愿军司令部情报部联系后，从志愿军后勤司令部领来了一挺轻机枪，专门用来打飞机。可是，机枪领来后放在哪里，还真的很让警通排排长费了一番脑筋，与大家反复研究后，便在警通排住的防空洞上边山坡上，一块较开阔的地带，费了九牛二虎之力，挖了一个非常别致、约有一人深的掩体，周围插了一些树枝做掩护，在掩体中间留有一个圆柱形的土堆，在圆柱的土层中埋了个炮弹壳，上面放一块木板，木板下面钉着一个木桩，将木桩插到炮弹壳里当轴心，把机枪架在木板上，让木板可以随着机枪瞄准方向的变换而自由旋转，机枪射手则可在掩体里围着圆柱土堆任意转动，便于四面八方寻找有利的角度向敌机射击。这个机枪掩体就好像一个高炮阵地，所以大家都把这挺机枪叫做"小高炮"。

说来也凑巧，这一天，机枪刚刚架好，警通排排长正想试试身手，在掩体里手把着轻机枪来回转悠，不停地练习着瞄准。正当他焦急地等待着，一架美军RF-84侦察机就飞过来了，敌机刚临近侦察支队的上空就进行超低空飞行，飞行员的脑袋都看得清清楚楚了，把警通排排长气得直骂："狗杂种，那你也太欺负人了吧，我叫你……"说时迟那时快，一边骂着，一边就扣动了扳机，"哒哒哒、哒哒哒——"这边枪声一响，那边就冒起了黑烟，敌机擦着山头就栽到山那边去了，幸亏敌机中弹后赶紧拉起机头，否则就得撞到山上，那样的话支队的损失可就惨喽！将造成全面的瘫痪，后果将不堪设想。即使如此，飞机带起的狂风仍然把天线区的天线都掀翻了。有不少人拼命地爬到山顶上去，朝山那边看，真的发现有一堆火在燃烧。协理员与友邻部队联系派车到现场勘查后证明，确实有一架RF-84侦察机已经机毁人亡，飞行员可能在中弹后想把飞机拉起到一定高度后再跳伞的，结果没来得及跳伞，就被大火烧死了。

警通排排长名叫李卫平，家住辽宁本溪一带的山村里，从小就经常拿着弹弓在树林里打鸟玩，并练就了专打飞鸟的绝活，由于他懂得修正提前量，所以打飞机一打一个准儿。1947年参加东北民主联军（当地人仍称八路军），入伍后，练出了一手好枪法，无论长枪、短枪都打得很准，曾给辽东省军区首长当过警卫员。在207工作队进驻安东时，辽东省军区发扬风格，挑了一些表现好的战士，给207工作队组建了一个警卫排，李卫平被破格提升为排长。

村子里有些眼尖的人，目睹了敌侦察机被击落的情景，便一传十十传百，很快就传遍了全村，于是，整个山村沸腾了起来，村民们在里委员长的带领下，锣鼓喧天地向207侦察支队的驻地这边走来。柳协理员得知后，便赶忙带上警通排排长、司务长迎上前去。见了面，里委员长用半生不熟的汉语说明了来意，就是要见见用机枪打下敌机的英雄。于是，协理员便把身后的警通排排长李卫平拉到他面前，里委员长便上前同李卫平握手、拥抱。然后转过身，一挥手喊了一声什么，便"呼啦"一下子跑过来一群壮实的中年妇女，不由分说地抻胳膊拽腿、呼号喊叫着就把李排长扔到了半空中，掉下来又扔上去，喊声震天响，一次次地扔起来，李排长腰间的匣子枪，噼里啪啦不停地上下摆动着，协理员担心枪匣子碰了别人的脑袋，便要求里委员长赶忙停下来。里委员长拉着李排长不撒手并且向协理员说，邀请志愿军：去村子里联欢。协理员回到股里打电话请示吴支队长同意后，便叫管理员吹起了一长两短的集合哨子。然后，柳协理员带着不值班的同志，跟随着里委员长带来的大队人马，浩浩荡荡地向村子里走去。

这次打下飞机后，志愿军政治部对207侦察支队进行了通令嘉奖，经直工部批准，给李卫平记一等功，并且破格提升为管理股正连级副股长。当技保股的万国新股长见了他，还同他开起玩笑，说：

"你小子高升哩，可把我们给折腾苦咧，连夜抢修天线，黑灯瞎火的我们干了大半夜咧。"

"那让你受累了，没啥说的，等到国庆节的时候，我请你们喝酒。"李卫平笑呵呵地说。

"还等国庆节？拉倒吧！过节的时候还用得着你请咧，会餐的酒敞开喝都喝不完，不行，不行！要请就得现在请。"

"那你没睡醒吧！平时喝酒，那你不是那个啥让我违反纪律吗。"

"跟你开句玩笑呗，何必当真呢，干工作是我们的职责，哪能邀功请赏啊！是不是？"万股长说完之后，好像又想起了什么，他便接着说，"不过，最近看书时发现了一句话，我想送给你参考咧。"

那年月，年轻人都有个习惯，尤其是在小知识分子成堆的地方，都喜欢互相传抄名人名言，在当时那还是个很时髦的事儿哪。万股长掏出一个小本子，翻了几页后便念道："居里夫人说，'荣誉就像玩具，只能玩玩而已，绝不能永远守着它，否则就将一事无成'。"

李卫平就像丈二和尚摸不着头脑似的，问："那居里夫人是谁？咋那么有学问。"万股长告诉他，那是一位外国的科学家，她的丈夫叫居里，也是科学家。李卫平听了恍然大悟，并表示今后一定要多看书，努力学习知识。万股长便学着他的口头语说："那，那我们都得努力学习知识，那'知识就是力量'嘛。"

"知识就是力量！你这话说的，可真好！"

"不，不不，这话可不是我说的，而是外国的一位叫培根的科学家说的咧。"

"那是吗？那我真愿意和你们这些有知识的人在一起。"李卫平一边用手摸着自己的后脑勺，一边这样说。由于原来的207工作队是新组建的，再加上保密的关系，李卫平又是外单位调来的，因此他对侦察支队的业务并不很了解，对万股长也并不十分熟悉。其实，万国新股长是陕西人，说起话来多少还保留着一些家乡的口语，他是西安交通大学的毕业生，毕业后就回到家乡参加了革命，因为懂无线电，就被分配到总部二局工作。在207侦察支队里也算得上是一位小有名气的科学家了，他们股里每天用来听新闻的那一台电子管收音机，就是他利用废旧材料组装起来的，类似这种小玩意儿，对他来说完全不在话下。

志愿军司令部情报部来电话，传达首长的指示：要提高警惕，加强防范，敌人恐怕是不会善罢甘休的，一定会来寻机报复的。根据首长的指示，侦察支队进行了传达教育，提高了防范意识，并加强了警戒，加固了伪装。因此，大家对李卫平打下飞机这件事见解不同、说法不一，多数人都表示庆贺，但也有个别人认为他闯了祸，于是忧心忡忡，担心这里已被敌人盯上了，"先是派特务来，后又是派侦察机来，再过些时候不知道还会派什么来呢，还不得派轰炸机来呀！""瞧着吧，肯定还会有好戏看，今后恐怕就更不得安宁喽！"李卫平却不这么想，用他的话来说，"来吧！只要它敢飞进我的有效射程，那我就叫他有来无回！"因为他提升以后，并没有光顾着自己高兴，而正在加紧培训机枪射手。

几天后，在志愿军首长的关怀下，上级派来了一个高炮营，围绕着207侦察支队的驻地，由3个高炮连以三足鼎立的形式，组成了一个密集的空中火网，把207侦察支队笼罩了起来。高炮营的营部就设在附近的村子里。有一个连就设置在正面不远处的一片稻田里，站在山坡上即可以瞧见，另外两个连在东、西两侧，与侦察支队之间都隔着个小山包，虽然不在视线内，但直线距离也并不太远。207侦察支队为了表达欢迎与感激之情，由柳协理员带领文艺骨干准备了几个小节目，并邀请几位能歌善舞的朝鲜村民，到高炮营搞了一台声情并茂、热情洋溢的联欢晚会。晚会上，最受欢迎的节目，除了村里小学生跳的"草履童"舞，就是金月容的保留节目《王大妈要和平》了，高炮营里有一位文化教员会拉手风琴，便给金月容进行了伴奏，使得金月容演唱《王大妈要和平》这首歌的水平上升到了一个新的高度，给人们留下了深刻的印象。从此以后，这一带也就热闹起来了，每当敌机一来，高炮营就叮叮当当地打上它一阵子，人们就免不了会跑出来看热闹，一旦击落了敌机，整个支队的驻地以及周围的山村，就都会沸腾起来，尤其是朝鲜村民们则会载歌载舞，热火朝天地庆祝一番。

李克农虽然患有严重的哮喘病，但他不负重托，抱病出征。1951年7月6日到达朝鲜，见到了金日成。因金日成此前曾接到了毛主席的电报，所以把李克农当作贵宾来接待，并赠送给他及其夫人各一套朝鲜民族服装，李克农的谈判团队等一行人包括电台于7月7日到达了开城。我方谈判工作根据周总理的安排分三线组成：第一线，直接参加谈判的中朝代表团由5人组成，首席代表为朝鲜人民军总参谋长南日大将、志愿军副司令员邓华和参谋长解方、朝鲜人民军副总参谋长李相朝少将，驻朝使馆政务参赞柴成文担任谈判代表团秘书长，负责联络，并任命其为中校联络官；第二线，作为代表团后盾的李克农、乔冠华不直接出面，每天听取汇报，研究对策并负责向毛主席、周总理上报谈判情况；第三线，由毛主席、周总理、彭老总和金日成负责决定大政方针。李克农忠实地执行了党中央毛主席的谈判战略思想，并将这种思想和灵活的策略结合起来，在复杂的国际环境中随机应变，从现实出发处理各种棘手问题。他坐镇幕后，运筹帷幄，既有对敌斗争的坚决，又显示出高超灵活的外交技巧；同时，以他特殊的人格魅力，将中朝代表团凝聚在一起，为赢得谈判的胜利做出卓越的贡献。

从7月底到8月初恰逢朝鲜的雨季，一连几天的瓢泼大雨造成多条江河泛滥，给朝鲜人民带来了一场洪涝灾害。在此严峻的情况下，美帝国主义者为了进一步破坏我钢铁运输线，也来乘机捣乱，到处狂轰滥炸。

雨过天晴，入秋以来晴空万里，天空如同清水一般的清澈、湛蓝。美军妄图以军事压力，逼迫我方接受其停战谈判中的无理要求。从8月18日至9月21日发起的地面部队夏季攻势惨遭失败后，当时接替麦克阿瑟担任"联合国军"总司令的李奇微，给美国远东空军司令奥托·威兰下达命令说："给我狠狠地炸，在此谈判期间，你应该采取行动充分发挥空中威力的全部能力，取得最大的效果，来惩罚在朝鲜任何地方的敌人。"于是，美空军便乘天气好转的有利时机，每天出动大批飞机，发动以分割我前线与后方的联系，并切断我补给运输线为目的的大规模的"空中封锁交通线战役"，亦称空中"绞杀战"。所谓的"绞杀战"即是在横贯朝鲜半岛的蜂腰部画出一个阻滞地带，出动大机群进行长时间的毁灭性的轰炸，妄图切断我志愿军的后方交通线。207侦察支队获得这一情报后便立即上报给志司情报部。志愿军总部便相应地采取了一系列反"绞杀战"的措施，尽管如此，由于制空权不在我方手里，自8月中旬开始，朝鲜北部的铁路、公路、桥梁等昼夜惨遭敌机普遍的反复轰炸，使得交通运输曾一度处于瘫痪状态，把本就十分艰难的运输线搞得难上加难，造成前线许多物资短缺告急。战士们在吃不上饭的情况下，仍然勒紧裤腰带坚持战斗着。

高炮营的到来，乐坏了米志强、邵建平他们几个爱打篮球的球迷。他们原来经常到野战部队步兵连去打球，可以说是（在这个小范围里）打遍天下无敌手了，这回好了，又开来了3个高炮连和1个营部，可以找他们打球了。他们正计划着到高炮营去找中心文化教员，商量跟营部赛球的事儿，然后再请他帮助联系，分别与其他3个高炮连赛球。结果，高炮营的中心文教，事先到步兵连去搞了个调查研究，然后便使了个小计谋，头一场球就把米志强他们打得落花流水。打球那天，高炮营的中心文教把全营的篮球高手集中起来，以高炮营营部球队的名义进行赛球，后来，到连队去赛球时发现有的球员曾交过手，于是，便向中心文教提出疑问，经人家解释后才弄明白，原来那天输球并非输给营部，便七嘴八舌地嚷嚷起来，非要再跟营部干一场不可，中心文教只好答应下来，说："行行行，以后再联系吧！"

停战谈判分为两个层次，先是由联络官进行沟通，然后再提交双方代表团正式谈判。停战谈判一直在断断续续的唇枪舌剑、无休无止的争论中进行着，双方以吐沫星子送走了7月份，又以横眉冷对迎来了8月份。马拉松式的谈判，常常是一方提出提案，另一方进行反对，再提再否定，你来我往，到了吃饭的时间，夹起皮包就走人。没完没了地扯皮，起初是议程问题，而后又是会址问题、设立中立区、军事分界线等问题，对方采取拖死牛方式，我方则以闪电式还击。冲破一个又一个障碍，8月10日，谈判进入第二项议程，中朝方面提出以三八线为军事分界线，美方拒不作答以冷场战术拖延时间。柴成文秘书长有点急了便悄悄离开会场，问李克农咋办，李克农挥笔写了三个字：坐下去！沉默持续了132分钟，对方顶不住了便宣布休会。我方不得不采取针锋相对，以其人之道还治其人之身。一次，轮到中朝代表主持会议时，宣布会议开始后，双方刚坐下便紧接着又宣布休会，中间只隔了25秒钟，搞得对方茫然不知所措。随着谈判的进行，对方越来越感到，在中朝代表团的背后有位高人在策划、指挥着一切。"联合国军"一方经常故意耍花招破坏和谈，派飞机轰炸谈判会址、设伏兵袭击警卫排排长、飞机射杀当地居民等，制造了许多事端，致使谈判一再中断。

秋天迈着稳健的步伐，一步一步地向我们走来；立秋已经过去好多天了，眼见处暑即将来临。秋天的到来，有人喜上眉梢，也有人愁上心头。喜的是天气开始凉爽，炎热的夏天已经远去；愁的是时间过得太快，转眼之间又过去了大半年，难免要感叹一番：战争何时是个头啊！无论是喜也好，愁也罢，季节永远沿着自己的规律，到时候就来，到时候就走，来的时候挡都挡不住，走的时候想留也留不下，周而复始，竭尽所能，各司其职，春天让大地复苏，夏天让百花盛开，秋天让世界多彩，冬天让万物休养生息，一年四季都发挥着自己的特长，把四季打扮得如此分明。

天气已经明显凉了，防空洞里又开始阴冷了。于是，人们就经常往外边跑，抓紧工间休息时间晒太阳。大家一边唠嗑一边欣赏着秋天的景色，有的人也难免会触景生情。岳为民说："我们江南的秋天虽然没有北方的大山和树林，其实也是很美的，那些精巧和细腻的清泉叠翠，同样是巧夺天工，那也是别样的风光。"岳为民看了看大家，似乎人们都很注意听，他便接着讲起来，"江南的秋天以清泉、奇石、红枫为三绝，其中尤以红枫为最，每年秋天，便是赏枫的最佳时节，其叶有三角枫、鹅掌枫、五彩枫之别，由青变黄，转橙红、大红、泛紫，变化奇特，美不胜收，会让人把秋天最美好的记忆珍藏起来。"很多人不大了解岳为民的底细，对他津津乐道的江南风光，听听也就算了，唯独李德宝却偏要较个真儿。

"老岳，我看你是想家了吧？怎么你总是江南、江南的，我看过地图，你家是在苏北并不在江南。"

"哦，谢谢你的提醒，不过，我家就在长江边上，与江南只是一步之遥，你不知道，那里的气候、景色和江南都是很接近的。"

"我们吉林那疙瘩的秋天那才叫美哪，山势逶迤，绿水湍流……"李德宝的话匣子刚打开，哨音就吹响了，工间休息时间结束了，人们才勉强地向自己的防空洞走去。但是，他俩刚刚畅想的那一派和平的景象，不免仍然浮现在每一个人的头脑之中。

不知不觉中，时间已进入到了9月，这是个具有历史意义的时刻，中国人民志愿军空军部队为了反击敌人的"绞杀战"，开始正式出国作战了。我年轻的志愿军空军在前几次的小试身手之后总结了经验，不惧对手，敢于同美国飞机"空中拼刺刀"。志愿军空军集中了8个师的兵力，采取轮战的方式迎击敌机，掩护交通线上的抢修抢运。在仅仅几天的时间里便取得了辉煌的战绩。在207侦察支队所截获的一些密电上，这样写道："我们遭到了自朝鲜战争以来最惨重的损失""鉴于朝鲜空中发生了一种重要的、从某种程度上讲可以说是险恶的变化""我们过去所一直依赖的空中优势，现在已面临着严重的挑战"。美空军参谋长范登堡惊呼："几乎在一夜之间中国就变成了世界上空军力量最强大的国家之一。"这些电报充分地表明，敌人在哀叹自己失败的同时还没有忘记惊呼我人民空军日益增长的力量。

从此，美国空军"天下无敌"的神话破灭了，朝鲜战场上的制空权，就逐渐地掌握在中朝一方的手里。每当天空中出现我空军银色的战鹰时，人们就借机会从防空洞里跑出来，边晒太阳边看热闹，空战时，那激烈的场面往往会把人看呆了，谁还顾得上炮弹皮子从天而降。每当这时，就会听到柳协理员的喊声，他不停地关照大家要注意隐蔽，然而人们常常无动于衷，只顾看热闹了。于是他就像农村老大妈轰小鸡崽儿似的把大家一个一个地赶回到防空洞里去，对此，在晚点名时他也没少讲。一次，他召开现场会，从警通排里找来几个战士在落下弹片的地方进行挖掘，挖了很深的坑，才把弹片挖出来，他说："这足以证明，弹片在下落时的力量还是很大的，一旦砸到了谁的头上都不得了。"大家听了他的教诲似乎都收敛了许多。可是一旦遇有空战时，还免不了要跑出来看，不过只要柳协理员一出现，人们就会赶紧隐蔽起来，仿佛他的身影就成了无声的命令。尽管柳协理员对大家如此严厉，他平时却对大家是非常关心爱护的，每到节假日，他都会督促司务长给大家改善伙食，并张罗排节目，组织大家自娱自乐，引导和鼓励同志们自觉地克服与战胜困难。

视察

昨天晚点名时，支队里通知，今天早上不出操，改为打扫环境卫生、整理内务，加固防空伪装。这不，一大早人们就干起来了，三大队的几个人，一边干着还一边议论着：

"哎，听说没有？今天，志司有位首长要来检查工作。"

"是啊！也不知道是哪位首长。"

"肯定是一位大首长！"

"那还用你说，否则也不会有这么大的举动啊！"

一位女同志也走过来参加议论，说："我想，可能是彭老总。"

"不会，彭老总的工作那么忙，他心里装着千军万马，哪里有时间关心咱们这八十人。"

"要么就是从国内新派来的首长，刚上任就先到各地走走看看，搞点调查研究。"大家对这个看法，都异口同声地表示赞同。

早饭后，警通排的战士们在各个道口、山顶上以及交通壕出入口的两侧都加派了岗哨，所有人员都坚守在工作岗位上，唯有两位支队长、协理员却站在交通壕的外面等候着迎接。

过了一会儿，只见一辆苏式嘎斯69吉普车，停在了交通壕的入口处，志司情报部的夏副部长从车里下来先和两位支队长、协理员见了面，然后一一向首长做了介绍，首长便同大家一一握手，然后便急切地问："用机枪打下飞机的是哪一个？"协理员便马上喊来李卫平。吴支队长拉着李卫平向首长报告说："就是他，警通排排长李卫平，现在是管理股副股长。"首长热情地上前与李卫平握手，并夸他是好样的、是人民功臣。回头对秘书交代，把车子隐蔽好，于是秘书便告诉司机把吉普车开到村旁的那棵大树下。

来的这位首长，正是在8月初刚从志愿军第三兵团调到志愿军总部担任第二副司令员的陈赓。在进入交通壕时，首长把随行的秘书和警卫员都留在了外面。柳协理员担心慢待了上级单位来的人，便把他们请到了在交通壕外面、靠近警通排及伙房、自己办公的防空洞里，由李卫平端茶倒水，自己则陪着客人唠嗑。

两位支队长陪着陈赓副司令员和夏副部长走进了交通壕，准备由上而下地到各个工种的洞里看看。由于短波天线和超短波天线都藏在山上的枫树林里，所以技术保障股、二大队和三大队的防空洞都在最上边。当两位支队长陪同首长来到技保股的防空洞时，万国新股长便急忙喊："立正！"然后面向首长们说："报告首长，技术保障股股长万国新向您报告，我全股同志正在开展技术革新活动，请首长指示。"

"好，技术革新好！搞什么革新哪？"陈赓问。

听了陈赓副司令员的问话，吴支队长赶忙介绍说："这里是我们侦察支队的前沿阵地，他们主要负责架设天线和维修机器，保障讯号接收问题，现在正在进行天线革新，为了改善接收讯号而千方百计地研究，让天线的体积小，又隐蔽，接收性能还要好。"

陈赓副司令员听完，点点头说："好，这就是科学研究嘛！"

技保股活像个铁匠铺，桌上、地上到处是铁活，连下脚的地方都没有，不得站也不能坐，吴支队长便赶忙请首长到下一站二大队看看。

二大队的防空洞很大，有十多张桌子，每张桌子前都坐着一个人，头上戴着耳机正在伏案工作，有手工的也有机械的。往里边走还有个套间，是大队长的办公室，当陈赓副司令员看望了大家后，便被让进了大队长的办公室里，首长一坐下便说："我了解你们的工作，在长征的时候，每次缴获了电台，我都叫部队给军委二局送去。"陈赓副司令员抿嘴笑了笑，又接着说："人们都说干你们这一行的老祖宗是曾希圣，但是，那只能从长征时算起。其实，早在长征之前，周总理于1928年就曾在上海秘密地组建了中共中央特科，请苏联帮助培训了一批电台工作人员，打入敌人内部并智取了密码本，在掌握了其编码规律后，便破译了许多重要的情报。那时大家干的是在黑暗的岁月里求索光明的事业。"

听到这，吴支队长便问："当年，首长在中央特科时，是否也曾干过这一行？"

"没有！我只是晓得，但并未具体参与过。当时，这项工作是由周总理亲自抓的，我主要是负责情报科的工作。"陈赓副司令员习惯地用手在鼻梁上托了一下眼镜，接着又说，"后来，在长征中，毛主席和周总理，还有朱老总都亲自抓这项工作。长征结束后，毛主席曾高度评价曾希圣担任局长的军委二局，毛主席说：'二局是好二局，如果没有二局，红军长征是不可想象的。'"接下来陈副司令员高度赞扬了军委二局的戴镜元同志，说他是个很有天赋的情报专家，抗战爆发时他仅有18岁，在我军某部当译电员，他自学成才破译了很多日军的情报，在日军偷袭珍珠港之前，他就曾获得了这个情报。并受到毛主席"步步前进，就步步胜利"的题词嘉勉。据说，在国民党军统中有个叫池步洲的人，也曾经获得过类似的情报，但他搞的那个并不是直接的，而是根据日本外务省要求驻美大使馆要立即烧毁一切机密文件的通知进行判断的。当时在"二战"中，由于美国是我们的盟国，所以便把这一重要情报，通知了美国大使馆，可是，人家根本不相信中国人能搞到这样的情报，而没引起美国军事当局的足够重视，结果，他们吃了大亏，伤亡了3000多人，损失了20多艘大型战舰、300多架飞机。后来，戴镜元又截获了日本海军大将山本五十六出海巡视所罗门群岛的情报，美国人知道后便认真做了准备，出动了16架P-38战斗机，当场击落了山本五十六的座机。为此，日本人曾一度迷惑不解，不知在哪个环节上出了问题，美国为了迷惑日本人，却说他们并没有得到任何情报而是偶尔碰上的，但他们在内部材料上说是盟国破译了日军的电报。

听了首长讲的这段历史，大家都感到很受鼓舞。

三大队的防空洞与二大队的一模一样，都是套间。据说，这里曾是某机关的两位首长住的，外间屋是办公室，而里间屋则是宿舍。三大队防空洞也很大，有十几张桌子，每张桌子前都坐着一个人，头上戴着耳机正伏案工作着，每人的面前都放着一部进口的钢丝录音机。这个洞里不像二大队那样安静，声音都在耳机里面，由于对方在报话时乱喊乱叫，所以从耳机里冒出来的声音却是一片嘈杂。陈赓副司令员感到除了英语就是朝鲜语，啥也听不懂，站了一会儿，便向大家招招手，就转身出来了。

到了战情股，杜股长刚喊出"起立"，正要喊"立正"，并向首长报告时，陈赓副司令员便说：

"免了，免了！由你们吴支队长介绍一下情况就行了。"杜股长一看没自己什么事儿，便跑到夏副部长跟前又敬礼又握手的，陈赓副司令员看见他们俩很亲热，于是便问："哦！你们俩还挺熟的嘛！"

"我们是老朋友了，207的材料都是通过这里给我们的。首长们每天看的《敌情动态》《情况综合》，其中大部分内容都是由杜股长他们提供的。"听夏副部长说完，陈赓副司令员简短地表态说："对，我们不应该忘记他们这些无名英雄！"

当进入第一大队第一中队的防空洞里，看到一排排的密码机时，陈赓副司令员表现出一种异常浓厚的兴趣，他十分兴奋地摸摸这个又摸摸那个，周副支队长赶忙上前介绍：

"这一部是英国造的，这一部是德国的西门子，这都是从西方买来的，那几部都是刚刚缴获来的美军M-209密码机。"边说边向夏副部长示意，"这还是夏副部长收集起来后给送来的。而这边两部，都是我们自力更生，自己制造的。"陈赓副司令员听了，很惊奇地说："啊？你们自己还能制造密码机？"

"从模仿起步，依样画葫芦，瞎琢磨呗。"周副支队长说完后，吴支队长便赶忙介绍说："我们这位周副支队长是南开大学毕业的，当年曾在北平军调处当过英语翻译，另外，我们还有两个同志是清华大学毕业生，一个是学机械制造的刘超宁，一个是学数学的杨学敏，这是他们三个人合作的产品，用旧的密码机或英文电动打字机改装的。"

"哦，那真是三个臭皮匠顶个诸葛亮喽！"陈赓副司令员幽默地说完，又用手指着周副支队长诚恳地说："不过，我并不认为你们是臭皮匠，你们是名牌大学的高才生，是我们军队的宝贵财富哟！"吴支队长用手拍着一部机器继续向陈副司令员介绍说："这部机器就是有名的恩尼格玛密码机的仿制品。"

"哦，恩尼格玛！你等一下，我好像听说过。"陈副司令员用手指向上托了托眼镜，然后说，"对了，好像是'二战'时期，德国人使用的密码机。我听说，当年法国驻柏林大使馆搞到了一份恩尼格玛密码机的图纸，法国人看不懂，又请英国人一起搞也没搞明白，后来法国人把图纸送给了波兰的一位数学家，叫什么来着？"陈副司令员边说边用手拍打着脑门。

"雷耶夫斯基。"吴支队长补充说。

"对，是玛利安·雷耶夫斯基，经过波兰的这位数学家苦心研究，造出了一部密码机，在'二战'中发挥了很重要的作用。"听陈赓副司令员说完，吴支队长又继续说：

"前几年，局里首长通过关系，从波兰引进了一部恩尼格玛密码机的样机，局里组织了一个攻关小组进行了仿制，我们周副支队长、刘超宁和杨学敏他们三位都是其中的成员。"

陈副司令员听了吴支队长的介绍，频频点头表示赞许。周副支队长似乎感到陈副司令员对密码机饶有兴趣，便紧接着讲了起来："这种密码机，最初是由德国人舍尔比乌斯设计的，他自己把这种机器称为Enigma（恩尼格玛）。这种机器的保密性很强，但缺点是不能打印出文字来，是由指示灯来显示字母的，并且需要三个人来操作，一个人控制机器，一个人根据灯的闪亮读出字母，一个人做记录，很不方便，后来经过瑞典人达姆和哈格林先后做了一些改进，缩小了体积，命名为C-36型密码机，安装在瑞典电报局里使用。'二战'开始后，美国人通过哈格林秘密地从斯德哥尔摩空运出50部机器到华盛顿，并经哈格林之手根据弗里德曼的意见进行了改装，美国军方将其命名为M-209密码机。"

首长听完后正想说点什么，突然，那边有一部机器，噼里啪啦地敲打了起来，所有在场的人员都一齐甩过头去看，吴支队长走上前，看了一眼，便向陈赓副司令员解释说："这是美国第八集团军司令官范佛里特正在给美国驻远东军新任司令官李奇微发报，他们发出来的电报是通过密码机加密的，我们在山上的报房里收到讯号之后，就传输到这里来，先经过那一部也是从国外买来的、世界最先进的IBM机器处理一下，然后送到这一部机器上，由它进行脱密，并直接打出电报的原文，这都是周副支队长他们几个人琢磨出来的。"周副支队长走到机器旁边，扯下电报后一边看一边就把电报的内容，直接翻译成中文念给大家听，陈赓副司令员听完，嘴都乐得合不拢了，他非常高兴地说："行！你们局的领导挺有远见，储备了这么多的人才，现在正用得上，你们都是好样的，是我们党的宝贝啊！"陈赓副司令员说完又习惯性地用手往上托了一下眼镜，然后继续说："我记得30年代初，蒋冯阎中原大战之后，蒋介石曾经在一道手谕中说'得一前线战将容易，求一密码破译人才难'，于是，老蒋下令'即使难于上青天，也要不惜任何代价，或强征，或笼络，竭尽所能求得其才'。"

说到这，陈赓副司令员稍微停顿了一下，然后，头向左歪了一下接着又向右歪了一下，若有所思地说："我听说，麦克阿瑟站在冲绳岛上，朝着北方伸手向空中抓了一把，然后对他身边的官员们说：'这就是我要的情报，漫天皆是，随手一抓一大把，可是，我看不到，因为没有人能借我一双慧眼呀。'"陈赓副司令员说完，又习惯性地用手指向上托了一下眼镜，然后指了指自己又指向了大家说："我们跟麦克阿瑟不一样，我们有你们这些同志，就有了一双慧眼，因此，我们就能够战胜他。"

吴支队长急忙插话说："还是首长们指挥得好！"

"那是人家彭老总的功劳！我跟他们说过了，我到朝鲜来是个新兵，他们该咋干还咋干。"

从一中队出来后，吴支队长便陪着首长来到了第一大队第二中队的防空洞，这个洞虽然很宽敞，但人也多，仍然显得挤挤插插的，而且每个人的桌子上，都乱七八糟地摆放着各种工具。吴支队长见状觉得挺不雅观的，便赶忙向陈赓副司令员解释说：

"我们支队里破译工作最核心的技术全在这里了，大多是用手工操作的，需要借助于很多工具。"一边说着，一边用手指着桌子上、地上的箱子和靠墙边的柜子里各种各样的金属的、木制的还有纸做的工具。"他们的任务，就是寻找解开密码的钥匙。当敌方把电报明文输入机器的同时，密码机就开始工作，会自动进行加密。每当一种新的密码出现时，他们就进入苦苦思索的阶段，通过假设、求证，一旦发现了密钥，即可进行模拟生产了；整个过程，就仿佛是在黑洞中探索光明，一旦透亮了，能够译出电文了，这个密码也就算破开了；然后移交给刚才首长看过的那个一中队，由他们再进一步研究，进入机器作业。"

"好，很好！"陈赓副司令员频频点头赞许，"吴支队长说得对，你们就是在黑洞中探索光明的人啊，很好！"陈副司令员说着，突然把目光落在了几个人手里拿着的英文原版的小说上，便疑惑不解地用手指着书问："怎么？还有工夫看这个！"

"不，他们不是在看小说，而是在查资料。"吴支队长解释说。

周副支队长从桌子上拿起一本书说："这本《迷惘的一代》是美国进步女作家格特鲁德·斯泰因在第一次世界大战时期写的，它的英文书名叫 The Lost Generation，这个书名里有十多个英文字母，就是加密用的密钥，在美军的师团之间都使用这种密码。我们把这个叫作'书名密'，这种密码是有反复的，搞起来不太难！此外，还有不反复的，相比之下破译起来就要难一些，密码就藏在一本书里面，他们几个正在从书里面的字里行间进行查找。"陈副司令员听完，若有所思地点点头，然后，便转身走出了门。

从第一大队二中队出来又到了三中队，吴支队长告诉陈赓副司令员："这里有英语和朝鲜语两种报话密，主攻方向是李承晚伪军。"陈赓副司令员听了之后点点头，然后便问："相比之下，要比那两个中队来得容易些吧？"

"是的，在技术上没有那两个中队的难度大，但在外语上这个中队的人既需要懂英语还得要懂朝鲜语……"吴支队长说到这，陈副司令员便插话说："要懂两种外语也不大容易呀，咱们志司的解方参谋长就懂两种外语，不过，他可是英语和日语。"

吴支队长指着高密和岳为民说："这个中队的工作，平时问题不大，但有时候也是需要绞尽脑汁的。咱们这里有不少小伙子，都像他们俩似的，下巴上都不长胡子。"

陈赓副司令员听了之后，便疑惑不解地问："怎么的？"

"捻断千根须呀！"吴支队长这样解释说。

"好家伙，都赶上杜甫、李白了嘛！"陈赓副司令员说着便把背在身后的手抬起来，向高密和岳为民招招手说："大家辛苦了！"然后，向站在旁边的赵阿春和金月容两个人扫了一眼说，"哦，这两个小姑娘都很漂亮嘛！"吴支队长在一旁，用手先后指着金月容和赵阿春说："她是大连人，她是上海人。"陈赓副司令员用手指头向上托了托眼镜，然后又说：

"是啊，有人曾经说过'密码战争不能没有女人，除非世界上只剩下了男人'，你们这里女同胞还不少嘛！"吴支队长赶忙回答说："也就十几个吧，安东留守处那边还有三个，译电员、军医、会计都是女的。"

首长点点头之后便指着金月容说："这个小姑娘，长得很像朝鲜人嘛！"别看金月容平时挺活泼，但在首长面前显得很拘束，只顾低着头抿嘴笑不敢言语，吴支队长见状便赶忙说："她是朝鲜族人。"

"啊，怪不得那么像。"首长说完便指着李德宝问："你也是朝鲜族吗？"

"报告首长，我不是朝鲜族，我是汉族。"

"我怎么看着他很像朝鲜族呢。"陈副司令员对着吴支队长说。

"他父亲是汉族，母亲是朝鲜族。"吴支队长解释说。

陈副司令员听后点点头，然后又转身用上海话问赵阿春："侬是上海宁，啊是？"

"是嘎，阿拉是上海宁。"

"侬格俉里厢，在上海啥地方？"

"霞飞路。"

"哦，好地方啊，法租界嘛！哈哈，当然现在不是了。"

说到上海霞飞路，似乎20多年前，首长在那里组织指挥处决了出卖彭湃同志的叛徒时的情景又出现在脑海之中，因此，陈赓副司令员沉思了一会儿没再说什么，便走出了防空洞。走在交通壕里，却听到赵阿春在讲："伊拉湖南佬哪能也会港（讲）上海喔（话）？"

"首长曾在上海搞过地下工作的，侬格哪能忙（忘）记脱了！"高密也借机会，讲了半句上海话，紧接着又说，"我听说陈副司令员在上海做地下工作时会讲好几种方言咧，根据不同的穿着打扮，与不同的人打交道，他就讲不同的方言。很了不起嘞！"

陈赓副司令员在防空洞外面，显然是听到了里边在议论自己，但也只抿着嘴笑假装没听见，在交通壕里，边走边对吴支队长说：

"今天，我到这里来，就是看看大家，我对你们这个工作还是挺有感情的！你们个个都是人才，是我们党的宝贝呀。"说到这儿，陈赓副司令员看了看交通壕上面的伪装，又回头扫了一眼交通壕两侧的防空洞，接着说，"不过，把你们放在这儿，我还是有点不放心哪，万一被敌人发现了，不用多，几枚500磅就全报销了！到那时，可怎么向中央交代呢？谁来负这个责任！当然了，责任倒也好说，大不了摘了我的乌纱帽呗，可是人员受了损失、工作受到影响那就不好办了呀！若是那个样子我们不也会像麦克阿瑟似的，都成了睁眼瞎了吗？我看，这不是个久留之地，等我向党委汇报后，争取给你们打一个坑道，现代化的战争没有坑道怎行！"陈赓副司令员走出了交通壕，在上车前又转过身来告诉吴支队长，说，"你们可以先搞个设想，怎样才能既安全又便于工作，大胆一点想，拿出一套方案来，要搞就搞个现代化防原子的。你搞好以后，就送给夏副部长！"夏副部长听了后，便逗趣儿似的，把手心向上朝吴支队长伸了伸手，然后又招了招手便也上车走了。事后，吴支队长在晚点名时向大家传达时说，当他听到陈赓副司令员的这一番话时，被感动得鼻子阵阵地发酸，差一点眼泪都流出来了。

为了落实陈赓副司令员的指示，吴支队长一连好几天都吃不下、睡不好，其中的原因也挺复杂，一方面是听了陈赓副司令员的讲话后，深切地感到党的温暖和首长的关怀而格外地兴奋，另一方面是对陈赓副司令员交代的任务感到责任重大，还有就是究竟把坑道打在哪儿，到底打成啥样的，从来也没想过，更不要说见过。为此，吴支队长曾多次召集各股长和大队长们开会研究，大家认为，首先是选址问题，然后根据地形、地势再来确定搞多大、搞啥样的；其次是内部结构怎么搞法，需要设想得细一点。吴支队长要求各股、大队从发展的角度，先设想一下各单位所需要的空间及平方米数，布置完了后，当天自己便带着技保股的万股长、二大队的柴大队长和业务参谋鲁明出去选址了，经过图上作业和实地勘察，最后确定在桧仓以东的南陀山脉的北端，一个叫陀螺岭的圆形山上，远看像一个倒置的陀螺，山南山北的山脚下各环绕着一条大江。经过多次由股长、大队长们参加的办公会讨论后，意见终于取得了一致，便由万股长、雷干事和鲁参谋等三人，制作了精确的平面图以及各个部位的必要说明。任务完成后，吴支队长便把图纸送到了夏副部长的手中，交了差。

突变

　　庄稼院里的景象，已向人们宣告了，秋天真的悄悄地到来了。207支队驻地附近的村子是里委员会所在地，虽然村子不太大，却是个小巧多彩的村庄，农田也很开阔，无论山林，还是田野，处处都已显现出秋天特有的丰富色彩。秋风徐徐吹来，吹落了树叶，吹熟了山坡上的草籽，绿油油的草丛上，泛起了片片浅黄，满山的枫树层林尽染，呈现出丹枫迎秋的景象；田野里也被秋风吹得呈现出五彩斑斓，山坡上的棉田，一个个绿色的、白色的棉桃在红梗上随风摇晃，低洼处已干涸的稻田里，沉甸甸的稻穗不堪重负地俯身垂首，泛起了一片片耀眼的金黄。在一排排的庄家院子里，也呈现出一派丰收的景象，同我国北方的农村也差不多，满院里都堆着玉米秸，橙黄的玉米棒子码成垛，屋檐下挂着一簇簇的老玉米种子，一条一条编成辫的大蒜头，一串一串鲜红的红辣椒显得格外耀眼，朝鲜人特别喜欢吃辣的，冬天碗里没有辣椒，是根本不行的。

　　207支队里有一些南方人，也是特别喜欢吃辣椒，还总嫌伙房里炒的辣椒不辣，于是，就有人背地里到老百姓家里去买辣椒，后来被协理员发现了就宣布了纪律，不许再去骚扰老百姓。并且让国内留守处买了一些辣酱送过来，专给那些喜爱辣椒的人吃。可是，仍然有个别人嫌不够辣，偷偷地溜到村子里去买红辣椒。

　　一天，志愿军司令部情报部的夏副部长，带了一大卷图纸，到207侦察支队来，说陈副司令员仔细看了支队搞的图纸后，认为尚不够现代化，更不符合防原子条件下作战的要求，因此，首长指示：坑道内要打井，还要有厨房、食堂、储藏室，洗澡间、男女厕所等，都得考虑在内。最后，夏副部长说："有了这些准备，即使敌人投了原子弹，我们也能够照常坚持工作，这就是首长的意图。请你们大胆再大胆地考虑一下，重新搞个图纸给我，要快呀！"说完就要走，两位支队长一直把夏副部长送到了交通壕的出入口处。夏副部长在临上车前，又重复了一下那个动作，即手心向上朝吴支队长伸了伸手，然后把手往上一扬，招招手，便上车走了。

送走了夏副部长之后，吴支队长便马上召集股长和大队长们开会，首先给大家传达了志愿军首长的意图，大家听了都倍感亲切，纷纷表示，一定要把工作干好，不辜负志愿军首长的关怀；吴支队长便趁热打铁，引导大家认真落实方案，经过几次会议的热烈讨论，把首长提出的问题举一反三地逐个做了安排，然后，还是由万股长、雷干事和鲁参谋重新制作了图纸。第二天，吴支队长便把新图纸送到志司情报部去了。大约一周后，夏副部长来电话通报说："首长对新图纸还比较满意，现在施工部队正在陆续进场，计划从三个方向同时组织施工，你们就等着好消息吧。"晚点名时，吴支队长向大家做了传达，全体工作人员无不感到异常振奋和欢欣鼓舞。

随着抗美援朝战争的不断深入，1951年的春、夏两季，全国有大批的青年学生踊跃报名参加抗美援朝。于是便出现了父母送子女、哥哥送弟弟上前线的动人场面。这两批新兵主要都补充到特种兵中，如高炮、地炮、坦克、雷达、工程兵、铁道兵、机要通讯等部队以及各种院校。凡1949—1950年入伍的学生兵，都是排级待遇，配发干部服装；而1951年入伍的学生兵，却一律享受班级待遇，着装是战士服，夏装是苏式的套头上衣，紧袖，有两个胸兜。

秋来大地美如画，又到了枫树林里遍地飘洒红叶的季节，晚饭后，金月容独自一人无精打采、毫无目的地漫步在枫林中，踏着满地的红叶，不时地捡起一片又一片，拿在手上摆弄着，有意无意地扔掉这一片，又弯下腰去捡起另一片，悠然自得地想着心事。自从接到调令以后，她心里既高兴又难过。高兴的是，能得到领导的信任和重用，即将接触新的工作；难过的是，舍不得离开三中队，对刚刚学会尚能较熟练掌握的工作，感到难以割舍。金月容漫步在枫林里，一边回想，一边细细地咀嚼着，入伍以来，领导和同志们对自己的评价与期望……

207侦察支队刚分配来二十几名新同志，其中大多数是朝鲜族，给了一大队两名，其余的都去了三大队。宋大队长考虑，两名新来的同志还是先到三中队，由高密负责培训，然后让李德宝带着干，把金月容调到二中队，以便给二中队充实新生力量。

宁静的夜晚，大家围坐在防空洞旁边的栗子树下，月光透过浓密的树叶，把圈圈点点的影子投射到人们的脸上、身上。高密中队长自掏腰包拿出1万元（第一套人民币）从果园里买回来8个苹果，大的一个足有半斤重，打算开个小型欢迎欢送会，欢迎两名新战友、欢送金月容去二中队。大家边吃着苹果边唠嗑，高密首先对两名新同志表示欢迎，介绍了中队的情况，大家也都跟着发言表示欢迎新战友。然后，高密对金月容来到三中队以后的表现给予了高度的评价，而后针对她的心事，做思想工作说："反正没有离开咱们大队，大家仍然朝夕相处，等工作上忙不开时，还会请你回来帮忙的。"然后，大家纷纷发表临别赠言，李德宝最后一个发言，他围绕着"得与失"的关系，讲了一些惜别的话，并慷慨激昂地朗诵了一首小诗：

> 园林不失去鲜花，
> 哪得丰收的果实；
> 夜空不放弃月亮，
> 哪有迷人的星光。

大家一边鼓掌一边叫好，还夸他机灵，脑子好使转得快；金月容拿出笔记本，并打着手电筒，叫李德宝把诗写在上面。然后，高密叫大家自由出节目，唱歌、说笑话、讲故事、猜谜都行。高密的话音刚落，岳为民便说："All right（那好），我出两个谜语大家猜一猜：咱们中队长去果园买苹果，上次赊账，这次也没给现钱。"

高密中队长一听，马上就反驳说："哪有那事儿？你别瞎说呀！我都给钱了好不好！"

"是噶！侬勿要扯嘞勿！好伐啦？（你不要胡说，好不？）"坐在一旁的赵阿春也指责岳为民。

"我这不是出谜语嘛，不是真的，你们别在意！打一个字。"岳为民急忙解释。

"我知道，我知道。"两位新同志互相商议了一下，忙举手说，"上次欠了人家的，这次又欠，应该是个简体字'欢'字。"

"对了，我就是要用这个简写的'欢'字，欢迎你们俩呐。"

岳为民说完又接着出下一个谜语："人们常说送君千里终须一别，可我这个谜语叫'送君千里不分离'，也打一个字。"然后又补充说："咱们送别金月容同志，无论送出多远，仍然在一个大队里，仍然是一个锅里吃饭，天天见面，所以我说'送君千里不分离'呀！"

"可不是嘛，金达莱调二中队后，她的宿舍是不是还和我在一个防空洞里呀？"赵阿春面对高中队长如是说，高密听后点点头。大家都称赞岳为民出的谜语，与欢送会的内容非常贴切。尽管赵阿春、李德宝和两个新同志都跃跃欲试，但终究由于人们都沉浸在送别的情绪之中，因此，谁也没有猜出这个字来。"送君千里不分离"也就是"千"和"里"两个字重叠在一起，是个"重"字。岳为民揭开谜底后，高中队长便通知大家："明天吃过早饭，金月容就要去二中队上班了，届时咱们大家一齐送她过去。"

眼看着国庆节就要来到了，《人民日报》上刊登了由王莘作词、作曲的《歌唱祖国》，雷干事用报纸抄出来，在晚点名前，让潘雅娴教大家学唱，大家学得非常起劲儿，看样子，国庆节也就要在《歌唱祖国》的歌声中度过了。

前段时间，志愿军司令部情报部曾多次来电话请吴支队长去研究打坑道的事儿，而且还去陀螺岭实地考察过几次，吴支队长回来说，施工进度很快，通向陀螺岭的公路已经开出来了，咱们的坑道有3个洞口，每个洞口都已打进去一二十米了，晚上，敌机没过来时，战士们就照样点灯施工，24小时人停工不停轮班干，大家听了这些情况都非常高兴！

又是一个晴朗的天气，万里无云。近半年来，每当这样的好天气，就会有空战发生。自从中朝一方把制空权夺过来之后，直打得敌人的油挑子（F-84战斗轰炸机的两翼上各有一个油箱，外号叫油挑子）都很少出来活动了，由于它的速度、性能要比米格飞机差一大块，所以见了米格飞机就赶快掉头逃窜，也只有F-86飞机敢跟米格机对阵了。9月下旬的一天下午，一批12架F-86发现我们有16架米格-15在空中巡弋，他们便赶快利用太阳光隐藏自己，然后伺机而动。我机继续保持自身的高度优势，当敌机临近时，战鹰们突然呼啸着向敌机俯冲而去。敌机没有料到这一手，立刻慌了阵脚，四处躲闪。但他们很快做了调整，重新进行编队向我反击，顿时，敌我双方咬在了一起，这时只见一架米格机迅速拉起来转身向敌机群猛冲下去，紧紧盯住一架F-86长机，一炮将其击落，被美军吹嘘为"世界超一流"的F-86"佩刀式"战斗机，就这样被我年轻的空军一下子就击落了。然而，我们这位英雄的身后却吸引了6架F-86向其围攻过来，很不幸座机中弹了，但这位英勇的飞行员并没有选择跳伞，而是拉起机头向后翻转，在空中画了一个圆圈，赶到敌机的后面，驾驶着喷火的战机打开加力器一下子蹿到了敌人的机群里，撞得美机一连串地爆炸，其余的敌机便都望影而逃了。

207的许多人都目睹了这一场壮烈的空战，你一言我一语地互相补充且又比比画画地描述着整个空战的经过。也有人说，在《三国演义》里曾看到过诸葛亮火烧战船的情节，今天又看到了我们的空军英雄火烧战机的场面，真开眼了！大家都禁不住由衷地赞佩那位英勇无畏的飞行员舍生忘死、奋勇杀敌的英雄气概！听到了协理员的吆喝声，大家便终止了工间休息，纷纷跑回了各自所在单位的防空洞。

多少天来，高密中队长一直都在忙于培训新同志。吃午饭的时候，高密打完饭便端着碗站在屋檐底下，等着岳为民打完了饭从伙房里出来，便把他叫到自己的跟前，两人找个地方坐在一起，高密一边吃着饭，一边对岳为民说："老岳，你注意到没有，自从金月容调走后，李德宝的情绪一直不太高，似乎有啥问题，你抽空跟他谈谈。"岳为民对这位既是中队长又是党小组长的双料领导所交代的任务欣然接受下来，并表示一定圆满完成任务。

太阳快要落山了，花丛中尚有两只蝴蝶，悠然而恬静地飞舞着，似乎已下了决心，要与人们平分这一派绚烂多彩的秋色。九月里的山菊花肆无忌惮地开放起来，大有与百花争芳斗艳之势，一眼望去漫山遍野几乎全都是山菊花的影子，黄的、白的、紫的，千姿百态，美不胜收。

到了吃晚饭时，岳为民打完饭端着碗，等身后的李德宝也打完饭之后，便找了张桌子坐到一起，边吃边唠起来，当碗里的饭快要吃完的时候，岳为民问李德宝："饭后，有啥事儿吗？"

"没有！"

"那咱俩到山上去走走。"

"好吧！"他们两个人刷完了碗，又把碗筷装进了由祖国人民用毛巾做的慰问袋里，并送回防空洞，然后，便一同朝山坡上走去。正走着，李德宝指着一棵树的树下说："那有一堆蘑菇！"

"那哪是蘑菇，是狗尿苔。"

"是狗撒了尿才长的吗？"

"也不尽然。可是，狗撒尿的时候，为啥总要抬起一只腿，你知道吗？"

"那为啥？不，你还是先说说狗尿苔和蘑菇有啥区别吧！"

"两种东西远看都差不多，只是狗尿苔长得小，伞盖下面是蜂窝状的，且根上有点发黑，一般都是白色的，有的上面带黑点；而蘑菇个头大，伞盖下面是条状的，如同雨伞的骨架，各种颜色的都有，不过以黄或白色的居多。颜色太鲜艳过于花花的则有毒，不能吃！"

"明白了，那狗撒尿时，为啥要抬起一条后腿呢？"

"这可就有说道了。"

"你别卖关子了，好不好？"

岳为民看看天色渐晚，中队长交给的任务尚未进行呢，时间不允许再扯远了，便长话短说："这里涉及一个虚无缥缈的传说。狗的一条后腿曾经被人给割断过，后来经过仙人用面做的腿给接上了，所以狗在撒尿时，担心那个面腿被尿给冲坏了，因此就把那条腿抬起来，再后来，这个习惯也就一代接一代地传了下来。"

"噢，原来如此呀！不过听起来还不够过瘾，那个传说是怎么说的？"

"好了，好了！你这种求知的精神了得，弄不好我会被你给问倒的，关于这个问题呀咱们以后有空再讨论。德宝，我发现你的情绪好久没这么开朗了，是吧？那为啥？"

"是的。"李德宝虽然坦率地承认了这个事实，但面对岳为民紧接着提出的"那为啥"却又感到一时很难开口，正犹豫间却被岳为民单刀直入地给点破了。

"金月容的调动，你有想法？"

"是啊，我这心里就像'咬了口烂苹果——不是滋味'。你看出来了？"

"不，不是我，而是咱们的中队长看出来了。他培训新同志工作挺忙，叫我和你谈谈。"

李德宝本是个挺机灵的人，听岳为民这么一说，便马上意识到这是组织上对自己的关心，于是便赶紧表态说："我首先感谢党组织的关心，的确，金月容调走后，我产生了很多想法，我这是一根檩子搭桥——难过呀！"

"有啥难过的嘛！"

"一方面是想，为啥是调她而不是调别人；另一方面是……"李德宝讲到此处又觉得难以启齿了，稍作停顿之后便又接着说出了他在与金月容的接触中逐渐产生了好感，而金月容一走心里总觉得空落落的，难舍难分，自己的情绪有很大波动。

岳为民听了之后，感到李德宝还是挺自觉的，也不便多说批评的话，只是从鼓励的角度提出了一些希望：组织上对每个人都是信任的，人员调动是工作需要，应正确对待；同志之间有好感是正常的，但一定要把握好，保持革命同志间的纯洁友谊和革命感情；然后，又进一步阐明了部队里有规定，结婚的条件是"268团"（26岁、军龄8年、团级干部），营以下干部是不允许的，也不许搞对象，并指出："当前，你的担子是很重的，中队长把两名新同志培训完了，就要交给你负责带，你应该在思想上、精神上做好准备才行。尽管李德宝对岳为民的这一大段话，有的地方还想不通，但又觉得他是代表组织同自己谈话的，便把意见都接受了下来，并表示："一定端正思想，以饱满的情绪投入工作，并带好新同志，请组织放心。"

此时，月亮已由天边升起到天空，那皓洁的光辉已洒满了大地，夜幕下的山峦又渐渐地明亮了起来，黯淡的河流也在熠熠闪光，迷蒙的道路也渐渐地清晰了起来……

国庆节谁也没有过好，一场突变让每个人都忙得一塌糊涂，尤其是三大队和一大队三中队的李德宝他们更忙。9月下旬的一天，突然三大队原先经常守听的话务频道里，一点声音也没有了，经过大家的一番努力，进行洗波、搜索比对、分析鉴定、恢复还原等又都逐一地找了回来，原来是对面李伪军把全部报话台都改了新频率。而且报话里边说话也很少了，出现了很多的电话密语，甚至成篇的数码报，给大家增加了很多困难。三大队的同志们在忙碌了一阵子之后，才逐渐地清醒过来，有人说：

"唉，不对呀！还没到改频率的时间哪！"

"是啊，他怎么就改了呢？而且还是大改。"有人这样补充着。

"变动这么大，肯定有问题！"又有人说。

"糟糕了，莫非是泄密了？"平时表现挺聪明的几个机灵鬼，在一起七嘴八舌地嚷嚷了半天，终于逐渐把思路集中到"有人泄密"上！于是，就把这个意见反映给了大队长，支队首长听到汇报后也很重视，认为他们的猜测不无道理，便召开党委扩大会进行了研究，统一了认识，决定由协理员带着雷干事和鲁参谋立即着手进行调查。

由于电话密语的骤然增多，源源不断如同雪片似的由三大队向一大队三中队飞来，李德宝一个人根本招架不了，岳为民和赵阿春都放下手里的工作也还是忙不过来，于是，宋大队长就把金月容临时派回来，仍然还是忙得连头都抬不起来，根本没空去取报，则临时改为由三大队给送过来。一连好多天，都处于应付状态，宋大队长感到这不是个办法，即使两名在训的新同志上岗后也恐难应付，思来想去便把困难反映给吴支队长，经支队决定，从三大队抽调两名朝鲜族话报员补充到三中队工作。高中队长乐得不得了，当晚便召开了欢迎会，并宣布两名在训的新同志先回到中队里打下手，边干边学，等他给两名话报员补上一课以后四人再合在一起培训。

为了做好在敌机轰炸下的战地救护工作，上级卫生部门发下来一些战地救护用品，每人发给两个急救包，包内有药棉、绷带和纱布。急救包的后面有一个环，如同枪套后边的环一样可以扎在皮带上随身携带，虽然挺麻烦，但谁也不敢掉以轻心。可是，由此接连发生了一些莫名其妙的怪事儿：急救包里的绷带和纱布都是粉红色的很好看，大家都挺稀罕，但是，漂亮的绷带和纱布一旦用在伤口上，则伤口就会感染化脓，起初，人们还以为是自己没整干净操作不当，但就连卫生员也是一样，谁用谁都化脓，由于原因搞不清楚，所以也就不敢再用了；后来，业务参谋鲁明得了感冒，为避免传染别人，他就把粉红色的纱布做成了口罩戴上，女同志们都羡慕他手巧，便纷纷效仿，然而，戴上它不仅不能防病，反而有人没病找病，有病的会病上加病，由于处理不及时，所以不少人都得了上呼吸道感染，大家对此都感到疑惑不解。有段时间秋雨连绵，路上不好走，蔬菜运不上来，就给大家发罐头吃，其中，有一种黄豆猪肉罐头，虽然味道挺香很好吃，但吃了就拉肚子，因为是祖国人民送来的东西，谁也不愿意往别处想，只有硬着头皮吃下去，还纷纷从自己身上找原因，有人还责怪自己嘴馋，太贪吃而吃得太多消化不了，也有人埋怨自己没注意而受凉了才泻肚的，可是有一个算一个，谁吃了都免不了泻肚，把大家整得苦不堪言，厕所不够用，有的人等不及了，就跑到山沟里方便。面对此种情况，高密从友邻部队借来步兵土工作业的锹镐，带着岳为民和李德宝到远离防空洞的树林里挖些坑，临时供大家方便用。李德宝联想到了标点符号的故事便风趣地说："这叫什么？这就叫行人等不得在此方便！"

此时，如果仍用山花烂漫、一片盎然生机来描写大地，显然是不合时宜了，随着霜降节气的到来，一些花草都逐渐蔫了下来，显现出一种可怜巴巴的样子。凛冽的寒风如同利剑一般，无论大树小树，其叶子都统统被寒霜打落在地，忽如一夜秋风到，树叶纷纷往下掉。但唯有那矮小墨绿的青松依旧是那样绿油油的，苍翠挺拔地屹立在山坡上，不摇也不动。春天时，高密他们几个曾在饭厅周围栽下的爬山虎，早已茁壮地成长起来，爬满了房顶，还是在霜降之前，就已开始逐渐由绿转红，到了这会儿都已红透了，在夕阳的映照下显得格外地火红，仿佛欲与山上枫树林里那些火红的枫叶一比高低似的。

金月容在三中队忙活了一阵子后，又回到二中队，仍然由秋小玉同志继续负责培训，每天的工作就是清理电报、登记、分类、背电码。金月容在长春机要学校时曾经学过的"嘀嗒，嘀嘀嗒，嗒嗒嘀嘀嘀"，那是由时间长短不同的电流脉冲组成的，国际上通称为"摩尔斯电码"，一般是在短波里用手工敲电键使用的；而这回可不一样了，整天背的是"空叉空叉"……是由时间长短相同而方向不同的电流脉冲组成的电码，这种电码是由法国人博多发明并用他的名字命名的，博多电码通常是在超短波里通过电子或机械使用的。当然，博多电码比莫尔斯电码要难一些，但更难的还不止于此，还要在此基础上背弗纳姆电码。美国人弗纳姆搞的这种电码是一种结合码，其实就是一种加密的形式。虽然说很难，但金月容很聪明，有基础又很用功，所以学起来也还挺快的。整整十几天，都是在"空叉空叉"中度过的，天天都是背这个博多电码，成天在嘴里不停地叨叨咕咕的。就连国庆节也是稀里糊涂地度过的，会餐时都吃了些啥也无心去品尝；晚会上叫她唱歌，她就把《王大妈要和平》又唱了一遍，应付差事。整个身心都在背博多电码和弗纳姆电码上，有时怕影响别人工作，索性就到防空洞外面，坐在干草地上，手里拿着工作手册闭着眼睛，嘴里叨咕着，有时在交通壕里来回走，一边走一边背，寒风袭来吹得小脸通红。秋小玉见她学得挺刻苦，就想传授给她一些用形象记忆的方法背弗纳姆结合码。秋小玉说："从前，我们在学英语的时候，曾经使用过很多简捷的方法，什么拼音法、联想法、谐音法，比如说'救护车'英语怎么说？"金月容马上回答说："Ambulance." 秋小玉继续说："你听它的读音像不像'俺不能死'？如果用南方有些省份的口音，把'能'读成'棱'，就成了'俺不棱死'那就更像了；既然俺不能死，那还不赶快找救护车！所以只要记住'俺不能死'也就记住了'救护车'！"秋小玉说完，又接着考问金月容："US代表的是啥？"

"是美帝呀，美国兵的钢盔上都有这两个字母。"

"不错，说得对！US是United States of America的缩写，即美利坚合众国的简化词，我们索性就叫它美帝吧，如果在US旁边加一个X，就好比打上个叉，即US×，我们用这个来代表打倒美帝！当你一想到'打倒美帝'你就可以联想到US×，这样也就便于记忆了。"金月容似懂非懂地边听边点着头，小玉看了她一眼后又接着说："还比如CPU是Central Processing Unit即中央处理器的简称，因此，你只要记住中央处理器，也就记住CPU了。"

"噢，真的啊！挺有意思的嘛！"金月容看了一下这三个字母的组合关系，又联想到USX，一下子开了窍，便乐得直跺脚。秋小玉看着她高兴的样子便把自己所知道的一些口诀，什么"厕所在路旁（WC）""在这里""打豺狼""回来了""勿忘我"等常用的顺口溜，一股脑地全都告诉了她。于是，金月容如虎添翼一般，迅速地掌握了全部字符的相互交叉关系。因为她听说，这是在二中队工作的基本功，必须突破这一关之后才能上岗，所以金月容很勤奋也很顺利地掌握了这一门基本功，对新的工作更增强了信心，一改舍不得离开三中队的那种蔫头耷脑的样子，青春的热血重新开始在胸膛里升腾，精神头又充分地被调动起来了，以新的战斗姿态投入到新的工作中去。

在207支队驻地的西侧，有一条长年累月被山洪冲刷出来的小河，河的两边栽有杨柳树，树下各有一条羊肠小道，河上有两座小桥，一桥在村外的大道上，一桥就在河的中游处连接着两个山坡，看样子这桥还是挖防空洞时，为了方便大家洗衣服而架起来的，木头还挺新的。在夏秋季节里，每当星期天的上午，尤其是天气好的时候，大家都在此洗衣服，女同志在小桥的上游西侧洗，而男同志在小桥下游的东侧洗，互不干扰。等衣服洗完了就晾晒在山坡上或树林里，然后，女同志就在树底下看书，男同志有的看书，也有的就躺在草地上或树底下睡大觉。每当夏日的晚上，在夕阳殷红、漫天彩霞映照下，大家纷纷漫步在河沿上。但此时此刻，这里已进入冰封的季节，虽然河水尚在流淌，但河面上已经结了薄薄的一层冰，晚饭后很少能见到有人来此河边散步了。

　　秋小玉，红红的脸膛，高高的个子，细高挑的身材，她和赵阿春一样也是上海人，都是华东军大来的，毕业于上海教会中学，说起英语来那也是呱呱叫的一把好手。同时也是个文艺活动的积极分子，歌也唱得挺好的，性格外向，与金月容也有些相似，只不过年纪比金月容稍大一些，因此，就没有金月容那样活泼、好动，容易惹人注意。秋小玉的普通话讲得挺好，不像赵阿春那样口语里总带有较浓重的上海腔。只是由于从水草丰美、气候湿润的江南，车水马龙的大都市，来到干旱的北方，而且还是在异国他乡的大山沟里，所以总感到有些不适应。秋小玉和赵阿春她们几个女同志都住在同一个防空洞里，闲暇时，为了给自己也给大家排解远离家乡的孤寂，便经常把大家聚集在一起，唱啊、跳啊，再不就是讲一些阿猫、阿狗之类的笑话或小故事，把生活调剂得有滋有味，朝气蓬勃。在她们几个女同胞中，秋小玉、赵阿春都是党员，处处都在起模范带头作用。而田枫、房明霞和金月容也都在积极争取早日入党，事事也都不甘落后，因此，团结协作搞得非常融洽。美中不足的一点是，四个南方人和一个北方人住在一起，由于地域不同，生活习惯也不尽一样，南方人比较讲究一些，尤其是在卫生方面，而金月容是北方人，在农村长大，若是和男同志比，那她可要比李德宝等人强得多了。可是，跟她们几个南方的又是大城市来的人一比，就显出差距了，北方人一个月不洗澡，也无所谓，可南方人一个星期不洗澡都受不了。在战争环境下，又是个大冬天，若想洗澡那可是件挺难挺难的事儿呀。夏天还好说，到山里找个河沟洗衣服，趁没人的时候顺便就洗澡了，这大冬天可咋办？吃的水都挺难，哪还有富余的水供人们洗澡呢？人们只有千方百计地节省点水，甚至把洗脸水都攒下来，等到烧炕的时候把水烧热了擦一擦身子。也有些好心的男同志下河凿冰取水帮助女同胞们渡过难关，困难总是可以克服的。但北方人有北方人的特点，就是在河沿上已结了冰碴儿的情况下，也敢于下河去洗澡，大概李德宝是最后一个在结了冰碴儿以后仍坚持下河洗澡的人，当时，谁劝也不行，他还说："这叫冬泳，在我们吉林那疙瘩是很常见的事儿。"到底还是柳协理员走过去才把他叫了上来，他穿着湿淋淋的裤头，在众目睽睽下跑回了防空洞。晚点名时，少不了要挨协理员的批评。为了防止非战斗减员，协理员下了禁令：天已经冷了，河水已结了冰，再不要下河洗澡了。

高密中队长培训的四名同志，已正式上岗了，由李德宝带着他们参加值班和日常工作。四名新同志都是从吉林来的朝鲜族人，据说，他们是出生在德惠大曲的酒乡。他们这一批兵，全是班级待遇，穿着战士服装，棉衣的肩上和棉裤的膝盖上，为了抗磨都有两块由缝纫机扎上的补丁，棉大衣的后边下方不带开衩儿。四个小青年都挺聪明，他们在学校里都是高才生、班干部，都是带头报名参军的。岳为民经常在工作之余，出一些问题、谜语之类的题目考他们，一般情况下都难不住，只要你出上句他就能对出下句。一次，岳为民搞了一个文字游戏，说："两物一色金与铜，一出俩山，这山产金那山产铜。"四个小青年寻思了一下，便都争先恐后地说出了一大串，"两物一色水和酒，一吕俩口，一口喝水一口喝酒"，"两物一色霜和雪，一朋俩月，这月下霜那月下雪"；还有什么"两物一色梁和柱，一林俩木，一木做梁一木做柱"，"两物一色黍和谷，一圭俩土，一土种黍一土种谷"。李德宝感到这些玩意儿都是别人玩儿剩下的了，而不屑一顾，不过他仍然觉得他们几个还是挺聪明的，心里固然挺高兴，但也因此让他感到为难。自从金月容被调走后，曾一度两个人的工作由他一个人干，新学员上岗后现在是五个人干了，但工作量也增加了，虽然他在业务上的负担有减轻，但又觉得在带新同志方面精神压力很大。每天既要给他们分配任务，还要解答问题，尤其是担心被他们给问住了甚至超过了，况且新出现的一些话密，正摆在面前让李德宝感到束手无策，只有抓紧业务学习，苦练基本功才行。宋大队长和高中队长也都发现了这个问题，觉得应该给李德宝减压，否则对他、对工作都会有影响。大队长同意高密的建议，经吴支队长批准，由岳为民担任副中队长，主管英语报话密工作，高密腾出手来把李伪军报话密这一摊的工作抓起来。李德宝对此则感到如释重负，他听说金月容最近正在补习英语，他也觉得自己过去学的那一点英语很不够用了，于是，就利用业余时间约请金月容过来和自己一起补习英语，并请岳为民和赵阿春辅导。李德宝用毛笔把高尔基说的"天才就是勤奋"写在纸上，贴在墙上，用以鞭策自己努力学习。

牺牲

第十二章

　　柳协理员、雷干事和鲁参谋三人，自从奉命调查泄密事件后，他们用了一段时间，经过内查外调、摸底排查、确定目标，在掌握了充分的证据后，便由背靠背转入了面对面地谈话，当找到当事人后就直截了当地查问其行踪。待大家落座后，鲁参谋走上前请当事人先交出手枪，见他稍有迟疑，鲁参谋便伸手帮他打开腰间的枪套，拔出了手枪。当事人一看这个架势，心里就全明白了，近来他已有所察觉，对自己的越轨行为也曾经感到十分内疚。此时，他觉得既然调查组已经找到了自己头上，就没有必要再躲躲闪闪了，更不能指望蒙混过关了，于是，当事人便竹筒倒豆子，一五一十地全都交代了。雷干事把记录拿给当事人看过并令其签字画押。然后，协理员对其进行了严肃的训诫，并苦口婆心地帮助其分析根源及教训。协理员归纳成两点，让他记住：只在乎个人利益而忽视组织纪律，只满足躯体上的一时快乐而忽视了心灵上永恒的安宁，最终是要走向犯罪，受到惩处的。虽然当事人的认识和态度都较好，但事关重大又涉及严重泄密问题，而且已造成了后果并影响了工作，鉴于支队的权限，如何处置尚需请示。经请示吴支队长后，报告了志愿军政治部保卫部，他们立即来人来车，办完了手续就把人带走了。大家看到了这一幕，都感慨万分，有的说："多可惜呀，本来咱们一起出国参加抗美援朝的，他却成了一个有罪的人。"李德宝却说："他这是'圣人偷书——明白人干糊涂事儿''手掌心上放铁水——自作自受'，没啥可怜的！"

　　关于这一事件的前前后后之经过，在党委会上，柳协理员是这样汇报的：二大队的报务员纪富贵经常去村里搞辣椒吃，我们经过一番了解，并找到了他经常去的那一家，结果早已人去屋空，听房东说，是有一男一女，曾在此临时租住过，说是住一个月的，其实不到一周就不见人影了，时间是九月十来号的样子。我们在找纪富贵谈话时，曾把人去屋空告诉了他，于是，他就全交代了。据交代：那天，纪富贵刚走进村里，就被一个不三不四的青年女子拉到了家里，给他搞了点辣椒油，没要钱，并叫纪富贵明晚再去，纪富贵说，明晚不行，要值班，得后天。等到第三天去了，那女人热情款待，边喝茶边东拉西扯，女人问他值班干什么，他没说，后来，就昏过去了。等他醒来时发现自己身上一丝不挂，那女子也躺在他身边，并且屋里还有个男人，手里拿着照相机并威胁说，问你话要老实回答，否则就把照片交给部队。那两人说汉语都说得挺流利，纪富贵承认，他只泄露了侦听李伪军报话台的事儿，他们就让他回来了。

泄密事件终于调查清楚了，但这里面的教训很多，大家在会上进行了认真的分析，然后，由雷干事整理出来，请协理员在晚点名时对大家进行了一次保密教育，并决定，由协理员、党委的群工、保卫委员和雷干事去找一下里委员长，请他们协助清查一下，村里是否尚有在此租房的外来人，并请里委员长下令，今后未经允许禁止租房给外来人。至此，这件事就算画上了一个句号。但是，由于敌人把这里视为眼中钉、肉中刺，不达目的不罢休，依然还要进行各种破坏，在我们侦察敌人的同时，敌人也会要侦察我们，这是历来如此的，实际上也是这么做的。我们一旦丧失警惕，稍有疏忽，就会接二连三地出事儿，弄不好则会造成无法挽回的损失。话虽这么说，但常常有些事情并不以人的意志为转移。

和平的曙光终于又出现了。1951年10月22日，停战谈判的双方联络官会议达成了协议，将代表团谈判会址由开城迁移至板门店。10月25日上午，中断了两个月的谈判，终于在板门店复会，复会后仍然是没完没了地讨价还价，拖延谈判。207支队获悉，美国参谋长联席会议发给"联合国军"总司令李奇微的电文中说："即使接受了共军的提案……我们并不认为……就是意味着让步。"要求他在分界线以及达成协议的时间上进行妥协。于是，11月27日达成协议，按照现有的实际接触线确定了军事分界线。但这一协议，由于华盛顿的高官们又下达了附加30天期限的指令而未能实现，他们实际指望在30天内以所谓的"军事压力"把分界线向北推进，其结果适得其反，中朝军队强大的斗志和军事实力把他们的美梦打得粉碎。

一个小道消息，在短短的几天里便迅速地流传开来，即部队干部结婚的条件，由"268团"改为"256营"了，也就是说，以前规定的是年龄26岁、军龄8年的团级干部才允许结婚，而现在改为25岁凡是参加过抗战的营级干部也都可以了。这一消息是那几个爱打篮球的年轻人从步兵那边带回来的。因为没有看到文件，谁也说不准是真是假，所以只能当小道消息传来传去。直到上级来了文件，才证明消息是真的。吴支队长给股长和大队长们传达了这个文件，并强调说此文件是针对全军而讲的。股长、大队长们听明白了支队长的意思，便纷纷表示：咱们目前正在打仗，哪有闲工夫考虑这个，等打完仗回国后再说吧！但也有一些喜好取乐的人闲不住，编了一个顺口溜，在去伙房的路上边走边唱道："东方红太阳亮，中国实行搞对象，连排干部别着急，256营有希望。"一直都对金月容怀有好感的李德宝，自从岳为民与其谈话以后思想稳定多了，在这种情况下，他又想了很多，终于想通了，于是便把匈牙利诗人裴多菲的诗句"生命诚可贵，爱情价更高。若为自由故，两者皆可抛"抄在纸上夹在本子里、写在日记中，并以此鞭策自己，以战斗的姿态投身于革命事业中。

冬天终于来到了，12月8日刚好是农历大雪节气，这天就突然下起雪来了，虽然雪花并不大，却下得挺密的，不到半天的工夫则遍地皆白。不知道为什么，人们对初雪总是那么喜出望外。一些北方长大的男孩子看到下雪欢蹦乱跳地喊着："下雪喽，下雪喽！"

一连几天都在下雪，而且越下越大。南方人从未见过大雪封山是什么样子，这次不仅见到了，而且还深有体会咧！交通壕里有一段伪装被大雪压塌了，堵塞了交通；交通壕外面的雪，深的地方能没腰，想去伙房打洗脸水都成了难事儿，金月容看男同志用雪洗脸，她也捧起一把雪来往脸上搽，赵阿春、秋小玉她们都在笑她："冷呱呱地抖！侬哪能（冷得发抖，你怎么）傻里傻气哟！跟男同胞们比啥嘛事侬？"

"很好呀！才洗的时候感到手凉、脸也凉，等洗完了以后感觉就不一样了，手热、脸也热，挺好的，不信你们也来试试看嘛！"于是，她们几个由于没水洗脸，也就不得已而为之，跟着用手捧雪洗起脸来。开始的时候，一边洗着，一边还咧着嘴嘶哈嘶哈的，等洗的次数多了，开始习惯了也就无所谓了，并喊叫着："困难总是可以克服的嘛！"

由于下大雪交通运输也成了问题，支队的生活物资中断供应已有好多天了，米、面、蛋、菜都在告急。大白菜也没了，多日见不到蔬菜，主要靠苏打饼干、土豆、粉条充饥，不少人食欲下降，有的人口腔里已出现了严重的溃疡，更有甚者出现了夜盲症，一到天黑就看不见路，卫生员小刘便给大家发维生素缓解病情；协理员告诫大家要树立过"紧日子"的思想，提倡勤俭节约，克服困难，渡过难关。当时，朝鲜人民自己也很困难，支队不可能去找他们帮忙，只有眼巴巴地等待着从留守处运过来给养。

前些日子，由于天冷，周副支队长的胃部又有些不适，吴支队长就让他回国去再检查一下，他却舍不得丢下工作，在吴支队长和柳协理员的再三劝说下，才勉强回国去了。看完病后，就赶上大雪封路，留守处给前方送物资的汽车出不来，他一心想着队里的工作，吃不下、睡不好，整天急得团团转。杨玉莲对此看在眼里，急在心上，便找来军医安抚他说："病还需好好治啊，别着急！"然后，军医告诉玉莲，食堂里做的高粱米饭太硬，打回来后在电炉上再煮一下给周副支队长吃。

一天，排队打饭时，也不知道是谁头一个喊了一声："苦不苦想想长征二万五！"于是，大家都振奋了精神，跟着喊了起来，后来又有人给加上了一句："累不累想想革命老前辈！"于是，"苦不苦想想长征二万五，累不累想想革命老前辈"这两句话很快就传遍了整个支队，无论是在厨房里吃饭时，还是在路上行走时，都有人喊"苦不苦想想长征二万五，累不累想想革命老前辈"用以鞭策自己、鼓舞士气并相互鼓励。自从出现了这两句口号以后，可把柳协理员给乐坏了，他逢人便说："'苦不苦想想长征二万五，累不累想想革命老前辈'这两句话说得多好啊！这是群众创造的语言，很能鼓舞士气，我看，比上几堂政治课都要管用。毛主席曾经说过'战争之伟力，存在于民众之中'，这是一句用之于四海而皆准的革命真理！群众中有着丰富的创造力，蕴藏着坚强的战斗力呀！"

一个工间休息时间，邵建平又在跟大家讲述听来的消息，说："实行256营的规定以后，高炮营有个副营长，请假回老家结婚，可是结了婚却不归队了，左次右次的电报催他归队，他也不回来。最后团里派了一位干事带着两名警卫员把他五花大绑地抓了回来，交给防空军政治部军法处了。"大家听后议论纷纷，"这叫啥人呢，真是鬼迷心窍有福不会享！""真是有福不会享，恐怕也享不了这个福了，严重违反军纪是要劳改的，老婆有情尚能等着他，若无情就走人家了。""这就叫鼠目寸光，贪图小家生活而无法无天！""团首长挺开面，这边在打仗仍照顾他回家结婚，他却不给首长面子，一去不回了，什么玩意儿！""瞧好吧！等着他的，哼！够他喝一壶的。"李德宝却说："这种人真不知道好歹，也不撒泡尿照照，自己是啥人物！"

进入12月份以来，和谈开始讨论第四项议程——战俘问题。中朝方面提出释放战俘的原则及时间、地点等建议，美军方面却节外生枝地提出了其他问题，拖延会谈的进行。

1951年12月28日，李克农向中央报告了这一情况。两小时后，毛主席回电说："不要怕拖，要准备再拖一个较长的时期才能解决问题。只要我们不怕拖，不性急，敌人就无所施其技了。"

北京来的每份电报上几乎都留下了李克农潇洒刚劲的笔迹。但终于有一天，他的笔尖却凝固在一份写着"父病逝，望节哀"的电报上。

他看了之后，大吃一惊，不知所措，泪水在眼里翻滚。环顾左右，大家都沉浸在讨论谈判的策划之中，他便悄悄收起这份电报，又继续讨论工作。他无论如何是无法回国奔丧了。从此，一直到返回家乡，素爱整洁的李克农没有刮过胡须，以此纪念父亲。

一天，207支队全体人员在小学校里开大会，由吴支队长传达中共中央关于开展"三反"（反对贪污、反对浪费、反对官僚主义）运动的报告。当会议正在进行中，突然，一大队第一中队的于忠信中队长气喘吁吁地跑来，向坐在主席台上的周副支队长嘀咕了几句，并把手里的一份电报放在他面前，周副支队长看完又跟吴支队长耳语了一番，然后站起来宣布散会。在周副支队长的指挥下，与会人员紧张而有序地进行疏散。好在小学校已放假了，而且四周没有围墙，各单位分别向四面干涸的稻田里跑去，一大队和后勤人员出了校门便向路边的山脚下跑。

原来，正当人们在小学校开会的时候，被李承晚的特工人员发现了。美远东军司令部获悉后便给驻汉城的美空军下达命令："据谍报，RB236435山村小学校内，集结有百余名高层机关人员，望立即派机前往轰炸。"于忠信中队长译出电文后，发现该坐标所指示的位置，正是支队的所在地，便赶快让战情股的值班参谋上报志司情报部，然后，于中队长便急忙跑下山来报告支队首长。起初人们还不紧不慢地进行疏散，当刚跑出操场不远时，便传来重型轰炸机的轰鸣声，远处的八五高炮已开始对空射击，紧接着近处的三七高炮也进行射击了，然而，都未能阻挡敌机投弹。伴随炸弹坠落而来的刺耳啸鸣，人们慌忙地奔跑起来。此时，正在人群后面组织大家疏散的柳协理员，突然改变了命令："卧倒！""别跑了，赶快卧倒！那是谁？快卧倒！快……"随着一连串震耳欲聋的爆炸声，大地都在颤抖，弹片裹着沙石飞向四面八方，砸在路边的岩石上噼里啪啦地作响。大家都趴在冰雪地上，整个身躯都被颠簸起来，有的人卧倒姿势不符合规定的程序，没有用手捂着脸，结果被磕得鼻青脸肿。待空袭解除后，人们爬起来准备回防空洞时，却有人发现一向被大家所敬重的柳协理员倒在了血泊之中，于是，人们便七手八脚地把他抬到了友邻部队的卫生队，但是为时已晚，还在路上的时候他就已壮烈牺牲了。在敌机投弹那个危急的时刻，柳协理员只想着关心别人，指挥大家卧倒，唯独忘却了他自己，他是为了掩护大家而牺牲的呀！柳协理员牺牲后，遗体被运到新安州志愿军烈士陵园，各单位都派了一些代表，由吴支队长带队，为柳协理员送行；在烈士陵园召开了一个小型的追悼会，然后刨开了冰冻的土地就地掩埋了。就在前不久，刚刚与柳协理员确定了恋爱关系的潘雅娴，哭得死去活来，吴支队长专门安排了两名女同志照顾着她的起居生活。潘雅娴含泪把柳协理员的遗物与全部积蓄整理包装好，委托齐管理员给寄回柳协理员的家乡去，并以未婚儿媳的名义给公婆附上了一封既悲壮而又情感炽热、柔情抚慰的信。

到职

自从柳协理员牺牲后，志愿军政治部派来了一位政治委员。吴支队长看到命令后，就天天盼着新政委的到来。一天，直工部来电话，叫去人接政委。这天，刚好嘎斯51汽车正在这里，吴支队长便叫上驾驶员，开着卡车就去了。到了直工部两人一见面，就都认出来了，原来他们在仙台里曾经握过手，直工部的首长觉得，既然你们这么熟悉就不用详细介绍了。其实，吴支队长与新来的政委也只是一面之交，此前连他姓啥叫啥都不知道，只知道是302首长，对他的情况并不了解，直工部的那位首长，工作方法也太简单化了些。

吴支队长用大卡车接走了政委同志，途中还遇到了空袭，就在路边的树林里躲了一会儿。也就在躲避空袭的那一会儿，两人相互做了自我介绍。吴支队长这才搞清楚了，302首长是他在原部队的职务代号，其实，他叫贺柏年，抗战时期当过游击队员。空袭过后，当他俩回到支队时，周副支队长、鲁参谋、雷干事和警通排的战士们，都等在交通壕的入口处，夹道欢迎。吴支队长便把贺政委介绍给大家，又向贺政委介绍了周副支队长、鲁参谋和雷干事，贺政委便兴高采烈地走上前和大家一一握手。然后，吴支队长把贺政委引领到自己办公的防空洞内，待政委落座后，雷干事便上前倒水，并自我介绍说："政委好！我叫雷鸣，是这儿唯一的政治干事，政委有啥事儿请随时吩咐。"

"那好啊！也就是说，在实力统计上，政工干部就俺们俩喽！"贺柏年操着家乡的方言，习惯地把俺说成nǎn。

　　吴支队长听了便接茬说："可不是嘛，剩下的全是军事干部和行政后勤人员了。"说完，便打发雷干事找来了潘雅娴，潘雅娴跑步来到支队部的洞口后，气喘吁吁地喊了声："报告！"

　　吴支队长一看，是潘雅娴来了，便急忙地朝她喊："潘雅娴快来，你看是谁来了！"

　　"呀！302首长，您来了。"潘雅娴便赶忙向前迈了一步，两个脚跟一碰，立正敬礼。

　　"哦，是你呀？俺们又见面了。"贺政委喜出望外地站起身来，同潘雅娴紧紧地握手。

　　"302首长，今天怎么有空到这里来呀？"

　　"俺呀，俺这次来，可就不走喽！"潘雅娴听了赧然一笑，顿时心跳得厉害，脸上也同时泛起了红晕，她还以为贺柏年政委是来找她的呐，这让她感到太突然，也毫无思想准备呀，因此格外地不好意思，更不知如何应对才是。吴支队长看到潘雅娴的赧颜与表情尴尬，便赶忙告诉她："这是上级给咱们派来的政委，是领导咱们战斗的。"

　　"是吗？那可太好了呀！"潘雅娴听了吴支队长的介绍，才立刻清醒了许多，接着又说，"去年，刚入朝时我掉了队，还多亏了302首长帮助，我还没来得及感谢呐！"

　　"感谢个啥呀，今后俺们就是同一个战壕里的战友了，不过，别再叫302首长了，俺姓贺，庆贺的贺，就叫俺老贺吧。"

　　"那怎么行啊？政委！您是我们的首长，当然我得叫您贺政委呀！"

　　"中，也中！那就这么着吧！"贺政委边点头边说。

　　吴支队长看他俩唠得挺欢，便走出去让雷干事和鲁参谋住到一起去，腾出办公室给政委用，并让其通知下去，下午开大会欢迎贺政委，顺便叫宋大队长过来一下。等宋大队长到来后，吴支队长先给他介绍了新来的贺政委，然后说："老宋啊，咱们得拿出最好的礼物献给贺政委，你说对吧？"

"那对！应该的。"宋大队长并不知道啥悄悄啥馅儿，只好爽快地答应道。

"人们都说你的手枪是咱们支队里最好的，20响德国造，我看……"

"哦，那行，没说的！"宋大队长不愧是个机灵鬼，还没等吴支队长说完，就已经听明白了，便赶紧从身上摘下驳壳枪放在贺政委的面前。贺政委一看这架势，感到不好夺人所爱，便借口说驳壳枪太大，我不要。吴支队长便从自己腰里摘下了加拿大手枪给贺政委，贺政委瞅了瞅，觉得也不好意思要，便说："我看雷干事和小潘他们的那种小枪就挺好。"

"对了，鲁参谋手上还保存着一支枪牌撸子。"宋大队长听政委那么一说，便赶忙提醒吴支队长，见吴支队长点了头便跑去找来了鲁参谋，当贺政委看到鲁参谋手里拿着的枪牌撸子锃亮瓦蓝时，便高兴地说："中，一枪二马三花狗嘛！就是它了。"跟鲁参谋办理了手续后，贺政委便高高兴兴地把枪牌撸子装进枪套里，穿在皮带上扎在了腰里。可是，他哪里知道，这支枪正是柳协理员用过的那一支啊！

谁也没有料到，就在这一天，207侦察支队在柳协理员牺牲后，又有两名同志不幸遇难了。这可真叫祸不单行啊，柳协理员的丧事刚处理完还没有多少天，就又出事儿了。

正当人们午休的时候，4架F-84战斗轰炸机突然袭来，敌机借着日光的掩护向207支队的驻地俯冲下来，由于高炮对着日光瞄准、射击有一定的困难，火网封锁失灵，被敌机钻了空子，把整个山坡炸得一片狼藉。说来也挺侥幸的，或许是因为高炮的火力凶猛，敌机只顾得逃窜而于慌乱之中，将8枚炸弹乱扔一气，所以命中率很差，只有二大队宿舍的一个防空洞被炸塌了，其余的防空洞都完好无损；被炸的防空洞里面仅有两名准备晚上值夜班的同志在睡觉，其他人有的正在值班与加班，有的吃过午饭还未来得及回到洞内。因为下午要开大会，欢迎新来的政委，所以，同一个宿舍里爱打篮球的邵建平、祁保田、米志强他们几个人，午饭后在小学校里玩了一会儿球，回来看了看手表，剩下的时间已不多了，就懒得爬上山去了，便跑到警通排借值勤同志的铺位躺一会儿，下午好参加大会。不承想，他们几个这一偷懒却侥幸地躲过了死神的召唤。真是值得庆幸啊！

贺政委到职已有一段时间了，看上去也不过就是二十四五岁，原是某步兵团的政委，由于腿部负过伤行动有些不便，不适合干步兵了，便被派到207支队来当政委了。别看贺政委的年纪不大，那可是抗日的老干部咧！他是河北省安新人，从小在白洋淀长大的，据说，当年在那一带的敌后武工队里，还是个挺有名气的小八路呐，出身于苦大仇深的家庭，人品挺好，对自己要求也挺严格的，就是思想上的传统观念比较浓厚，对小知识分子难免会有些成见。刚来到这儿，新鲜感一过就看啥都有点不大顺眼，也许他就是带着以工农干部改造小知识分子的姿态来的，总想拿步兵团的那一套来要求这支队伍，则难免会有些格格不入。刚到职的头一天，就碰上处理两名同志的后事，忙得他焦头烂额。尤其是在"三反"运动中，支队里暴露出来的一些问题，让他看不惯，管理排排长孔宪文，镶着两颗大金牙，手腕上戴着一块大罗马手表，一身旧军队的习气，更是让他头一个看着不顺眼。在他的具体组织发动下揭露出来不少问题，可以认定孔宪文有贪污行为，支队决定把他送回留守处，责成管理股股长成立专案组查清他的问题，并从各大队抽出几名运动骨干，去留守处参加"打老虎"。贺政委到职半个多月来，正赶上搞"三反"运动，一天到晚闲不着，不是查这个就是查那个，甚至还查到吴支队长的头上了，虽然干了不少工作，可是，大家对他有点反感，心里都不怎么痛快，他自己也挺苦恼。支队的两位支队长，也觉得贺政委并不那么善解人意，动辄就操起批评的武器，与人相处也不像柳协理员那么随和、善于讲道理，即使挨了他的批评也会让人感到心服口服；而贺政委成天板着个面孔，让人感到难以接近。有时说话办事儿也会让人感到不可思议，就以买那辆美式吉普来说吧，那还不是吴支队长为了照顾他才买的吗？可是到头来，他反倒对此查起来没完。

自从贺政委到职后，吴支队长发现政委的腿脚不利索，出行不方便，若是赶上去上级单位开会，卡车不在前方可怎么办？于是便与周副支队长私下商量，听说志愿军后勤部有一批缴获的美国吉普可以价拨，想给政委买一辆，他自己又会开车还不用配驾驶员。商量妥了以后便通知留守处给张罗钱。当管理股股长张罗到钱后便派人搭乘给养车来到前方，按照吴支队长的指示，去志后交了款，用大卡车拉回来一辆九成新的美国吉普，驾驶员在停车场上开了一圈说挺好使，吴支队长便请贺政委上车开一下试试，贺政委欣然上车开了起来，悠然自得地开了两圈，嘴都乐得合不拢了。吴支队长从警通排要了一名叫张平顺的战士，让嘎斯51的驾驶员教给他怎样保养车，支队长交代张平顺每天除了在排里执勤之外，就是要负责保养车，保证政委随时用车都能开得动，并在政委出车时担任警卫。然后，把这一情况通知了警通排排长，要求做好安排。

起初，贺政委对吴支队长的周到安排，心里挺感激也很高兴。但过了一段时间后，新鲜感没了，觉得有车也没啥用处，除了开会也没地方去，摆在那儿也是个浪费，而且眼下随着"三反"运动的逐步深入，总觉得这个事儿得解决，贺政委就像手上捧着个热山芋似的，扔也不是留也不是，整天为此事而闹心。说也凑巧，偏偏就在这时，志愿军政治部直工部也发来指示，查问哪来的那么多钱买车，支队的人员比较集中，在外面也没有下属单位，领导干部买辆车干什么？纯属铺张浪费、官僚主义！要求政委在运动中作深刻检查。政委看到指示后觉得很委屈，事情并不是自己干的，自己并不知情，为了弄清原委便查来查去地搞了一番，也没和两位支队长好好研究便匆忙地在会上进行了检查，不仅大家不满意，就连直工部派来的人听了也不满意，上级便做出了决定，把吉普收缴了上去。于是，在支队内部引起了一片争议，有的说政委坚持原则符合"三反"运动的精神，有的说政委瞎折腾搞乱了团结，两位支队长也觉得政委做事独断专行，有些不近人情，这样一来，贺政委想改造别人不成倒把自己搞得里外不是人了。

　　"三反"运动仍在深入地进行着，围绕着吉普的问题，整个支队闹得沸沸扬扬，直工部要求政委做检查，政委觉得挺委屈，于是有人站出来打抱不平，要求吴支队长做检查。吴支队长却认为自己没有错，完全为了照顾贺政委，是工作需要，自己又没接触到钱，不可能有贪污行为，虽说车的用途不太大，但贺政委出来进去腿脚不方便，确实是很需要照顾的，觉得没啥可检查的。由于思想上想不通，便跑到陈赓副司令员那里去诉苦，并想把车给要回来。陈副司令员问了一些情况：什么时候买的？什么车型？花了多少钱？钱是从哪弄来的？吴支队长都一一作了回答。三千万元（第一套人民币）从局里要点儿，辽东军区给点，从支队的车辆费用中省出点，从器材设备维修费中挤出来点……说到这，陈副司令员便马上指出了问题，说："动用了设备维修费就不符合专款专用的原则了，后勤部搞物资价拨这倒是个新鲜事儿，对与否尚值得研究，我不宜妄加评论，但超编配车肯定是违反规定的。"陈副司令员要求吴支队长回去后要在这几个方面做检查，取得群众的谅解，以便统一大家的思想，要切实把"三反"运动搞深搞透。陈副司令员答应等运动进入到整改阶段时，"我请情报部出面从编制数上解决车辆配备问题，届时志后就会发给你们了。"

吴支队长高高兴兴地告别了司令员，回到支队后先召开了党委会，做了一番检查，并请大家批评，然后又在全支队的大会上竹筒倒豆子似的又做了一次比较深刻的检查，分清了是非，分清了责任，在此基础上深挖了一下思想根源，才把前一段时间的混乱思想统一了起来。有人说，这才叫东吴招亲——赔了夫人又折兵呢，损失了钱、丢了车，还落个做检查。也有人说，吴支队长是看三国掉眼泪——替古人担忧，不值得。更多的人却说，支队长是出于好心做了件错事儿，顶多算是一种工作失误，说清楚也就算了，没啥了不起的。大多数同志都对其给予了同情和谅解。当然也有人对贺政委表示不满，说他多事儿，李德宝就说："为了谁呀？千里买个槽子——还不是喂（为）你呀！"赵阿春听了之后便制止他："侬勿要哈港（你不要瞎说），不好呀！那是咱们的首长。"

在清理两位烈士的遗物时，发现其中一个叫刘渤海的是河北乐亭人，1949年入伍，副排级待遇，把每个月两万七千元（第一套人民币）的津贴省下来都托齐管理员寄到家里，挎包里有好几张每张都是十万元的汇款收据，还有一封没写完的家信。贺政委看后觉得很感人，便在晚点名时给大家宣读了。信中有一段是这样写的："爹娘有病，孩儿不孝，要为国尽忠则不能在爹娘身边尽孝了，只有多寄点钱贴补家用。参加抗美援朝就是为了保家卫国，没有国的太平，家也不会安宁呀！等我回国后再好好为二老尽孝吧！"贺政委请志政直工部分别写了公函，连同烈士的遗物一并寄往当地武装部，请他们协助安抚家属。

一天刚上班，秋小玉来到金月容的工作台前，把手里拿着的两份密码电报交给了她，说："这两份电报用重了，而且起止点相同，你试试看按着日常战况的格式搞一下，体会体会。"

"好吧，我来试试。"金月容面对着两份电报，琢磨了半天才看出点门道，刚一下笔就搞出了TOMATO，金月容便惊讶地喊叫了起来："呀！我搞出来TOMATO，这不是西红柿吗？"秋小玉听见后，便告诉她说："对的，你做得没错，就这样继续搞吧！"当又出现了TOMATO的时候，金月容又叫了起来，秋小玉便走了过来，在进行了一番验证之后，把已经搞出来的字码抄在一起看了一遍，说："很好！你来看，这是一句话，翻译成中文就是'西班牙小镇上演西红柿大战'。"

"真抱歉！我咋就没看出来。"金月容也看了一遍，然后，自言自语地说着。

"因为字母都连在一起，所以你就没看出来呗。如果你这样，"秋小玉一边用钢笔指点着纸上写着的"西班牙小镇上演西红柿大战"的原文，一边说，"你把句子这样断开，不就发现了吗？这是西方的一个典故，当年美军用它来做密钥。"秋小玉刚说到这，金月容便急忙问："是啥典故，你快讲一讲嘛！"秋小玉觉得现在正是工作时间，不可能详细讲故事，便说等晚上回宿舍再讲给你听，然后继续说："我们把这个叫作西红柿密，简称为'TO'密。下面你再搞下去，还是这一句话，循环反复使用，你刚才搞出的两个Tomato就是它的反复后又重新开始了，继续搞吧！"当金月容全部搞完以后，便送给秋小玉，让她看看报文的内容对不对。秋小玉表示无须看报文了，只要看你搞出来的密钥已成文，报文就全对了。秋小玉核对完之后便又给她讲解起来，她告诉金月容，这种密码仅限于美军的师团之间使用，是用一种二战时期使用的M-209比较简易的密码机进行加密的，并说等有机会的时候带她到一中队房明霞那儿去看看就明白了。

金月容很想看看密码机，了解一下脱密的过程，便急切地问："那啥时候去？"

"别急嘛，一口吃不了个胖子，等我手上的这个活儿定型之后便送给他们去进行生产，到时候我带你过去就是了。现在，田枫手上有一个密码叫太阳风，也是反复使用的。"秋小玉用手指着田枫旁边坐的那位男同志说："关庆春现在搞的是宇宙密，即'神秘的宇宙'。这个密钥的格式不规整，与四码、五码一组的电报相比，在突破时会难一点。"金月容虽然挺用心听，但仍然还是丈二和尚摸不着头脑，于是，便一边摇着头一边顺口说了一句："太深奥了！"田枫听了，便说："有啥深奥的？在咱们中队这是最简单的活了。"

关庆春也抢话说："你看，那边咱们中队长，和中队长旁边坐着的那几位高手，他们搞的那才叫高级密呐。"

金月容听到这里便不解地问："我刚才搞的那个Tomato不也是高级密吗？"

"是呀，凡是有这种作业的，都属于高级密。"秋小玉解释说。

"听老关的意思，那边几位搞的是高级密，咱们这边搞的好像并不是呀。"

"那是比较而言。"秋小玉觉得有些概念问题，金月容尚未弄清楚，于是，便细致地给她讲了一遍，然后说，"这样的东西搞起来也不大容易，但说难也并不难。就拿TO密来说吧，起初，我们好几个人一起搞，几个星期都毫无进展，可是，一天夜里，关庆春做了个梦，好像一边干着工作，还一边吃着西红柿，突然搞出来个tomato，第二天，他左思右想，觉得西红柿不就是tomato嘛，结果他一试就挺轻松地搞出来了，这就叫：踏破铁鞋无觅处，得来全不费工夫。"

金月容听了，感到神乎其神，脱口便说："老关，你可真神了啊！做梦都能破密码。"

关庆春不好意思地说："我算啥呀，你看那边几位才叫神呢！他们是西南联大的高才生，英语水平在咱们全局也是顶尖的，是咱们的前辈。你别听小玉瞎说，她又拿我开涮，我那是胡思乱想，瞎猫碰死耗子……"

"并不全是胡思乱想的，这正是日有所思，夜有所梦的道理。据说有些科学家，在科学研究上的突破，就是由梦中的启示得来的。关庆春他白天想，晚上也想，有些潜意识白天并没有显现出来，到了晚上，在特定的情景或特定的意识指令下，潜意识被唤醒了，在脑子里自动地重新进行排列组合，于是，白天没有想明白的问题，其答案便完整地从大脑中跳了出来。这就是潜意识所具有的自动解决问题的功能。"金月容听得入了神，便兴奋地鼓起掌来，刚鼓了两下才发现自己又失礼了，便停下来，说："小玉，你讲得可真好，头头是道，真有水平！"

"哪呀，这可不是我讲的，这是宋大队长在总结工作时，对梦中再现潜意识的现象，从理论上所做的解释。我才说了其中的一点点只言片语，还没讲全哪。"

关庆春也随声附和说："小玉讲得挺好，梦是我做的，可至今我也没整明白究竟是咋回事儿。"

秋小玉听了大家的评价，觉得挺不好意思，便有意地把话题引开，说："类似这种密码，比较来说还算是简单的，若是很长的一大段，就相对难些。"秋小玉打开工作手册，把从前的例子讲给她听，什么"伟大的诗篇即是永远喷出智慧和欢欣之水的喷泉"，什么"诗人的声音不应是人类的记录，而应是使人类永存并得到胜利的支柱和栋梁"，先念了原文然后再翻译成中文，并说这些话都是美国人写的，前者是诗人雪莱的话，后者是作家福克纳的话。

金月容听了之后，很有感触地说："怪不得你们几位手中都有几本原文的小说呢！"

"我们就是从那些原文的小说里找东西呀！有些密钥就藏在里面。咱这儿原文的书不多，有时候还要请后方的同志帮忙。这样长的句子，有的是七八十码或上百码，搞起来很难，甚至都不知道它的起止点在哪里，需要一遍又一遍地测试。"

"对了，刚才你提到有反复和无反复，那反复和重复，有啥区别？"金月容听了后，又发现了新问题。

"两者大同小异，从文字上看意思差不多，相同的东西再次出现即为重复，多次重复即为反复，只是两者用法不同。但结合咱们的工作来看，两者的含义是不一样的，只出现一次不再重复使用就是无反复，你刚才搞的那个就是重复。"

"明白了，谢谢老师！"金月容的一句话，惹得这边的几个人哄堂大笑，那边正在埋头工作的人们，也都抬起头来用疑惑的目光朝这边瞅了瞅，仿佛并不知道这边的人在笑啥，为啥笑。那边有的人脸上，甚至竟流露出了一种不满的情绪。

晚饭后，金月容急不可待地跑回宿舍，见了秋小玉劈头便问："西红柿大战是怎么回事？你快讲啊！"

"你问这个干吗？"房明霞问。

"今天，我搞出了一组乱数是'西班牙小镇上演西红柿大战'，小玉说这是个典故，我想知道是咋回事儿。"金月容回答。

"那是外国的事儿，何必那么较真儿呢？知道不知道没啥关系。"房明霞说。

"不嘛，我想知道呀，你们快给我讲讲吧！"

"那好吧！我就给你讲一讲。这是西班牙的一个传统节日，也叫西红柿狂欢节。它起源于1945年8月，当时，西班牙的布尼奥尔镇，举行庆祝二战胜利的游行活动，一个年轻人被人群挤倒在地，起身后，便顺手抓起路边菜摊上的西红柿，砸向周围的人，而别人也不饶他，也抓起西红柿来还击他，结果打成了一团。次年，一群年轻人携带着西红柿，又赶到了广场上进行了一场西红柿大战。后来政府规定每年8月的最后一个星期三，在布尼奥尔镇的中心人民广场上举行西红柿大战。事先由镇政府将西红柿用卡车运到广场上，随着一声令下，成千上万的人抓起成熟的西红柿向身旁素不相识的人胡乱投掷，顿时，整个街道成了一条红色的西红柿河。"

听小玉讲到这，金月容插话说："那该有多脏啊！"

"打到一定的时候，随着从镇政府的阳台上发出的一个火箭信号，宣布结束。然后大家便投入清扫，从镇政府里拽出很多水龙，把人们身上和道路冲刷得干干净净，于是，布尼奥尔小镇又恢复了往日的宁静。"

"这样兴师动众又劳民伤财可图的是啥呀？"

"据说是为了出名、发展经济。你想啊，他这么一搞就在全世界出名了，人们都想去那里看看，旅游业就发展起来了，就必然会推动旅店、饭店、纪念品等行业的大发展。"

"真有意思！"金月容听秋小玉讲完了这个典故便如是说。

搬迁

　　陈赓副司令员的旧伤复发，仍然带病坚持工作，并对207支队的建设十分关心，在柳协理员牺牲后，他曾经交代志愿军政治部，给207支队派一名政委。一个多月来，他始终惦记着这个事儿，很想了解新派去的政委到职后的情况。一天，他直接打电话找吴支队长，说一会儿派秘书来接他和政委过去。吴支队长与贺政委到达志司驻地——桧仓时，副司令员正在门前等着他们，寒暄过后，副司令员便直截了当地问贺政委腿上的伤怎么样了，到职后的工作情况如何，军政首长配合得怎样，吴支队长听完便抢先汇报，清一色地光挑好的方面汇报了半天，副司令员一边听一边点头，听吴支队长讲完后，他又问："没别的了？"见吴支队长直摇头，便说："我今天请你们来，就是想了解一下你们俩合作的情况，因为是我让干部部给207支队派政委去的，所以你们的情况我需要掌握，小贺去了能否适应？是帮忙还是帮倒忙？如果帮了倒忙而影响了工作，那可就是我的罪过了！"

　　贺政委从副司令员那严肃持重的眼神里感受到深切的期望和信任，又见吴支队长也没再讲什么，便说："陈副司令员，听了您方才的话，俺很受触动，俺应该向您检讨。"

　　陈副司令员听了便说："检讨个啥子嘛？"他又习惯性地用手指向上托了一下眼镜，说："噢，我明白了，你大概是横挑鼻子竖挑眼了吧？难免，难免哪！工农干部为人古板一点，适应新情况慢一些，都是难免的。"陈副司令员看了看贺政委，又继续说："不过，我告诉你小贺！你可别小看了他们，他们这些小知识分子有时候所起的作用，甚至比战场上那些指挥打仗的军长、师长的作用还要大。你听说过熊向晖吧！1937年周总理派他到胡宗南部队去搞地下工作，弄回来很多情报，毛主席曾经称赞熊向晖同志，说他'一个人可顶几个师'。辽沈战役时，东野的情报处长苏静同志也曾经被高度评价说他一个人'能顶10万兵'。你想想，207支队这么多人，能顶多少兵啊！在苏静的身后就有很多如同207支队的同志一样的人，在无声无息默默地奉献着。207支队的同志们是在用自己的智慧同敌人打仗的，他们是党和国家的宝贝，是我们指挥员手里的孙猴子，可以钻到敌人的肚皮里，把敌人心里想的东西给掏出来。就连丘吉尔都说过他们这些人是'下了金蛋却不叫唤的鹅'，他们和前沿阵地上的战士们一样，都是取得这场战争胜利的真正的英雄！"

这些精辟的语言，是陈赓副司令员发自内心的，他表达出了一种既坚定又温和而深沉的感情，停了一会儿，又说："'具体情况具体分析'是马克思主义活的灵魂，你不能老拿步兵团的那一套，来要求207支队，他们毕竟是指挥机关的一部分，具有机关的属性，无论怎样紧张，也是很难脱离机关作风的。他们在值了夜班后上午需要补觉，你总不能说，大白天的睡什么觉？统统都给我起来！因此，我的意思是，希望你要多体贴他们。"司令员说到这，用手托了托眼镜，又接着说："人活一辈子，无非是两件事，一件是做人，一件是做事。做事难，做人更难。做事要方，做人要圆，恰到好处地做好这两件事，很不容易，需要技巧，需要艺术。"然后，用手指着贺政委，以命令和劝导的双重口吻说："小贺，我不知道干部部是怎么跟你谈的，现在，正式通知你，我可是把这支队伍交给你了，你同吴支队长可要配合好，你们共同带好这支队伍。毛主席曾经说过，我们共产党人好比是种子，无论走到哪里都要和那里的群众结合起来，生根、开花、结果。我不希望有太多的人到207支队那里进进出出，以免扩大知密范围，你既然进去了，就得在那里扎下根来，把工作干好。你的任务主要是政治教育，确保政治方向，关心人、体贴人，做人的工作就要把党的温暖带给大家，多为大家服务，要领导好就得首先服务好。我听说，柳协理员牺牲时全支队的人都哭了，人们深切地缅怀他，这说明了什么？这说明他在每个人的心目中，是有位置的，那是他出色工作的结果。"

"请首长放心，俺一定扎根在207支队，努力干好工作，干出成绩来，决不辜负首长的关怀。"贺政委听了司令员的教诲后有些沉不住气了，便赶快表了态。陈赓副司令员听了贺政委的表态，便说："好，我要的就是你这一句话！"

当陈赓副司令员把吴支队长、贺政委送出门外时，还再三地强调，军政首长一定要配合好，才能把队伍带好。司令员最后还说："12月初，高炮五〇三团打下1架B-25，俘获了轰炸机的领航员，据他交代，美军即将实施细菌战，你们不能再待在那儿了。最近连续牺牲了好几个人，看情况敌人早已盯上你们了，若是再不转移那是很危险的。回去后，你们先做好准备。现在坑道已经打好了，正在加紧被覆，过些日子让情报部派车去帮你们搬家。"

吴支队长边听边点头，嘴里还不停地说："是，是，是，太好了，那太好了！"

贺政委从志愿军司令部回来以后，就像变了一个人似的，陈副司令员那一番语重心长的谈话，使他既入耳，也入了心；他抽空在战情股看了几天材料，把《内线报告》《密息通报》都看了个遍，开始深刻地体会到，首长们为啥那么关爱这支队伍，并视为至宝，他觉得自己不应该站在他们的对立面指手画脚，而应站到他们中间去，他决心放下那个为了改造小知识分子而来的思想包袱，一定要把党和国家的宝贝爱护好、保护好，决不辜负首长的信任，应该让首长放心才对。于是，他走出办公室深入群众之中，设身处地地思考问题，放下架子与大家促膝谈心，广交朋友，大有苏东坡的"此心安处是吾乡"那种不可动摇的架势。

这些天来，吴支队长已经做过动员了，整个支队上上下下都在忙着搬家前的准备工作，公家的东西、个人的东西都归拢好了，达到随时来车就随时开拔的程度。兵马未动，粮草先行，对207支队来说，比粮草更重要的东西，那就是天线，天线就是生命线，没有天线就只能大眼瞪小眼干着急了，有了天线各种情报就能源源不断地从天外飞来。所以万股长率先带着技术保障股的同志还有通讯班的战士们，天天都在坑道里布线。最近，从国内新运来许多电缆线、电话线以及各种器材。吴支队长带着股长、大队长们，天天都在坑道里现场办公，边规划、边协商，力争按原设计方案合理分配空间，既做到搬入时一步到位，又能便于与防空洞这边顺利交接，迅速转入正常的战备状态。根据志司情报部的要求，进入坑道后即取消无线通讯，凡对上的通讯一律改为有线电传。为此，吴支队长已从局里申请来三部电传机，一部直通情报部，另两部是与留守处之间互通用的，同时局里还给配备2名电传员，前、后方各1名。为了适应增加人员、设备的新情况，经由志司情报部与志政直工部协商，给207支队增设了新机构——机要通讯股，并任命洪彩霞为股长。原由警通排所担负的总机、电话架线、维修、送文件等通讯业务便都移交了过来，警通排则改为单纯的警卫排，由三个班变成了两个班，原来的通讯班归了机要通讯股建制。

自从柳协理员牺牲后，支队保密委员会的工作已经中断了，急需整顿重建，原来保密委员会的主任是由协理员兼任的，现在也不便提出来让贺政委兼，吴支队长与周副支队长商量，周副支队长建议由洪彩霞兼主任，而吴支队长并没有同意，只同意让她担任委员，并提议由周副支队长兼主任，周副支队长推辞了半天，最后还是同意了并建议吸收报务大队耿立国副大队长参加，保留雷干事和鲁参谋，由他们5人组成新的保密委员会，专职负责保密检查和信件的审查、收发工作。两位支队长商量之后，又同贺政委交换了意见，而后拿到党委会上讨论。然后，周副支队长便召集了新的保密委员会第一次会议，进行了分工并研究了工作，决定在搬迁之前，进行一次保密大检查。晚点名时，由周副支队长向大家宣布了保密委员会的人事调整及进行保密大检查的决定。于是，一场空前的保密大检查于第二天就在207支队紧张而有序地展开了。

搬迁那天，许多人对防空洞都感到恋恋不舍，李德宝则更是不忍离去，一脚门里一脚门外地伫立在防空洞口，里里外外地环视了一遍又一遍，心想，自己如此这般并非防空洞有多么舒适和美观，而是它承载了自己这一年多来无数难忘的过往。这里是他成长的初始地，由一名小新兵成长为有了一定的军事技术并能带新兵的老兵了，这里的每一个角落、每一片树林、每一条曲曲弯弯的小路和那小桥流水都仿佛蕴藏着他深深的眷恋。金月容一次又一次地往返搬东西经过这里，止不住地回头张望，只有在最后一次经过这里时，才停下脚步同李德宝站在一起，也是心潮澎湃，尽在不言中。直到那边都装车已毕，交接仪式即将开始了，喊他们快去集合，他俩才恋恋不舍地跑开了。

这一片防空洞，全都移交给野战部队了，并在交通壕出口前面的公路上举行了一个简单的交接仪式。然后，大队人马才开始转移，向新的阵地进发。

"三九"严寒连雪天，雪片如同鹅毛一般，漫天飞舞无晴天，整个山峰宛如披上了一件白色的风衣。207支队刚刚搬进了坑道，一切都感到挺好的。只是坑道口白花花的石头太暴露了，容易给敌机指示目标，本来大家正愁着如何伪装哪，这回不用愁了，漫山皆白有了天然的屏障。人们都说，这场雪下得挺是时候的！

进入坑道后，人人都兴高采烈，处处是一派新鲜感。这个说，坑道里真安全，再不怕敌机轰炸了。那个说，夜间也不用咱们站岗了，有警卫排守住坑道口就行了。不知道是谁也不知道因为什么事儿，引起他高兴地唱道："叫同志你真能整，这笔直的大道南北可通行，它怎么就没有交通警？"后来，人们就跟着唱，像口头禅似的有事儿没事儿地唱着玩。整个坑道是个十字形，从南向北是十字的一横，南北各有几十米，下面的一竖伸向了东方也有几十米，三个顶端各有一个坑道口，都有一个混凝土大门，可以封闭坑道与外面隔绝，是按照防原子弹、防冲击波设计的。每个坑道口的外面各有一排或两排木板房，用以掩蔽坑道口，木板房里有哨兵休息室，还有洗漱间和厕所。坑道南段全是办公区，按工作流程顺序大大小小的办公室与业务活动室排列在走廊的两侧，南坑道口是个喇叭形为天线区，大多天线也都隐藏在山洞里边；坑道的东段为宿舍区，北段是后勤保障区，管理股及警卫排的办公室、宿舍以及卫生所、通讯班和电话交换台、伙房、大食堂、洗澡间，还有国内来人临时住的招待所，一应俱全应有尽有。这十字中上边出了点头，也就是向西边延伸了一块，是整个支队的活动场所，可以开大会、放电影，进入坑道以来已经放了一场电影，是由田华主演的《白毛女》，这是鼓舞士气进行阶级教育的好教材，大家看后都感到很受教育。大会场的两侧是支队首长们的办公室兼卧室。此外，还有参谋、干事、打字员的办公室，以及机要通讯股的机要室、电台和一间首长们开会的小会议室。坑道设计合理、周密，使用起来十分得心应手。由于施工时间紧迫，全部被覆都用的是松木毛板，还没来得及刨光和刷油漆，所以大家便糊上了一层报纸，倒显得干净、亮堂多了，同时也减少了回声。每个坑道口都配有一台鼓风机，有的向里吹，有的向外抽，全由万股长统一控制，因此，坑道里的空气还是蛮流通的。宿舍区里每个宿舍都是能住10人的通铺，一些北方人说，坑道里什么都好，就是不能睡火炕。喜好运动的年轻人也说，好是好，就是没地方打篮球了。

晚会

支队搬进坑道后，原来的防空洞，就交给附近正在进行休整的野战部队了。负责警卫防空洞的高炮部队，也跟随207支队转移到了陀螺岭，3个高炮连分别摆在山脚下或山腰上，营部就驻扎在坑道东口的下方。根据志愿军司令部的命令，陀螺岭的防空任务，由高炮营负责。

可是，你知道吗？高炮部队的生活有多么艰苦啊！原先他们可以在村子里借住一些老百姓的房子，可到了这儿，到处是荒山野地，哪有房子给他们住呢？每个连队里只有很少的帐篷办公用，人们只能露天宿营，在构筑高炮阵地的同时，就在阵地的旁边平整出一块地来，每个班有一辆拉炮的汽车，把车上的篷布摘下来铺在地上一块，两个班合用，把被窝脚对着脚地铺在篷布上，然后，上面再盖上一块篷布，一个炮排的战士就躺在篷布底下睡觉，只把戴着棉帽的脑袋露在外面。乐观的战士们说："天当房，地当床，睡在上面暖洋洋，飞贼胆敢来捣乱，定要叫他见阎王。"

1952年的春节快要到了。国内组织了慰问团来前线进行慰问。

一天，直工部的首长陪着慰问团的一个小分队，来207支队慰问，吴支队长把不值班人员临时集合起来，在坑道北口列队欢迎，汽车沿着盘山道直接开到了坑道北口。直工部的首长和慰问团的代表下车后，在大会场举行了简单的慰问仪式，鞍钢的一位劳动模范代表祖国人民向前方将士们表示了亲切的慰问，直工部的首长也代表志愿军总部首长向大家表示问候，慰问团带来了大批慰问品，有油、肉、米、面、慰问信和慰问袋。慰问信和慰问袋多得很，每个人都能分到好几份。据直工部首长宣布，由全国政协制作并颁发的抗美援朝纪念章已运到志愿军总部，各单位等候通知前往领取，人人有份儿，大家听了都报以热烈的掌声。送走了慰问团回来，吴支队长交代雷干事，慰问品给留守处留出份来，其余的全都分发下去。

午饭后，大家纷纷去雷干事那儿领慰问品，一大队第三中队的八位同志，由中队长带队领回了慰问品、慰问信，然后都集中到男宿舍里进行分发，大袋小袋搭配起来，一人一堆随便拿。慰问袋大都用各式各样的毛巾或手绢做成的，也有专门印制的，里面装着吃的、用的啥都有，最多的就是水果糖、牙粉、香皂、肥皂和牙膏，也有的袋里有书、笔、信纸还有针线包什么的。大家都十分感慨地说，祖国人民想得可真周到，太好了！就在大家看慰问品和慰问信的时候，出现了一件让人怎么想都想不到的事儿，李德宝竟然收到了一封来自吉林家乡，而且是他母校的一位女中学生写的慰问信，简直让他高兴得不得了。天下哪有这样的巧事儿呢？简直就是人间奇闻！赵阿春看了那封信后，证实是真的，大家都为李德宝高兴，赵阿春凑到李德宝耳边说：

"你可要珍惜呀，好好保存着啊！"一句话倒让李德宝语塞了，两眼只顾死死地瞅着赵阿春硬是半天没说出话来。事后才知道，这件事还真的让李德宝动心了，并且还悄悄地给人家写了一封回信呢。

直工部送来慰问品的同时，还给发来乒乓球台子、网子、拍子、乒乓球、军棋、象棋、扑克牌和各种乐器、锣鼓镲等。一些文体骨干看了都乐得直蹦高，没等首长吩咐，他们就七手八脚地把乒乓球台子搬进了小会议室里。吴支队长看了觉得挺好的——正愁开会时里边没有桌子呢。

乒乓球台子刚摆放好,那些会打乒乓球的人,便急忙操起拍子乒乒乓乓地玩了起来。是啊!都入朝一年多了,还从未摸过球拍子哪,可把他们憋屈坏了呀!差不多每个中队都能分到一两副扑克牌,可是,那年月大多数人并不会打扑克,只有贺政委与少数几个人会玩,贺政委说他是在步兵团里跟机关干部们学的,而机关干部又是从美军俘虏兵那里学来的。贺政委也只会打百分,他为了活跃部队生活,同时也是为了和大家打成一片,并认真落实陈赓副司令员的指示,于是每到星期六晚上,便不厌其烦地教大家玩。因此,在同志们的心目中,觉得贺政委越来越好接近了,有不少人还主动去讨教,贺政委都热心教。吴支队长和周副支队长见了,也挺高兴,觉得这是个好兆头!尤其是吴支队长心里明白,陈副司令员的一番苦心没白费,大概是真的触动了贺政委的心,他想,这种上下融洽的气氛,若能长久地保持下去,那该有多么好啊!

随着贺政委与同志们越来越多地接触,他的思想感情上也出现了许多新的变化,最突出的是,他觉得这里的人是很可爱的,他欣赏小伙子们那种生龙活虎的劲头,也欣赏姑娘们那种爽朗甜美的笑声,是他在野战部队里从未听到过的。他更欣赏这里的人们,每天都能用自己的辛勤劳动,向祖国和人民、向志愿军首长交出令人满意,甚至是令人震惊的答卷。为什么首长们都把207支队当成宝贝?当他逐渐地体会到之后,也深深地爱上了207支队。他觉得陈副司令员与他谈话时,有一句话尽管没有说出来,但他已领会到了,那就是:"如果待不下去了,你就要求走,再换人。"按他现在的想法,即使是来调令调他走,他也不愿意走了,他感到能与"党宝、国宝"们在一起工作,是他这一生最值得庆幸的!保护好"党宝、国宝"是党赋予自己的义不容辞的责任,能为"党宝、国宝"们服务是自己的光荣使命!贺政委是这样想的,行动上也正是这样做的。

本来按出国前的商定，洪彩霞与杨玉莲二人是要定期轮换的，可是，现在已将近一年半了，吴支队长不发话，别人也无法提及此事，如今洪彩霞担任股长了，则更难以轮换了。洪彩霞便趁着机要通讯股成立之机，把前后方属于本股的人员，都集中在一起开会交流情况，研究工作，也便于杨玉莲对前方的工作有个大概的了解，同时，也是出于让他们夫妻俩在一起过个团圆春节的考虑。这件事儿于公于私都是一件好事儿，谁知道却由此而引起他们夫妻俩争吵了好半天。杨玉莲在接到通知后，锁好机要室的门窗，把自己的孩子亚平托付给保姆，然后，未经请示也未同任何人商量，抱起了洪彩霞的孩子，"元朝，咱去找妈妈喽！"说完带着电传员就上路了，一路上高兴得不得了，心想，别人入朝时是步行的，自己入朝却是乘车的，在驾驶室里搂着孩子睡觉，自己却怎么也睡不着。

天亮时分，送给养的嘎斯51汽车到了陀螺岭，杨玉莲抱着孩子下了车，一进坑道，洪彩霞的孩子就哇啦哇啦地喊妈妈，首先被惊动的是警卫排、炊事班，大家都疑惑不解地站在通道里观看，却形成了一次无人组织的夹道欢迎队伍。大概是做母亲的人对自己孩子的声音最敏感，也或许是母子俩心连着心吧，洪彩霞在机要室里隐约听见有孩子喊妈妈，便喜出望外地率先从工作区跑进了后勤保障区，一看，果然是杨玉莲来了，并把自己的孩子也带来了，见了杨玉莲也顾不得打招呼，接过孩子就往回跑。此时，吴支队长也听到了小孩子的呼喊声，便疑惑不解并一脸怒容地走出办公室，循声望去便看见洪彩霞怀抱着一个孩子跑过来，当他看清了是自己的儿子元朝时，顿时，那怒容便消失殆尽，可是，那一脸瞬间即逝的怒容却被几乎同时走出办公室的周副支队长看在眼里，并记在了心中。

晚饭后，姑娘们听说洪彩霞的孩子来了，便都纷纷跑去看望，喜欢孩子大概是女人的天性吧，尤其是在这个整天很少能看到太阳、生活又十分单调的坑道里，突然有了小孩子活泼、嬉笑的声音，都异常高兴，这个说："元朝来，阿姨抱抱！"那个说："来元朝，阿姨亲亲！"坑道里一下子就喧闹起来。然而，坑道外面的停车场上，一对小夫妻正在争吵得不可开交。周志远由于看见了吴支队长那一脸怒容，心里总觉得不得劲儿，所以吃过晚饭便把杨玉莲约到停车场上，刚一见面就劈头盖脸地把杨玉莲批评了一顿，而杨玉莲怎么也不服，两人便争吵了起来。

"谁让你把孩子带过来的？"周志远问。

"带孩子怎么了？我这是出于好意，洪股长已经一年多没见到孩子了，带来让她看看。"

"胡闹！这是战场，部队天天在打仗！你不知道吗？"

"打仗又怎么了，打仗就不能带孩子了吗？"

"笑话！孩子能打仗吗？"

"你别看孩子不能打仗，但孩子可以鼓舞士气，你不懂当妈的心。"
一提到当妈的心，还真的让周志远感到茫然，他有点理亏词穷地说：

"你没看见吴支队长有多么不高兴。"

"你拉倒吧，他偷摸乐去吧。"

"反正这是战场，你不该带孩子过来。"

"我说你咋就不明白呢，也许这一年多的防空洞生活，把你变得太闭塞了，我在留守处就听说过，经常有不少领导干部的家属带着孩子过江来。"

"我没有看到，也没有听说过。"这一下可被杨玉莲抓到了理，便步步紧逼地说："你没有看到，不等于就没有！"

"没有就是没有，没有在我心里就等于0。"

"咋一下子扯到那上头去了？0并不等于没有啊！周同志！"

"没有就是0，0就是0呗，0当然也就是没有了，0电就是没电。"

"我说我的大专家，你咋说小孩子话哪？我问你，1的后面分别有N个0，它们的数值都一样吗？还南开大学的高才生呢！简直是胡搅蛮缠，不可理喻！"

"对对，你对！照你这么说那当然是不一样了，还是你这位当机要员的人，对数码有研究呀！不过，我是说没有就是0！"

"我说的是，0并不等于没有！一见面就知道批评人，也不说先问问咱孩子亚平可好。"这一下周志远被杨玉莲数落得没话说了，两人争论着天色已逐渐黑了下来，夫妻俩终于和好了，并开怀大笑了起来，骤然，似乎两个人影竟变成了一个人影……

贺政委在党内的具体分工为党委副书记兼团工委书记，主管思想教育、文化生活及青年工作，也就是说，除了业务行政、安全保卫、后勤保障以外，全由他管。为了过好春节，他同两位支队长商量后便与分管安保、行政后勤工作的周副支队长一起共同召集管理股李卫平副股长、司务长和警卫排排长开会，讨论如何搞好春节的伙食，并请司务长召集伙食委员会讨论落实；会上部署了安全警卫工作。同时，贺政委又向担任团工委副书记的雷鸣同志交代，要想些办法在力所能及的范围内开展各种文体竞赛活动，让大家热热闹闹地过个春节。为了落实贺政委的指示，司务长同伙食委员会研究节日期间的食谱、会餐、包饺子等；雷干事主持召开了团工委和各大队革命军人委员会文体委员的联席会议，会上，大家对贺政委亲自抓，都挺高兴，一致表示要把春节晚会组织好！并利用放假期间进行棋类、扑克、乒乓球比赛，委员们进行了分工，一边筹备，一边发动群众积极参与。经过贺政委如此这般的运筹帷幄之后，整个坑道里就沸腾了起来，在一片工作繁忙的景象中还伴随着一派喜气洋洋的氛围，有的排节目，有的准备参加比赛，有的跟着雷干事布置会场，一些打乒乓球、下象棋、打扑克的吆喝声、歌声、快板声、器乐声连成一片，把节日的气氛渲染得热闹非凡，有了器具又加上有人组织，部队的生活也就活跃起来了，这也充分地显示出了政治工作的巨大威力和作用。在大会场的南、北、东的通道处都有大门，大门一关严丝合缝，尽管这边热火朝天，但对工作区、宿舍区竟毫无影响。

在贺政委的精心策划下，大家过了一个欢天喜地的春节。这一年的春节晚会格外热闹，主要是有了锣鼓镲，锣鼓一响能造气氛，如二大队的邵建平、米志强他们几个表演的三句半锣鼓喧天，把人们逗得前仰后合地哈哈大笑，往年表演三句半时没有锣鼓只能靠打板儿，效果就差远了；赵阿春仍然组织一大队的文艺小组表演了节目，金月容的保留节目依然还是那个《王大妈要和平》，不过，表演得比以前更熟练、更精彩了；三大队新来的几个朝鲜族小兵跳的朝鲜舞《草履童》《扇子舞》也挺受欢迎。此外，独唱、小合唱也不少。跟历次晚会所不同的是，这次晚会多了个讲故事。正当晚会进行到高潮时，主持节目的雷干事在吴支队长的授意下，突然来了个临时动议，他提议请贺政委讲一个战斗故事。贺政委见大家鼓掌挺热烈，也不便推辞就站到台上去讲起来。贺政委说，他入朝后不久就负了伤，然后便被送回国内治疗了，等伤愈后再次出国时，就是那次在仙台里与207支队的巧遇，所以没啥新的战斗故事可讲，一定要讲就得讲老的了，以前曾有记者采访过他，他的事迹也曾上过报纸。那是1939年，他12岁就参加了八路军的敌后武工队，在冀中白洋淀一带打鬼子、除汉奸、端炮楼、送情报，参加过很多次战斗。曾经配合老同志到敌人据点里搞侦察，还抓过日本翻译官呐。单独执行任务时，也曾遇到过险情，有一次，他在送信的途中，被日伪军追到一个山上，实在无路可走了，还是放羊的老人脱下皮袄反穿在他身上，让他藏在羊群里。等到伪军和鬼子追来时，问放羊老人看到一个八路没有，老人说没看见八路，只看见一个小孩子向那边跑了。日伪军追过去看了看，怀疑小八路已跳崖了，只好灰溜溜地回去了，就这样让他躲过了一劫。他曾在一次战斗中缴获了一支手枪没上交，藏在老乡家的猪窝里，被发现后还关了他禁闭。也曾经因为与村里的孩子打架而挨过批评。等贺政委的故事讲完了，则又继续演节目，大家听了政委的故事，都很受教育，不少人尚未从政委的故事中走出来，哪还有什么心思欣赏节目？特别是曾与政委有过一面之交的潘雅娴，更是心潮澎湃，她想，人家那么小就参加革命了，就是现在也比自己大不了几岁呀！不仅讲了自己很勇敢的一面，同时也敢于暴露自己的缺点，曾经被关过禁闭本是个不光彩的事儿也都说出来了，这样看来，他并不像有人说的那样刻薄、古板，他是多好的人啊！

大年初一那天，贺政委带着参谋、干事和一些文体骨干，敲锣打鼓地去慰问了高炮营，演节目、赛篮球，还带去了一些米面。那年月，大米、白面可是最珍贵的东西，尤其是在以高粱米为主食的战场上。前去参加联欢的同志，当看到战士们这么冷的天还住在帐篷里，都很受感动，营长介绍说，这算好的咧，连队里的战士们连帐篷都还没有呢！通过这一活动，沟通了情况，加深了感情，建立了友谊，临走时，大家都恋恋不舍的。高炮营营长被感动得一个劲儿地表决心，说：

"贺政委，您就放心吧，我敢拿自己的脑袋担保，对于207支队的安全，我们营绝对负责，保证做到万无一失！"

"那我就代表吴支队长和207支队的全体同志，谢谢你们了，愿我们之间的友谊长长久久！"贺政委说完，双手抱拳高高地举过头，向高炮营的战友们告别。嘴里还喊着：

"再见了！"

"再见！常来常往啊！"高炮营的干部战士们在高呼着。

春节过后，传达党中央文件，要在社会上广泛开展"五反"（反对行贿、反对偷税漏税、反对偷工减料、反对盗骗国家财产、反对盗窃国家经济情报）运动，随着运动的不断深入，报纸上也逐步揭露出来一些奸商的不法行为，这才使得急救包和罐头问题的真相大白于天下，原来不法奸商们卖给志愿军的药品有的是过期的，罐头有的是卫生不合格的，尤其粉红色的纱布、绷带都是用沾满细菌的再生棉生产的。大家看了报纸上的报道才明白过来，怪不得那粉红色的纱布一用在伤口上就化脓，原来是奸商们搞的鬼。有人说："我就觉得那罐头有问题，可是谁敢往那上面想啊！吃了就拉肚子，可把人糟践稀了！"大家都非常气愤地说，奸商们太不仁义了，前方的战士在流血，而他们就像游荡在黑夜里的吸血鬼，无情地吞噬着战士们的鲜血和生命，他们贪婪地骗取志愿军的钱，还狠毒地坑害志愿军，这岂不是配合美帝国主义，在我们的身后打冷枪、杀我们嘛？真是可恶至极！

刚进入二月天，秋小玉和金月容在刚破译的一个密电里，发现了一个重要情况。远东情报局向美国防部报告称："李奇微将军于2月7日，乘直升机赴前线视察时，惨遭敌人炮击，两架直升机，一架被当场击落，一架被击伤，李奇微将军就坐在被击伤的直升机里，当降落时他发现飞机在起火便跳了下来，然后飞机爆炸，幸免于难，现已由地面部队安全接回。"

据悉，当夏副部长把这一情况报告给彭总时，彭总非常高兴，但又感到很遗憾，让李奇微逃掉了。

美帝国主义者不顾世界人民的强烈反对，竟悍然于1952年1月28日发动了灭绝人性的细菌战，用以残害在朝鲜参战的中国人民志愿军以及朝鲜和中国东北地区的老百姓。美军用轰炸机空投细菌弹，炸弹一旦爆炸后，炸弹里面携带着细菌、病毒的苍蝇、蚊子、跳蚤等各种昆虫便到处乱飞、乱蹦以传播细菌、病毒，起到杀伤作用。从而导致朝鲜历史上早已绝迹的鼠疫、霍乱、伤寒等烈性传染病再次暴发，在局部地区蔓延起来。2月22日，朝鲜发表声明，严正抗议美国侵略者发动细菌战。2月24日，周恩来总理代表中国政府发表声明，支持朝鲜政府的正义立场。春节以来，从朝鲜到中国东北的辽宁和吉林广阔的土地上，从人口密集的大城市到人烟稀少的森林、原野，冰天雪地里，无不受到罪恶细菌战的侵害。

207支队在志愿军首长的关怀下，适时地进入了坑道，所以丝毫未受到细菌战的影响，坑道口的大门一关，可以完全与外界隔绝，卫生员小刘一天几次地在坑道内外，包括天线区、停车场等有工作人员经过的地方，喷洒药水进行消毒，从而有力地保证了人员的安全。

自从成立了机要通讯股以后，通讯装备都得到了改善，内部通讯全改为有线电传了，再也不用发无线电报了，仅从这一点来看，洪彩霞的工作似乎减轻了许多。可是，机要通讯股成立后，洪彩霞的担子并不轻松，既管电台又管总机，还得管送文件，除了考虑日常的业务建设，还得做经常性的思想工作，有时也跟着电话员下山去沿途查线，以防有人破坏或窃听。春节前，杨玉莲来前方开会时，擅自把洪彩霞的孩子带到前方来，尽管周副支队长说了她几句，杨玉莲不服，两口子互相拌了几句嘴，可是，他俩的事儿谁也不知道，就好像什么也没发生过。再说吴支队长，虽然在乍一听到有小孩子在喊叫时，紧皱了一下眉头，但当他看到是自己的孩子时，又见到洪彩霞抱着孩子乐得什么似的，便没有理由再发脾气了；然而，洪彩霞对这件事并没有只顾自己高兴，她心里很感激杨玉莲，便同吴支队长商定，等过了春节她带着孩子回安东，让杨玉莲在前方多待一段时间，以便与周副支队长团聚团聚。春节后，当洪彩霞要走之前，把这一想法跟杨玉莲一说，杨玉莲却坚决不干，洪彩霞便假装板起面孔说："这是股里的决定，请你服从！"杨玉莲嘴上不说，但心里明白"反正是你们两口子糊弄我们两口子"，只好默认了。于是，洪彩霞把工作安排好以后，便带着一名电传员抱着孩子回留守处值班去了。

一晃，农历正月十五已过去半个多月了，眼见着阳历二月也快要飞走了。陈赓副司令员因腿病复发需要回国去治疗，一来是，心里一直惦记着207支队进入坑道后的情况；二来是，临走前，想再一次来看望大家，并向大家告个别。接到电话以后，两位支队长、政委和参谋、干事、管理股副股长等，就都到坑道北口外边的停车场上等候迎接。等了一会儿还不见人影，吴支队长看了看手表，快9点了，于是，便同贺政委商量："咱们是否得给陈副司令员准备午饭啊？"贺政委掀起左腕的棉衣袖子，看了一下手表，说："是得准备了，俺们不能让首长饿着肚子走啊，到桧仓还挺远哪！"吴支队长见贺政委同意了，便转身向李副股长交代，去安排8个人的午饭，四菜一汤。李卫平迅速地跑去又跑回，向吴支队长回了话，说安排好了。

没多久，他们就发现远处的盘山道上有辆小车，向这边山上开过来。

当陈副司令员从苏式嘎斯69吉普车上走下来时，政委与两位支队长都上前敬礼、握手，然后，把雷干事、鲁参谋和李卫平副股长，都一一向首长做了介绍，首长认出了李卫平，便说："哦，你就是打下飞机的排长嘛！"吴支队长在一旁赶忙说："是的，他就是去年用轻机枪打下敌机的警通排排长李卫平，现在是我们管理股的副股长。"

陈副司令员听了很高兴，再一次亲热地与李卫平握了握手，说："很好嘛！你是好样的，这样吧，你把他仨带到你的办公室里，给他们讲讲。"一边说着，一边向两名警卫员和司机示意，让他们跟李卫平走，然后招呼秘书跟自己走。从进入木板房、坑道口开始，吴支队长向陈副司令员一路介绍各种设施及其功能，当走到大会场时，首长看见乒乓球台，便指着参谋、干事，对秘书说："你和他们几个打打乒乓球吧！我和支队首长们唠一会儿，完了咱们就走。"

吴支队长说："吃了饭再走吧！已经准备午饭了。"

"那也好，不过，我们自掏腰包啊！"陈副司令员笑道。

吴支队长未置可否，心想，反正收不收在我了。随后便把首长让到自己的办公室里。

首长坐下后问："怎么样？这坑道还满意吗？"

"满意！满意！太满意了！大家都非常感谢首长的关怀哪！若不是提前进入坑道，我们肯定遭到细菌的侵害了。"

"是啊！一线部队天天都要受到细菌战的袭扰，除了苍蝇、蚊子还有小猫、小狗、猴子、兔子、鸡鸭、鸽子等，都是带菌的，他们把这些收集到一个深坑里浇上汽油烧了，然后埋起来。不过细菌战也没啥可怕的，只要我们做好防范就行了。"

陈副司令员喝了一口茶，说："这水好啊！我听夏副部长说，你们的井是一千米深哪，这水里的矿物质含量很高，它可以超过杯沿而不会流出来，你们试过吗？"

吴支队长说："还没有呢。"周副支队长便赶快拿起热水瓶，小心翼翼地把水杯倒满，果然，水明显地高出一层而不外溢，杯沿上的水是呈流线型的。

陈副司令员见贺政委半天没说话，便问道："小贺，你结婚了吗？"

"没，还没有对象呢，我刚提团职那会儿，规定是'278团'，后来是'268团'，我虽然职务和军龄都够了，可就是年龄不够；现在这不刚改为'256营'，我的虚岁才刚刚沾上点边儿。"

"那你明年就是25周岁了？符合条件了，可以找了，那就请吴支队长帮忙物色一个嘛。"吴支队长听了便立即表态说："没问题，我保证完成任务！如果贺政委觉得我们这儿没有合适的，我还可以向局里申请调一个好的过来。"

贺政委听了，便操着并不太重的河北腔调，很不好意思地接过话茬说："干吗呀？你当秦始皇选皇妃哪！俺可不是。"吴支队长便说："好，好，好！这事儿我今晚就办。"他抬起手腕，看了一下手表，对贺政委、周副支队长说："让首长喝点茶，休息一会儿，然后咱仨陪首长到各大队走走看看，回来就吃饭。"

陈副司令员听了便站起身来，说："走，抓紧时间！"

两位支队长与政委陪着首长到各个地方看了看，上次，首长来时是最先到万股长那里，这回却是从北向南一边走一边看，走进一大队三中队，当见了赵阿春时首长便说："半个小老乡，咱们又见面了！"赵阿春边敬礼边喊："首长好！谢谢首长还记得。""哦！还有一个小姑娘呢？""由于工作需要给她调整了工作方向。"吴支队长正说着，金月容突然出现在面前，"报告首长，我在这儿！"原来是周副支队长喊她过来的。经过每个工作间时，首长都要进去和大家打招呼以示慰问。因为技术保障股是在坑道的南口处，所以最后到那边。在临近坑道口时，首长看到一个房间里没人却都是一些网状的墙，很好奇地向里面张望着，吴支队长见状便立马解释说："这是交换线，讯号进来后首先进行调试，然后通过它接到每个席位上，互不影响。"首长点点头，便又往外走，到了坑道口外边，首长看着天线说："这个是不是太暴露了？"

"我们正准备试一下哩，如果讯号衰减不大的话咧，我们打算在上面加个伪装网。"听万股长说完，首长便指示说："是得小心哪，你这出了事，大家就都没活干了。"

吴支队长看看时间差不多了，心想，从南口到北口，正常速度也得10多分钟，首长的腿不大好，走得又慢，还是早点过去吃饭吧。于是，便请司令员往北走。到了饭堂，吴支队长一看，桌上已摆好了四菜一汤，有洋葱炒肉、木耳炒鸡蛋、酸菜炒粉条、鸡肉炖蘑菇（罐头）、榨菜蛋花汤，心里挺满意，嘴上却说："司令员，没啥好吃的，对付吃一点吧！"

陈副司令员坐下后说："不错嘛！把他们几个也都叫来吧！"

秘书听了便赶快起身去喊人。

吴支队长接着说："春节时还剩下几瓶西凤酒……"

没等吴支队长说完，陈副司令员便接着话茬说："哎，不喝，不喝！他们几个都有勤务在身不能喝酒，我也不喝了。"

"我们几个年轻，都不会喝酒，首长自己喝吧！"秘书赶紧表了态。

"要不喝就都不喝，官兵一致嘛！"司令员严格要求自己，坚持不喝。

在政委和两位支队长的陪同下，大家边吃边唠起来。陈副司令员对这四菜一汤也很满意，便很有感慨地说："你们的条件还真不错，志司的食堂也拿不出这么多好东西来呀！你们的优越之处，就是可以直接从国内运过来。但兵团不行，那样的话运输线怎么得了！不过，现在的情况好多了，不是'一口炒面一把雪'了。去年的这个时候，彭总回国开会，曾在军委扩大会议上发脾气拍了桌子的。彭总希望国内要全力支援朝鲜前线，可是有人说国内也很困难，许多问题一时难以解决。彭总一听便火了。"说到这，司令员一边吃着一边又把当时彭总的话复述了一番："你们去前线看一看，战士们吃的什么，穿的什么！现在第一线部队的艰苦程度甚至超过长征时期……"本来后面还有几句话："战士们并不都是死在敌人枪炮下，还有很多是饿死的、冻死的，他们都是年轻的娃娃呀！"陈副司令员不忍心重复这些话，便到此打住了，放下了碗。"好了，不吃了，也不说了，走了！"

此时，吴支队长趁机说贺政委腿脚不好，出来进去不大方便，如年初一那天去慰问高炮营，爬上爬下，回来后腿疼了好几天呢！现在支队配备吉普的编制已经下来了，能不能请首长说句话，请他们早点把吉普拨下来。陈副司令员听了便向秘书交代，回去后，告诉志司管理局给催办一下，同时，还交代秘书饭后别忘了结账，秘书都一一答应着，三位作陪的支队干部都说免了吧，结账就不用了！

饭后，秘书找到司务长结账，司务长说支队里有话，不收了，但秘书坚持要交，司务长就只好按大灶仅收了三名战士的伙食费。陈副司令员临上车前还问秘书结账没有，秘书从兜里掏出条子朝首长晃了晃，然后，陈副司令才跟大家握别。此时，那位秘书一定是在庆幸自己多亏坚持结了账，否则，可怎么向首长交代呀！

送走了陈副司令员，吴支队长心里还惦记着司令员交办的那件事儿，便把贺政委请到自己的办公室里，开门见山地问："政委，你来了已快两个月了，有没有看上哪一个？"

"瞧你这话说的，俺是来这儿选妃子的吗？你把俺当什么人了，你！"

"不，我没那个意思，这不是首长给的任务嘛，我得完成呀！你说是不是？"

"既然如此，我也跟你说句心里话，我来这儿以后，除了跟潘雅娴说过几句话以外，还真没有单独接触过哪个女同志呐！能叫出名字的也只有她了。"吴支队长听了心中暗喜，还只有她可以候选了，别人都有主了，幸亏政委没点到别人，否则还真不好办了呢！想到这儿，吴支队长便问道："那，你就找她怎么样？"

"那不得看人家嘛！"

吴支队长一听，感到他俩还真有点缘分，也觉得这事儿有点门儿，便学着政委说话的口音立马表态说："那您就瞧好吧！"

晚饭后，吴支队长找来潘雅娴，先是问寒问暖地对她的遭遇表示同情，然后希望她尽快地从痛苦中解脱出来，勇敢地迎着新生活的召唤前进！吴支队长对潘雅娴进行了一番劝慰、启发、鼓励之后，便直截了当地把话挑明了，问："你看新来的政委怎么样？"潘雅娴听了，觉得这话里有话，便故意揣着明白装糊涂地问："什么怎么样？"

"人怎么样呗！"

"人哪，人挺好的呀！晚会上人家既讲了自己勇敢的一面，还讲了自己的缺点，一般人都做不到的呀！"

"若是这样，我就做你们俩的介绍人，怎么样？"

潘雅娴再次装糊涂："我不是已经入党了吗？还要什么介绍人？"

吴支队长操着玩笑的口吻说："潘雅娴，你别跟我装糊涂！"

潘雅娴听了便赧然一笑说："对不起，支队长！不是我装糊涂，实在是不敢往那上面想呀！"

"怎么讲？是不是这事儿来得太突然，会让人难以置信，所以没敢想？"

"这其一嘛，协理员虽然在我眼前消失了，但并未在我心中消失啊；其二，不知人家政委的要求是什么样的；其三，如果我攀了这个高枝儿，将来大家会怎样看我呀。"

"这个呀，你不必多想，咱就说，假如贺政委看上你了，你是啥态度？"

潘雅娴听了又是赧然一笑。吴支队长见其面红耳赤的样子，心里有几分明白了，也就不再勉为其难了，虽说潘雅娴并未明确表态，但也没有拒绝，因此，感到事情尚有商量的余地，干脆让他俩自己去鼓捣吧！便立马转了话题，说了几句工作上的事儿，就结束了谈话。

吴支队长把潘雅娴送出了门后，便转身去找贺政委。贺政委赶忙将吴支队长迎进屋，吴支队长将情况详细地叙述了一遍，然后出主意道："我看，这事儿有点门儿，你就拉开架式，准备发动进攻吧！"

"小潘给我的印象很好，在仙台里那阵儿俺就觉得她不错，一个大城市里出来的姑娘，竟然那么能吃苦，是很不简单的！"贺政委向吴支队长表明了自己的态度，随后又好像自言自语似的说："这可真是啊！若是这个样子的话，岂不是从里到外，从形式到内容，俺都取代了老柳啊！要不，要不俺再等等，以后再说吧！"

"这就是缘分，这就是命运的安排！还等什么？"吴支队长说。

贺政委听吴支队长说完并没有吱声，拉开抽屉拿出烟叶，卷了一支大老卷，突然想起坑道里边不许吸烟的规定，闻了闻，又把烟放回到抽屉里了。在手拿卷烟的这一过程中，他想了很多，想到了司令员的指示，想到了自己的责任，想到了在群众中的影响，甚至还想到了并未见过面的柳协理员，刚刚牺牲不长的时间，尚未过百天，人家毕竟是一位革命烈士啊！思前想后，仍坚持说："不，俺总觉得'三九天种麦子——不是时候'呀，还是等等吧！不过，俺这儿可是'芭蕉结果一条心'，只要是她还没有答应给别人，俺就等着她！俺这儿不会变了。"贺政委说完又向吴支队长补充说，"请你有空时，还得帮俺在她面前多敲敲边鼓，好吗？"

吴支队长答应照办，就起身回自己的房间了。

此时，潘雅娴正独自一人坐在空荡荡的业务活动室里想着心事。刚才从吴支队长的办公室里出来后，她便径直走到这里来，当她走进业务活动室时，突然疑惑不解地问自己："呀！还没到上班时间，我来这干吗？"坐下来想了一会儿便起身回宿舍，边走边想，"若是贺政委向自己正面提出这个问题来，自己应该咋办。这真是'后会有期'，还让他说着了！或许也是命中注定的缘分吧！"边走边想走到了宿舍也没进门仍继续往前走，刚好被从宿舍里出来的龙凤仙看到了，龙凤仙问她："你去哪儿？"

"回宿舍呀！"

"宿舍不是在这儿吗？你还往哪儿走啊？"

潘雅娴仔细一看，"哦"了一声又往回走，两人都哈哈大笑了起来。

晚点名时，吴支队长跟大家说："陈副司令员要回国治病，临走还要来看看我们，对我们十分关心，我们要感谢首长的关心爱护，努力工作。司令员还说，咱们的伙食比志司的伙食还好。首长们艰苦朴素是一贯的，上次我去志司开会，看见彭总穿的黄呢子军服衣领上还打着补丁呢！过去曾听说过彭总很艰苦朴素，真的名不虚传。我们要很好地向首长们学习，努力发扬艰苦奋斗的精神，积极完成任务。"

反特

　　春天的脚步，才刚刚向我们走来，不知不觉又到了阳春三月艳阳天，漫山遍野的白雪业已开化，草木已开始萌发，凡是向阳的山坡、雪化了的地方都已露出了青草芽，向人们揭示着：这又是一个春天的来临。

　　自从慰问团来过之后，大家就天天盼望着抗美援朝纪念章能早日发到手上，虽然在《人民日报》上已经看到了介绍，但毕竟尚未看到实物，因此很多人的心里头总是痒痒的。当雷干事从直工部领回纪念章并发到大家手上时，每个人都乐得屁颠屁颠的，一会儿美滋滋地戴在胸前，一会儿又摘下来放在衣兜里，有的还纸儿包纸儿裹地把纪念章锁在箱子里保存起来。也有人盘算着，回国后第一件事就是戴上纪念章照一张相，留作纪念。

　　实际情况并不完全如同贺政委自己说的那样，其实，他来到207支队后，听说股长和大队长们都已"对上象"了，他觉得自己刚刚符合新规定的精神，也可以找个对象了，便悄悄地进行一番了解，并大致掌握了一下姑娘们的情况，如谁和谁是一对儿，全都是在不久前才明确关系的。唯有潘雅娴目前仍属于"耍单儿"，对此，贺政委感到暗自欢喜。自从仙台里一别，他的心中就已经有了潘雅娴，并时常想起她，每当此时，他也会回忆起自己曾说过"后会有期"，果然，就在此时此地会面了，怎不叫人喜出望外又兴高采烈呢！尤其是在陈赓副司令员问起时，并在吴支队长答应给牵线搭桥之后，更是朝思暮想地筹划起未来的生活。可是，在吴支队长给了他回信之后，他发热的头脑又冷静了下来，下决心等等再说。

又过去了好些日子，吴支队长看着贺政委仿佛并不着急的样子，便有些沉不住气了，这正应了那句话"皇上不急太监急"呀！

一天，吴支队长对贺政委有点质问似的说："你咋还不发起攻势呢？说不定哪天陈副司令再问起这事儿，你咋说？说我没帮忙？"

"不会的，哪能那么说呢！司令员不是回国疗养了嘛，不急不急！"

"还不急呢！我听夏副部长说，毛主席已下令了，要他重返前线代替彭老总主持志愿军总部的工作。你呀，还是抓紧点的好！否则在陈副司令面前我可无法交代。"

"嗯哪！"贺柏年尽管嘴上答应着，但心里主意已定：你有千叮咛万嘱咐，俺有一定之规，反正还不到百天，俺再着急也没用。人家的心上人没了，再往她的心里装另一个人，难啊！俺要爱她就得关心她、替她着想，理解她、体谅她。

又是几天过去了，吴支队长见贺政委毫无动静，便又催了他一次，说："你为什么还没有动作？"

"俺在等她呢。"贺政委说。

"啥？你等她干吗？你不主动，难道还让人家一个大姑娘主动？真是岂有此理！"

"不，不是这个意思，俺是说，等老柳牺牲过了百天，等她的心情平静下来之后。但俺并不知道究竟是哪一天才是百天呀？"

"啊，这个呀，现在已是3月底了，我看也差不多了……"

没等吴支队长说完，贺政委便抢话说："其实，俺们共产党人并不迷信这个，只是俺们河北老家民间有这个讲究，再说也需要给她一点时间，她的思想感情需要转个弯子，听说老柳的牺牲对她的打击是很大的呀！"

"那好吧，我再跟她谈谈！"

"拜托了，我先表示感谢，小弟这厢有礼了！"贺政委说着就弯下腰，左手搭在右手之上双手抱拳作了个揖，逗得吴支队长哈哈大笑。

吃晚饭的时候，吴支队长打完饭，端着两个碗一转身，刚好看见潘雅娴迎面走过来，吴支队长说："晚饭后，咱们到停车场上走一走。不值班吧？"

"好的，不值班。"潘雅娴心明镜似的，知道是干啥，便爽快地答应了下来。

当天晚上，吴支队长走进贺政委的办公室，告诉他已同潘雅娴谈过了。两人坐下后，吴支队长便把谈话的情况向贺政委叨咕了一遍："我和潘雅娴谈话时，她边谈边哭，而且哭得挺厉害，她觉得有点对不住贺政委，那天她没有直接肯定地答应贺政委，其实并不是不同意，她对政委还是挺有好感的。"

"今年的清明，是柳协理员牺牲后的第一个清明节，潘雅娴就是想在清明的时候去扫墓，以便告慰先烈的英灵，向他倒倒心里话。"

"这孩子挺重感情的，而且是个感情专一的人，这是很难得的；事实证明她并非那种见利忘义、见异思迁、水性杨花的女人，我想，对这一点，政委应该感到高兴，多理解她才是。"

吴支队长就这样说说停停，絮絮叨叨地终于把自己的心里话都向贺政委和盘托出，在吴支队长的心里，总觉得潘雅娴挺令人同情的，便不断地说服贺政委要多同情她，并与贺政委商定，清明节组织一次扫墓活动。同时建议贺政委，等潘雅娴扫墓归来，要主动靠上去，好好地安慰安慰她。贺政委便言听计从地一一答应了下来。

斗转星移，很快就进入到四月。连日来，春雨阵阵，淅淅沥沥，雨露滋润着大地，眼见清明节就要来临。

管理股股长杨天喜接到电传通知后，准时于清明节的前一天，从安东留守处带着给养车来到了前方。吴支队长特意叫他来，一是参加给他的老搭档柳协理员的清明扫墓活动；二是让他同新来的贺政委见见面。那天早上，杨股长刚下车，吴支队长便拉着他去见贺政委，并当面给他们俩相互做了介绍，说杨股长是南泥湾三五九旅出来的老当益壮的老革命；说贺政委是冀中平原敌后武工队出来的年轻有为的小八路，于是，一个老革命，一个小八路，两人就像久别重逢的老战友似的，热情握手后竟然还拥抱在了一起，当然是贺政委从尊重老革命的角度主动拥抱的。

扫墓那天，吴支队长带着杨股长和各单位的代表，共二三十人去新安州志愿军烈士陵园扫墓，临出发前，还专门安排了两名女同志，形影不离地保护着潘雅娴。据回来的人说，到了陵园后，一走到柳协理员的墓前，有一个算一个，大家便都抑制不住地痛哭了起来，那场面特别感人，潘雅娴更是伤心欲绝，连那两个负责保护的人也和她一起抱头痛哭，老股长也哭得挺厉害，经大家一再地劝说才把他（她）们弄上车。惹得其他部队来扫墓的人，都纷纷朝这边张望……

1952年的清明节，刚好是星期六，晚上自由活动，一对情侣按着事先的约定，先后来到了停车场上，一些年轻人见状玩了一会儿球便赶忙收了场，抱起篮球都跑回坑道去了，整个停车场上又逐渐恢复了往日的宁静。贺政委与潘雅娴，肩并肩地踏着雨后湿润的沙石地面在散步，起初两人都沉默无语，只是沿着停车场的边缘绕着圈子，其实，两人的心中都在翻江倒海似的思忖着，思绪万千，不知从何处谈起。绕了一圈又一圈，也不知绕了多少圈，贺政委清了清嗓，终于开口了："你的心愿总算是了却了吧？"

潘雅娴不停地用牙齿揉搓着左半边的上嘴唇，半天没有吱声。

"人已去，不可能再复生，悲痛也总得有个尽头，来日方长，你的好日子还在后头哪，不能就这样没完没了的吧？"

潘雅娴听了这番语重心长的话，反倒低声啜泣起来。

"已经哭了一天了，怎么又哭上了呢？当心身子呀！"

"……"

"中了，别哭了吧！难道你还是不愿意接纳俺？"

"人家说过不愿意了吗？"

"那得等到多咱才能接纳俺？"贺政委问道，操着河北老家的土语"得（děi）""多咱（zǎn）""俺（nǎn）"，还掺和一些新词儿"接纳"。

潘雅娴语塞了一会儿，突然说道："这不是已经接纳了嘛！"

"真的？"贺柏年惊喜地将潘雅娴拉入怀中，两人就这样亲密地站着，也不知道他们究竟站了多久……

一天，志愿军司令部情报部的夏副部长突然来到了207支队，吴支队长、贺政委热情地接待了他。坐定后，夏副部长说："4月7日，彭老总已回国治病了，现在由陈赓代司令员正式全面负责志愿军的领导工作，首长打算召开一次'构筑坑道工事经验交流会'，参会的人员都是各兵团和各军的参谋长，会议地点在桧仓，时间大约在本月底，会上将有个内容，安排与会人员到你们这儿参观，首长让我来通知你们，适当地做些准备，在坑道里搞个祝贺经验交流会的召开并表示欢迎参观之类的条幅，造造气氛；届时还请吴支队长做个介绍，施工用了多少时间，坑道内的设施、功能作用及其效果；另外，首长说停车场太小了，建议你们发动大家抽空把它向外扩展一下，平时也好用来打球、出操。"

贺政委听到这儿乐坏了，便急忙插话说："中！忒好了，首长想得真周到，前些日子俺正在琢磨着，准备跟支队长商量一下，俺们把停车场往大扩一下，修个篮球场呢，如此说来岂不是一举两得呀，中！而且俺还想利用下面那个峡谷地带修个游泳池，到了夏天让大家有个锻炼身体的场所，总不能让同志们天天都待在坑道里头，见不到太阳呀！是不是？"

吴支队长马上打断政委的话说："那个咱们以后再商量，现在看看夏副部长还有啥要交代的。"

"要考虑停车场得能停下10辆吉普、10辆中卡和两辆嘎斯51，还得便于汽车掉头，其他的就没了，你们忙吧，我的任务完成了，也该回去了。"夏副部长起身就要向门外走。

"吃了饭再走吧！"支队长和政委连拖带拽地紧忙挽留。

"不了，用不了一个小时就到桧仓了，首长还等着听汇报呢！"夏副部长走到办公室门外又转回身，说，"不过，你们得抓紧啊，只有半个月的准备时间了！"

"好的，误不了！"支队长、政委赶紧答应道。

送走了夏副部长，吴支队长走进坑道直接回到了自己的办公室，贺政委也随后跟了进来，说："支队长，你看俺的想法中不？"

"想法倒不错，好是挺好的，就是游泳池的工程太大了，战备工作这么忙，恐怕咱们承受不了，以后再说吧！眼下得先解决停车场的问题。"说完，便叫鲁参谋找雷干事和管理股李卫平来开会。

鲁参谋、雷干事和李卫平副股长3个人，领受任务后经过周密的策划，找来篮球队的一帮人一起研究后，画出了一张图纸，送到了吴支队长手上，吴支队长又找来贺政委一起商量，正在此时，电话铃响了，是志司情报部夏副部长打来的。原来，夏副部长回去后，向陈赓司令员做了汇报，首长听了挺高兴，觉得贺政委的想法挺有创意，说明他已开始能从这帮小知识分子的切身利益和实际需要出发来考虑问题了，符合爱兵的思想，这也证明小贺的心已沉下来了，能为部队的长远建设着想了，应该给予支持。夏副部长在电话中说：

"首长决定，派一个工兵排来帮助搞，你们的任务是选址，在哪儿建停车场、哪儿建游泳池，搞多大，有啥要求，都由你们定，其他的不用你们管，全由工兵排排长和工程技术人员负责，10天内解决问题，不过，吃和住还得请你们稍微帮个忙。"吴支队长一边接电话，一边乐得像小孩子过新年似的，一个劲儿地说："谢谢司令员！好，好，好，没问题！没问题！"放下电话后，跟大家一说，可把大家高兴坏了，雷干事乐得直蹦高，他说："这一下可好了，有工兵排来干，肯定比咱们干得又快又好！"贺政委尽管比其他人都要老练一些，但此时的他也无法掩饰自己心中的喜悦，由于自己的大胆设想得到了上级首长的认可，因此，他比任何时候、比任何人都高兴，心里始终是美滋滋的。

工兵排来了，他们带来了一些现代化的施工工具，正像雷干事所预料的那样，不仅工程进度快，工程质量也好，10天任务一周就完成了，停车场扩大了好几倍，比两个篮球场还要大，中间立上了一副篮球架，也就是在地面埋两根木杆，上面钉几块板，架子虽然简陋，但篮球筐和网都是新的，是留守处从辽东军区政治部新领来的。由于担心池水被坑道排污污染，游泳池没有建在下面的峡谷里，而是建在坑道西侧的山涧里，比较隐蔽。下边垒砌了一道约一米宽十几米长的拦河大坝，三面的水都可截住。虽然并不那么标准，但容纳几十个人游泳是没问题的。于是，人们都盼望着夏天赶快到来。

这段时间里，可把雷干事乐坏了，出来进去总是张着嘴乐个不停，连晚上睡觉都在喊口号。同时也把他累坏了，一方面他作为用户的代表，不断地配合人家施工，跑前跑后地端茶送水；另一方面作为政工干部，他有责任协助施工排长搞好宣传鼓动，同时在他们工间休息时，组织一些同志表演小节目以鼓舞士气，因此，工程进度特别快。为了表示感谢和欢送，在工兵排撤离的前一天晚上，就在停车场上，雷干事还积极策划了一场联欢会，当然少不了金月容演唱的《王大妈要和平》和田枫的《老太太种地瓜》，还有三大队的舞蹈《草履童》等，双方都出了些节目，工兵排的战士们情绪特别高涨，不停地喊着："再来一个要不要？""要！"会场气氛非常热烈，取得了很好的效果。

一晃，洪彩霞回留守处已经两个月有余了，杨玉莲总觉得自己整天无所事事，很多事情原本应该是由股长办的，她感到名不正言不顺，在股里也不便指手画脚，便主动提出回后方去，周副支队长也感到孩子尚小需要她照看，也同意她回去。在征得吴支队长的同意后，杨玉莲向大家告别之后便回后方去了，把洪彩霞换了回来。洪彩霞一回来就埋头干工作，把股里的各项工作搞得有声有色，井井有条，但忙过了之后，每当闲下来的时候却免不了又要想孩子了。

大家整天忙忙碌碌的，时间过得很快，转眼就要到4月底了，除了业务值班，其他的工作全都停了下来，人们都投入到迎接"构筑坑道工事经验交流会"的与会人员来此参观的准备工作中，一些人布置会场，贴标语、摆凳子，一些人整理环境卫生，整个坑道里欢天喜地，热闹非凡，贺政委还专门派雷干事和鲁参谋去高炮营，向他们营长、教导员通报了情况。他俩返回时还带回来一个意见，说高炮营要求在咱们两家之间架设一条电话线，如果咱们同意的话，人力、物力全由他们负责，政委听后便交代给鲁参谋说："不用他们出人、出物了，由你带上电话员，干脆俺们把电话线架过去就是了。"鲁参谋领受任务后就去找到洪股长，打了招呼之后就带人去架线了，洪股长为了熟悉情况便也跟了去和战士们一起架线，不到两个小时，鲁参谋就回来向政委报告说线路已经架设完毕。说完便拿起电话，让总机接通高炮营找营首长讲话，电话接通后，鲁参谋便把话筒递给了贺政委，"喂，哪位？噢，王教导员啊！我是207支队的贺柏年，过两天志司要在俺们这儿召开一个重要会议，情况你不是都知道了吗？来的车辆较多，目标也比较大，对，对，俺们共同来完成吧！好的！电话已架设好了，这回方便多了，有事儿请多联系，啊！好的，就这么着吧。"

大家一连忙了好几天。其实，经验交流会总共还不到一个小时就结束了，参观人员都是兵团和军的首长，他们只是里外走走看看，听吴支队长介绍情况时，有的人甚至连坐都没有坐下，夏副部长见状便走过去悄悄地告诉吴支队长："简短一点，时间长了，外面的一大片汽车会惹麻烦，一走一过让大家有个印象就行了。"吴支队长领会了意图后便匆匆忙忙地结束了发言。然后，把与会人员都送上了车，夏副部长再次同吴支队长握握手，摆摆手，随后就转身上车走了。

别看会议开得这么简短，但其意义可是相当重大的。在整个战场上，有力地推动了坑道防御工事的建设，其更大的作用还在后边。就眼前来看，停车场扩大了好几倍，一个像样的篮球场也就成型了，这就把关庆春、郭大江、米志强、邵建平那几个球迷可乐坏了，每天晚饭后，球场就几乎成了他们几个的天下，抱着篮球热火朝天地活动起来了。喜欢排球的金月容、李德宝等人见此情景沉不住气了，便也积极组织起来，但没有球网无法进行比赛，只好找几个人在一边围成圆圈托球玩。尽管如此，在战争情况下，能够有球玩也就心满意足了。"五一"期间还举行了篮球比赛，支队部各股出一个代表队，每个大队各出一个代表队，比赛结果，由二大队和一大队分别获得冠亚军。贺政委虽然篮、排球都不会玩，也不敢下场去和大家比试比试，但看到部队如此生龙活虎的样子，心里早已乐开了花，甚至暗自庆幸，觉得自己当初主张扩大停车场、修建篮球场的创意，经事实证明是完全正确的。

一天下午，贺政委突然接到高炮营王教导员打来的电话，放下电话后便走到吴支队长的办公室，向支队长复述了电话的内容，说："高炮营的五连抓到了一个特务，经过初审感到与俺们有点关系，叫俺们派人去帮助审讯。"贺政委准备自己亲自带人去，吴支队长说政委的腿不大方便，让周副支队长去吧，政委说正好送给养的车还在这儿，可以开给养车去。吴支队长听后则不好再坚持自己的意见了，便指派雷干事、高密、李德宝等人陪同贺政委一起前往。贺政委一行到了高炮五连驻地后，先听取了高炮营王教导员和五连张指导员的情况介绍。原来是连队里的对空侦察员发现远处的山丘上有个反光的东西一闪一闪的，他就用手中的望远镜好奇地对准闪光点看了一下，结果，发现草丛里有个东西在动，再仔细一看，好像有人手拿望远镜正在向207支队驻地的大山上进行观察。连里接到报告后，便指派一排长带领5名战士悄悄地包抄上去，就把那个特务抓了起来。贺政委听完介绍，在王教导员、张指导员和营部朝鲜语联络员的配合下提审了那个特务。

提审时搞得挺正规，在帐篷里，贺政委正襟危坐，摆出了一副尊长的威严，王教导员和张指导员分坐两旁，高密与李德宝担任翻译，由雷干事做记录。营部联络员站在受审人的旁边担任押解任务。审讯一开始，贺政委便问："你是什么地方人？"

李德宝看受审人长得像朝鲜人，便用朝鲜语翻译了这句问话。

高密见受审人毫无反应还以为他是日本人，便用日语问他："你是日本人吗？"

李德宝见他仍无反应，便再次用朝鲜语问他："你到底是什么人，是日本人还是韩国人？"营部联络员见受审人还不说话，便说了一句："他是韩国人！"然后便用朝鲜语对受审人训斥了一顿，告诉他要端正态度赶快回答问话，于是，受审人脸上的表情在急速地变化着，说明他的内心斗争开始激烈起来，于是，他用英语喃喃自语说："I am a common people（我是良民）."看看没人搭理他，便又加重语气说："I am a good ordinary people（我是良民）."停了一会儿他又壮着胆子用英语大声地重复一句："I am a common people！"看看仍然没人搭理他则改成有气无力地小声重复那句："I am a common people."高密听他的英语讲得并不很地道，又看到他虚张声势、拙劣的表演感到很可笑，只把"我是良民"翻译给贺政委听，并说要看看他咋表演。因此，就没有搭理他，等他表演到了这个份儿上，高密则开始用英语发问了。

"你表演完了吗？"受审人一听，身上打了个激灵，抬起头来看了看，心里琢磨着，想不到他们还有会讲英语的，在场的所有人都看到了，高密的一声问话竟然让那人吓了一跳。

贺政委说："你的表演也忒差劲儿了，还想继续表演吗？你说你是良民，良民的身上带着军用的望远镜干什么？你如果还不老实，我可有的是办法收拾你！"受审人听完了李德宝的翻译后，他便用朝鲜语说："我是在日本长大的有韩国血统的美国人。"

贺政委听完翻译，便问："既然你是在日本长大的美籍韩裔侨民，那你应该懂日语也懂韩语，为什么不回答我们刚才用这两种语言的问话？"

受审人用朝鲜语回答说："我是美国人，我以为你们没人懂英语。"

贺政委听完李德宝的翻译后便说："那你就大错而特错了，你完全低估了俺们志愿军，俺告诉你，你必须老实交代问题！"贺政委从兜里掏出来一支大老卷，对着王、张两位营连首长让了让，看他俩没人接，便自己划火柴点着烟抽了起来，然后又接着问："你从哪里来？受谁的指派？执行什么任务？企图何在？痛快说清楚，俺们中国人民志愿军的政策是坦白从宽，抗拒从严，你懂吗？你想要滑头蒙混过关，可没那么容易！只要你老老实实、痛痛快快地把你所知道的情况都说清楚，我可以保你一条生路。说不说？"

李德宝抢先用朝鲜语把这一段话翻译出来，只见那人扑通一声跪倒在地，"我说，我说，我全都说！"

原来他是韩裔美国人，受远东情报局韩国联络事务所的派遣，前来寻找中国人民志愿军207侦察支队的驻地，以便派大批飞机来进行轰炸。据他交代，听上边的人说，在中国人民志愿军里，有个207工作队相当厉害，掌握着"联合国军"的很多情况，上边决心要炸掉它，就是不知道在哪儿，已经派遣了好几批人，全都有来无回，有的被志愿军打死了，死的死，跑的跑，下落不明了。并说："前不久，特工在顺川发现了一个可疑的地方，曾经派了侦察机进行拍照，却被贵军打掉了。"他迟疑了一会儿，又接着说："我曾奉命前往该处查看过，并未发现什么有用的情报。"据他所知，按原定计划在他完成任务后，仍会派侦察机来拍照的，然后就会有大批飞机来轰炸。他还交代说，美军中央情报局早在1944年就制定了一份有40多页的《简单破坏战地手册》，专门用以训练特工人员，并说，除了远东情报局韩国联络事务所之外，还有一个"北派工作队"也经常会派特工人员来朝鲜搞侦察。

当时，贺政委觉得，敌人派遣的企图已基本弄清楚了，便下令把特务带下去，然后同王、张两位营、连首长商量："现在情况已经搞清楚了，这个特务留着也没啥用了，就请你们派人把他押送到当地郡的警务部门去处理吧！另外建议给那位侦察员和参加抓捕工作的排长和战士们请功，手续由你们办，奖品由俺们准备，开庆功会的时候俺们派人来参加。中不中？"王教导员和张指导员都齐声答应："好，好！中，中！"

当贺政委返回支队后，把这些情况汇报给两位支队长后，并说："连美国远东情报局都知道俺们207支队的番号，这还了得呀！我刚听到的时候还浑身直冒冷汗呢！"两位支队长对此进行了分析，认为有可能是在进入坑道以前，曾有过几次转移，都是住在群众的家里，难免会被敌人侦察到；再者说，也有可能是咱们的情报在使用过程中暴露了来源而泄露了番号。"我们侦察敌人，敌人也在侦察我们，这不奇怪，只要咱们加强保密和认真做好安全保卫工作就是了。"两位支队长对贺政委进行了一番安慰，并同意按他们立功受奖的人数、等级，分别准备奖品，然后由贺政委带人去参加庆功会。吴支队长建议贺政委准备一下，进行一次敌情教育，以便提高大家保守机密的警惕性和遵守纪律的自觉性。这也是有备无患嘛！

缘分

　　缘分这个词儿，本是佛教的说法，主张人与人之间存在着由命中注定的相遇机会。在我们现实生活中，人与人的相遇、人与事物之间的联系往往都存在着一定的可能性，人们常说有缘千里来相会就是这个意思。但有时候也会有一种近在咫尺而不结缘的情况，人们就把这叫做有缘无分。

　　此时，已不能再与璀璨缤纷的春天相比了，神奇的大自然已把初夏打扮得生机勃勃，坑道外面早已呈现出另一番景象，广阔的山坡上五颜六色，百花争艳；每逢下大雨时各个山头上水流不止，耳听哗哗作响的水声，欣赏着高山流水的情景，令人别有一番滋味在心头。

　　李奇微一味拖延谈判，在战场上推行其磁性战术，仍企图不断扩大战争，杜鲁门却担心在朝鲜半岛上越陷越深，希望能在大选之前结束战争，因此杜鲁门对其做法感到担忧和反感，与艾奇逊商谈后，便于1952年5月12日将李奇微调回欧洲战场，任命克拉克担任了远东军最高司令官兼"联合国军"总司令。

　　前方谈判的原则、策略一直都是在毛主席、周总理的亲自指导下进行的。1952年5月18日，周恩来总理给前方写信，要求发言起草人和记者注重简短扼要地阐述事实，说明真相，暴露和揭发敌人的图谋，避免或少用不必要的刺激性语言，以免西方通讯社不敢采用、转发我们的新闻报道。并告诫大家，要"行于所当行，止于所不可不止"。

　　克拉克到职后，深感兵员不足，便于5月27日提出，要蒋介石从台湾派一个军到朝鲜战场，蒋介石欣然答应，再次命令五十二军做好出发准备。美国参谋长联席会议经过认真讨论后对此予以否决。

6月16日晚上，志愿军司令部情报部的夏副部长打来电话说，前几天，陈赓司令员接到了中央的命令，要回国组建一个现代化的军事工程学院，准备明天起程，并说："申部长请你们支队的三位领导，明天一早到志司来参加欢送。"吴支队长听到这，便说："还等明天干啥，我们仨现在就去。"夏副部长赶忙说："今天别来呀，首长们正在交接工作，陈司令员恐怕没时间接待你们，还是明天吧！"于是，第二天一早，由那个会开车的警卫员张平顺开着上级最新配发下来的后开门、左右两排座的苏式嘎斯67吉普，三位支队首长由驻地出发向志司所在地——桧仓飞驰而去。

夏至以后，游泳池里逐渐蓄满了水，但是山上的水还是比较凉的，起初仅有李德宝等几个北方人敢下去游泳，连日来，随着气候逐渐转暖，中午下水游泳的人不断地多了起来。可是，除少数人有游泳裤以外大都穿着公家发的五福布白裤头，一旦打湿了就遮不住羞了，害得女同志们都不敢上前。后来，贺政委发现了这个问题，便交代管理员进行统计，给大家统一购买游泳衣、裤，再后来就逐渐地传开了，修建这个游泳池原来还是贺政委提议的，大家都从心眼儿里感激贺政委，不少人还由此改变了对贺政委的看法，觉得他越来越爱兵了，真正能设身处地地为兵着想了。后来，参加游泳的人逐渐增多，雷干事还划定了浅水区，让女同胞和不会游泳的男同志在浅水区游，特地安排了专人负责保护。雷干事还组织了几次选拔赛，计划于"八一"建军节搞一次正式的游泳比赛。消息传开之后，极大地鼓舞了游泳爱好者们的积极性，中午和晚饭后都抓紧到游泳池进行练习。这对大多数人来说，不仅增加了水中嬉戏和亲水的机会，而且也让大家得到了充足的日光浴，而增强了体质，促进了健康。

经过雷干事的一番精心筹备，恐怕是在战争环境下整个朝鲜独一无二的一次游泳比赛，于"八一"这一天的中午正式开始了。参加比赛的选手都是经过选拔出来的，所以水性都是很不错的。经过一番较量，获得前三名的是：在渤海湾的海边长大的高密，长江边上长大的孟昭生，黄河边上长大的万国新，还正儿八经地举行了颁奖仪式，战友们都热烈地向他们表示祝贺，他们的成绩也都被雷干事载入了207支队的史册。

进入8月以后的一天，李克农家里传来喜讯，得了个大孙子，代表团的工作人员都纷纷嚷着要李克农请客庆贺一下。李克农便笑着拿出来一瓶不轻易喝的茅台酒宴请大家。有人提议给孩子起个名字，南日大将便说："他是爷爷战斗在开城的时候出生的，为了纪念这个地方，纪念朝中友谊，就取名叫开城吧。"众人齐声说妙，李克农也点头同意。当电告北京后，李克农夫人便以盼望夫君早日凯旋之意，取开城的谐音给孩子起名为李凯成。

谈判地址转入板门店以后，一段时间以来，侵朝美军片面地中止停战谈判，板门店会场冷冷清清，人们一旦闲下来就难免会产生思乡之情，中国代表团的工作人员，都盼望着国内的信使赶快来到。一天，来了个信使，大家一看这位信使却是乔冠华的夫人、外交部新闻司司长龚澎。派这么一位大干部来当信使还是头一次，大家都感到很奇怪。李克农把大家招呼到一起说："你们都看到了吧？周总理的工作做得多细呀！咱们都学着点儿。"祖国亲人的到来，使冷清的战地生活变得热闹而富有生气。大家在一起开玩笑说："远学胡公（周恩来）近学峡公（李克农），可是我们学不来呀！""他们二位都善解人意，富有革命的人道主义精神哪！"

和谈始终是在谈谈打打、边谈边打、打打谈谈中进行着。每次谈判之前，李克农都要与谈判班子成员一起熟悉文件，商讨对策，有时还组织模拟演习。所以不管怎么谈，怎么打，孙悟空的花招始终离不开如来佛的手掌心，随着谈判的进行，我方既有针锋相对又有灵活机智。这其中的奥妙让敌、我、友很多人都感到费解，尤其感触最深的是参与和谈的友军将领们，每次到了谈判桌上，对方的表现总是与我方事先研究对策时所分析、预计的情况都差不多，于是，他们便猜测，莫非敌中有我不成。一次，朝鲜人民军的南日大将便疑惑不解地讨教李克农同志，得到的回答是肯定的，并说若不了解对方的底细如何能打胜仗呢？其实在周总理和李克农的手上都各有一支鲜为人知的神秘队伍掌握着战场上的情况，但能够公开透露的也只有207支队。于是，便坦诚相告，除了派遣以外我们还用了技术侦察手段。朝鲜方面得知后便要求志愿军派人去帮助他们培训出一支队伍，首长们对此感到不便拒绝，但又觉得咱们自己的人手紧张不便派人去，便同意他们派少量的骨干人员来学，待学成回去之后进行滚雪球式的传帮带，逐步壮大队伍。

过了不久，207支队便接到了通知，准备为友军培训骨干。几天后，夏副部长陪同一位朝鲜人民军少校带领男女十名尉级军官，来到207支队准备接受培训。吴支队长送走了夏副部长之后，便给他们安排了食宿，并交代宋大队长安排人负责上保密教育课，然后，便与人民军少校共同研究培训计划及人员分工定位等一系列问题。因为高密同志曾多次给新学员进行过保密教育，所以宋大队长便找到了高密，与其共同商量，高密同志考虑到李德宝在语言方面比自己强，便力荐由李德宝来负责保密教育课，并表示，愿把自己的讲稿给他做参考，最终得到了宋大队长的认可。

第二天，培训开始，首先由人民军少校宣布开学，并要求大家好好向志愿军道冒同志学习，不辜负敬爱的领袖和人民的重托，并当场宣布了纪律，培训期间不准外出，不准写信，不准打电话，并规定无人陪同不许在坑道内随便走动等。接下来，就是吴支队长作报告，吴支队长首先致欢迎词，讲了几句后便请人民军少校给翻译，然而少校说，不用翻译了，他们大多数人都会讲汉语，少数讲得不太流利，但尚能听得懂。吴支队长发表了欢迎词之后主要讲了工作性质、意义及要求。然后留点时间让大家按照我们的方式进行讨论，表决心。下午，由李德宝负责上保密课，他讲得头头是道，条理清楚，既有上级的规定，又有自己的实践体会。下边听课的人大多与他年龄相仿，有的还稍大些，听他讲课都感到挺惊讶，有一位人民军女少尉军官，听得挺入神的，眼睛都直了，也不知道她此时此刻都在想些什么。

第三天分配的时候，大都去了技保与话务，那位人民军女少尉刚好被分到了高密的中队，当高中队长把她从支队部领回来，她一进门便给中队里的同志们敬礼，并喊着："你们好，大家！"她这种特殊的语句，把大家都逗乐了，同时都使劲地鼓掌表示欢迎。晚饭后，中队里召开了一个小型的欢迎会。高密中队长首先把中队里的人员都一一作了介绍，然后又把人民军女少尉军官的情况，简单地作了介绍。原来人民军女少尉军官的名字叫景仰华，是在中国吉林长大的，会讲一口流利的汉语。由于坑道里被覆的顶棚是连通的，为防止声音传导干扰别人办公，所以把欢迎会安排在晚饭后进行。赵阿春为了开好晚会，特建议把金月容借过来以增加欢迎晚会的气氛，金月容过来后一连唱了好几首歌，确实给晚会增色不少，大家也集体合唱了几首歌，又让景仰华跳了几个舞蹈，差不多就到了晚7时上班的时间，金月容便回到自己中队去了。然后继续开会，转入相互介绍情况，中队里每人发言都先表示欢迎，然后介绍自己，大家轮流都说了一遍，最后由景仰华作自我介绍，她首先说自己其实是个中国人，是在中国长大的延边族，李德宝听了便立刻纠正说，那不叫延边族，而是中国延边的朝鲜族，并告诉她自己就是在那片土地上长大的。

景仰华，人长得挺秀气，细细的眉毛，明亮的眼睛，高高的鼻梁，娇小的嘴唇。身材、脸盘、头发、步态都给人一种和谐美，尤其穿着那身人民军的军装，腰扎武装带，显得英姿飒爽。景仰华的汉语说得挺好，就是喜欢用倒装句，大概是因为学过俄语受其影响吧。据她说，那还是在20世纪20年代初，景仰华的爷爷、奶奶不堪忍受日本占领者的压迫，于是便带着她父亲和叔叔逃离了朝鲜，到了中国的吉林省延边地区，一住就是几十年。1946年，她叔叔参加了东北民主联军，后改为中国人民解放军，参加过"三大战役"，也曾负过伤，平津战役后随四野部队南下，当部队打到广西时奉命回到了朝鲜，有3万多人先后回来，都改编成了朝鲜人民军，于是，她爷爷便带着全家人回到了朝鲜老家九龙里。她还说她叔叔现在是人民军的上校团长。景仰华出生在中国，并在中国读完小学，刚上了初中就回到了朝鲜，又继续念完中学，战争爆发后全班同学不论男女都集体参加了朝鲜人民军。今年，尚不到20岁，她生命的四分之三是在中国度过的，她说她对中国是有深厚感情的，"我怀念童年的山和童年的水，和那童年的黑土地，在我的名字里就含有仰慕中华的意思，希望将来仍然能够回到中国去！"同志们听了她的自我介绍，都挺受感动，大家安慰她说，中朝两国人民自古就亲善友好，如今，共同抗击美帝国主义更是亲如一家，大家都是一个战壕里的亲密战友。

赵阿春过后对大家说："你们瞧她那一张脸，长得多像一本小说里面的一个人物。"赵阿春用手拍拍自己的脑门，想了半天也不能肯定地说：

"好像是托尔斯泰笔下的安娜·卡列尼娜……"岳为民听了觉得不太对劲儿，便马上拦住说："得了吧！安娜·卡列尼娜已经是一个8岁孩子的妈妈了，人家这位可还是个黄花大闺女呢！"赵阿春狡辩说："反正我第一眼就发现，在她的身上有一种特殊的魅力，你看她那高挑的身材、高高的鼻梁，让我不由自主地就想到了安娜·卡列尼娜。"

景仰华到来之后，高密中队长安排了由李德宝负责带她。李德宝在请示了中队长之后，认真做了准备，一连几天，都是上午、下午办公时间在给景仰华上课，晚上给景仰华布置完作业后，便抽空检查一下白天的业务工作，因为白天的业务都是由张来顺和钟惠生等几位新同志完成的。他在检查工作时，张来顺和钟惠生便辅导景仰华完成作业。如此这般，景仰华进步很快，由于在语言上没有障碍，交流方便，所以短时间便取得了很好的成绩。经过半个月的紧张培训，又经过高密中队长的考核，认为景仰华已经具备了上岗的水平，便开始安排她值班，促使她能早日独立担负工作，以尽快完成培训任务。

景仰华本是个很重感情的人，这段时间以来，在她与李德宝的接触中，逐渐地对其产生了好感，有事没事就借故找他请教问题。而李德宝由于自己的业余时间需要补习英语，所以常常叫张来顺和钟惠生他们俩给解答。一来二去，景仰华也发现了，李德宝对自己所表现出来的亲近似乎反应很冷漠。于是便找了个机会和李德宝到坑道外面去散步，大胆地向其表露了心怀，说中国南宋时的李清照曾说过这么一句话："山间石多真玉少，世间人稠知音稀。"吟完这两句诗之后便说："我感到，一般的对象好找，但真正的知音难寻。"李德宝听出了这几句话的弦外之音，他觉得这种情感是一个女孩子处于热恋中才会有的，于是，便对她进行了一番劝说，当前国家正遭遇到战争，我们每个热血青年都应该为国分忧，积极贡献自己的力量，去争取战争的胜利。李德宝在劝完了景仰华之后，同时也表达了自己的心情，说："我国唐朝有位叫王翰的诗人，曾写过这么两句诗：'醉卧沙场君莫笑，古来征战几人回。'自从我来参加抗美援朝的那一天起，我就已经做好了战死沙场的思想准备。"李德宝说完，注意观察了一下景仰华的反应，然后又接着说："当前，我除了努力完成自己所担负的工作任务，其他的一概不考虑，将来能不能活着回家尚不一定呢！"李德宝之所以这样说，就是故意给景仰华一个软钉子。可是，景仰华并不死心，她喜欢李德宝的工作能力，看似很难的工作只要他一上手就很快地迎刃而解了；她也喜欢他的工作作风，说话办事干脆利落。她总觉得像李德宝这样如同红宝石一般时刻闪耀着智慧光芒的人，是很难遇到的，她不想错过。然而李德宝的态度已经很明确，景仰华纵有柔情万种，也只能深埋心底。

他们俩的一出出、一幕幕都装在赵阿春的心里，她看得真真切切、明明白白，于是她便把这个为爱痴情的故事汇报给高密中队长。其实高密中队长对此也早有察觉，只是感到为难，听了赵阿春的汇报后，认为李德宝不谈是对的，应该给予肯定和支持。于是，高密同赵阿春商量，请她抽空与李德宝谈谈。

赵阿春于是找李德宝谈心，首先告诉他，中队长晓得他们俩的事儿了，并且也晓得他的态度，中队长认为不谈是对的，这里牵涉的问题很多，诸如国籍问题、两军问题，等等，都不好办，采取慎重的态度是对的。李德宝一边听一边不停地点头，似乎也觉得自己的行动得到了党组织的认可，而发自内心地高兴。同时也感到景仰华的情绪值得重视，自己有必要提醒她，并把这个想法与赵阿春进行了交流，得到了赵阿春的赞许。

晚饭后，李德宝约景仰华散步，景仰华愉快地答应了。她觉得好不容易熬到了这一天，晚饭时急忙吃完了饭、刷好了碗筷，把碗筷放在碗架上，然后就站在餐厅门口的走廊上等待着，因为坑道的大门尚未打开，她一个女孩子是根本拉不动的；再说人民军少校对他们这些学员有规定：没有负责培训的同志带着，是不准许单独走出坑道的。

李德宝同景仰华走在崎岖的山路上，心中感慨万端却不知从何说起，看了一下天气便顺嘴说："立秋已过去一个多月了，现在已经进入秋天了，再过几天就是今年的第16个节气秋分了，到了那一天白天晚上一样长，昼夜均分，都是12个小时；过了秋分就一天比一天短了，白天短夜间长；等到冬至以后……"

"你找我来就为了谈天说地呀？"景仰华听着实在不耐烦了，便打断了他的话。

"不，不是的。我是说现在已是秋天了，秋天的特点是一场秋雨一场凉。秋风凄凄，叶落草枯，很容易诱发人的忧郁情绪，让人伤感，因此有的人很容易悲秋。秋思、秋念、秋惆怅。我希望你在精神上要有所准备，要做到内心宁静，精神上需要振作起来，不要多愁善感。"看看景仰华不动声色，李德宝便又进一步地表明了自己的态度："最近，大家都发现你的情绪不高，你最好不要这样，应该把你的职责和任务放在第一位，你要努力完成学习任务；你完成了任务，我的任务也就好交代了，否则，我是要挨批评的，搞不好还要受处分呢！"李德宝的苦口婆心，使得景仰华稍稍受到了一些触动，思想上多少有点开窍，于是，便表示："一定会很好地注意就是了。"

刚过完国庆节不久，207支队获悉，美第八集团军司令范佛里特准备了一个"摊牌行动"向克拉克献计献策，并保证用五天的时间，以牺牲

200人的代价，妄图迫使中朝部队后退一公里，以达到他们在谈判桌上的有利地位。得到克拉克批准后，便于10月14日开始向金化东北地区的上甘岭发动了进攻。上甘岭东、西两侧的高地是我志愿军五圣山阵地的前沿，它的得失，不仅直接影响五圣山阵地，而且关系到整个防线的安危。因此，志愿军总部接到207支队的报告后，便下令寸土不让，第三兵团则依托着以坑道为主体的防御工事坚守阵地，打退敌人多次冲击后便转入了坑道坚持战斗。

1952年，在朝鲜战场上是英雄辈出的一年。在全军乃至后来在全国进行宣传的就有：

罗盛教，湖南新化人。1月2日在朝鲜平安南道成川郡石田里，冒着-20摄氏度严寒三次跳入冰窟窿里，救出滑冰落水的朝鲜少年崔莹，自己却因精疲力竭而光荣牺牲。牺牲时只有21岁。

杨连第，天津人。5月15日在朝鲜平安南道，冒着敌机轰炸抢修清川江大桥时，不幸壮烈牺牲。

邱少云，四川铜梁人。10月11日在朝鲜金化以西391高地的战斗中，他和全排战友奉命趁黑夜潜伏在距敌60余米处，等待第二天傍晚发起战斗，以便突然袭击敌人。可是，第二天中午，他却被敌人打过来的燃烧弹所引起的烈火烧着了，为了不暴露目标，他坚持一动不动地忍受着烈火烧身的剧痛，直至壮烈牺牲，保证了整个战斗的胜利。

黄继光，四川中江人。10月20日在朝鲜上甘岭战役中，当部队进攻遭到敌人的集中火力点所阻时，他挺身而出勇敢地冲向敌人的火力点。当他投掷完手雷，消灭了几个火力点之后，发现仍有一个暗堡向外射击严重影响我军进攻，于是他便忍着伤痛爬到暗堡跟前，毅然决然地直扑上去，用自己的胸膛堵住了机枪射孔，就在这短暂的瞬间部队便冲了上去。他的壮烈牺牲，保证部队完成了攻克高地的任务。

每当上级文件传下来，贺政委都要对部队进行一次传达教育。最近，上级发来有关上甘岭战役中黄继光事迹的通报，他觉得事关重大就同吴支队长商量，利用这次机会在全支队范围内开展一次革命英雄主义教育，准备拿出一周的时间，每天下午的业务活动暂停，都用来进行学习，在得到了吴支队长的支持后，于10月26日星期日晚点名时，贺政委向全体干部战士进行了动员，讲明了开展革命英雄主义教育的目的、意义以及学习方法、步骤，分为传达、讨论、制定规划等三个步骤。星期一下午传达文件以后，晚上，贺政委又给值班人员进行了补课。雷干事还在大会场里支起了黑板报积极配合。听了贺政委传达的几位英雄人物的事迹后，207支队的上上下下无不备受鼓舞，尤其是黄继光舍生忘死，以自己的胸膛堵住敌人枪眼的英雄事迹，更是让大家受到了一次深刻的革命英雄主义、爱国主义教育。各个中队都积极、热烈地进行了讨论，大家都纷纷写规划、表决心。就这样，一次革命英雄主义教育活动便热火朝天地开展起来了。

在一大队三中队讨论中，岳为民十分感慨地说，他曾看过一本书，苏联在卫国战争时期也出了一位名叫马特洛索夫的战斗英雄，曾用自己的身体堵住纳粹德军的枪眼。李德宝听后便补充说："在军校时，曾听教员说过，辽沈战役打响后，在解放锦州的战役中，也曾涌现了一位堵国民党军枪眼的战斗英雄，叫……"还没等李德宝说完，新来的张来顺和钟惠生就抢先说："叫梁士英。"然后并解释说他们在刚入伍集训时也曾听区队长说过的，"而且锦州人民为纪念梁士英，还用他的名字为一条街命名，叫士英街。"高密中队长听了大家的热烈讨论之后，便不紧不慢地说，在他调来二局之前，所在的新四军第三师特务团，抗战时期就曾出现过一位堵住日本鬼子枪眼的战斗英雄，名叫徐佳标，他应该是我军战争史上第一位用自己的身躯堵住敌人枪眼的钢铁战士，牺牲时年仅19岁。听老同志讲他在牺牲之前就已经是战斗英雄了，在与国民党军的杂牌部队作战时，曾创造了只身一人徒手夺取三挺机枪的奇迹，师里授予他战斗英雄称号。岳为民听后十分感动地说："为了表示向英雄们学习！向英雄们致敬！我提议默哀三分钟！"高密中队长说："我同意老岳的提议！"于是，大家都起立默哀。

经过几天的教育活动后，贺政委从各大队、中队收集了情况，然后于星期六的下午进行了一次小结，他在会上列举了开展革命英雄主义教育以来，部队所出现的一些新气象，诸如，大家的工作热情更加高涨了，战斗的姿态更强了，饭厅的秩序好起来了，操课的人也多了，无故不出操的人少了。并且表扬了一些学习认真、动作快、行动好的同志，说李德宝不仅自己认真学习而且积极辅导新同志，和几个新同志一起开展竞赛，互相帮助互相促进。警卫排的战士们都表示要学英雄做英雄，不怕苦不怕累，英勇奋战，积极努力争取火线入党。而且贺政委自己也表了态，并向大家宣读了个人的行动规划："一是为兵服务上细心，让大家放心；二是组织生活上关心，让大家安心；三是思想工作上耐心，让大家暖心；四是对待同志上诚心，让大家舒心；五是开展活动上精心，让大家开心。"贺政委的"五心"规划，得到了大家一致好评和阵阵的热烈掌声。两位支队长在台下听了也有些坐不住了，便赶紧走上台去表示要向贺政委学习，并且也宣布了自己的一些打算，请大家监督。一场革命英雄主义教育活动，给部队带来了新的动力，各项工作都出现了新的起色。贺政委在后来的工作中，不断地实施"五心"规划，用自己的实际行动带动了部队，同时也赢得了大家对他的深挚而亲切的爱戴。这也充分地验证了一个道理，即工农干部的革命精神一旦与知识分子的智慧相结合，则会产生巨大的活力。

几场秋雨过后，北风也逐渐变得凛冽起来，整个山坡上彰显出一片灰黄，树叶都凋零了，花草也打蔫了，往日那种生气勃勃、绿油油的景象，正在离开人们的生活而一天天地远去了。207侦察支队入朝两周年纪念日，就在革命英雄主义教育中，在谁都没有注意的情况下，一天一天地临近了。只有贺政委却深深地记得，是那一天的夜里，在命运的驱使下竟让他于凌晨时分认识了他的未婚妻潘雅娴。

1952年11月1日晚饭后，贺政委从坑道里出来时，潘雅娴正站在球场边上看打篮球，见贺政委走到跟前便凑到一起，在崎岖的山路上开始了并肩散步。

贺政委说：“今晚你不值班，俺们可以多唠一会儿。”潘雅娴心里明白，今天是星期六，晚上自由活动又不值班是可以多唠一会儿的，然而她却明知故问地说：“为啥呀？”

“今天是周末呀！”贺政委说。

“哪个周末也没少唠，为啥今天要多唠一会儿呢？”潘雅娴仍然不依不饶地追问着。

“今天可与往日不同啊。”

“有啥不同的？”

“今天是俺认识你两周年的日子。”

潘雅娴听了，竟然惊叫了起来，“是吗？你真有心还记得这么清楚！”她的叫声惹得在路上散步的人都把目光投向这边来，潘雅娴不好意思地捂着嘴偷偷地笑个不停，一方面觉得自己有些失态，一方面心里却感到十分幸福："难为他还记得！"

"是啊！那天的情形俺依然记得，因为你给俺留下了很深刻的印象。"贺政委说完，又柔声问道："你累不累？""不累，才走这么一会儿。"潘雅娴回答完，贺政委继续说："那就再走一会儿吧！说起来，俺们俩还真是挺有缘分的。"

"怎么讲？何以见得呢？"潘雅娴揣着明白装糊涂，故意这样问，就是想看他怎样说。

"你知道吗？本来医院是不让俺出院的，可是，俺那天忒闹心，鬼使神差地非要闹着出院不可，刚好那天，刘秘书带车去看俺，夜里怎么也睡不着，俺就把刘秘书和驾驶员叫起来，留下一张字条写着'俺上前线了'，然后，俺们就偷着跑出了医院。"

潘雅娴听完后便用讥讽的口吻说："好嘛！堂堂的大政委竟然开小差！"

"哎！这可不叫开小差，俺可是要求上前线哪，性质完全不同……"

"不管怎么说，你都是逃跑，性质不同，情节相同，都是偷偷地脱离组织。"

"哪有逃跑是往前线上跑的！"贺政委说到这，停了一会儿，心想这样辩论下去毫无意义，便接着说，"你说巧不巧，那天夜里偏偏就在半道上碰见了你，这不就是命运的安排吗？如果俺不出院，可上哪儿去找你呀！整个战场如此之大。"

"那天早上，在仙台里临分别的时候，你说啥来的忘了吗？"

"没忘，俺说了后会有期呀！"

"若不是组织上调你来这里，你会来找我吗？"

"俺说了后会有期，就一定会的！"

潘雅娴心想，他还真是个守信用的人，这就应了那句话："讲信用的人，走遍天下有知己；无信用的人，漫天撒钱无至交。"她虽然心里这么想着，嘴上却故意说："真的？我不信。"说完便有些撒娇似的依偎在贺政委的怀里。贺政委看了潘雅娴一眼，真想亲她一口，但又怕那边遛弯的人瞧热闹，便说："俺们回办公室，喝点水再接着唠，中不？"没等潘雅娴表示同意与否，便拉着她往坑道走。潘雅娴一边走，一边在想：若说那次巧遇还真是有点缘分，但见了一面很快就分开了呀，偌大的战场谁能找到谁呀？上哪儿去找啊？相隔了这么久，这件事儿我早就忘了，可是，上级却偏偏就把他给调到207支队来了，说不定这正是一种缘分哪！还真像有人说的那样："人生如戏，有缘才聚。"

走进坑道来到了贺政委的办公室兼宿舍，贺政委从办公桌的抽屉里拿出了一个小巧玲珑的马口铁盒，里边有珍藏已久的香喷喷的上等好花茶，那还是祖国人民赴朝慰问团，专门犒劳给团以上干部的高档慰问品，他平时没舍得用就一直保存着，这会儿才头一次打开盒盖，盛情款待自己的心上人。倒好了两杯茶，他们一边喝茶，一边又接着唠了起来。贺政委说，从前有位老连长曾跟他说过："什么是福与祸？这两个字半边相同，半边又不同，就是说，俩字有牵连，享福享过了头后边就是祸；遇到了祸别乱了方寸，得坚强地忍耐着扛过去，妥善地处理了，忍到一定的时候，好事儿就跟着来了。"他说完了，又接着补充了一句，"我这么说，你可别在意呀！"潘雅娴结合自己的遭遇听懂了他的用意，便心领神会地点点头，没有吱声。贺政委又从办公桌的抽屉里拿出了一个扁扁的小玻璃瓶，上边有英文商标写着BRANDY-200cc，那还是在步兵团时上级后勤部发给他的战利品，200毫升小包装的白兰地酒，只见他拧开瓶盖呷了一小口，然后拧紧盖便站了起来，借着酒劲儿壮胆走到潘雅娴跟前，把她从椅子上拽了起来，紧紧地搂在了怀里，然后又变换了一下姿势，双手捧着潘雅娴的脸蛋热烈地狂吻起来。或许这是贺柏年生平头一次做此尝试，瞧那个架势宛如一个饥渴的顽童逮着了个大苹果似的，狠狠地"啃着"。潘雅娴由于毫无思想准备，突然遇到了如此热烈的亲吻再加上烈性的酒味呛得她喘不过气来，所以一开始就想挣脱，然而，当她想到这毕竟是爱人之间的亲昵，便全身心地投入其中，两人相拥着沉浸在甜蜜的幸福之中。整个办公室内鸦雀无声……

由于构筑坑道时的工期催得太紧，所以在被覆时难免有所简陋，也由于房间较小，所以有人说话会引起回声。吴支队长和洪彩霞坐在自己的房间里，一个在翻阅报纸，一个在看书，两人听到隔壁贺政委的房间里有人在说话，虽然听不清楚说啥，但从回声的频率高低则不难分辨出低的是贺柏年，高的是潘雅娴，因此知道是他俩在谈心，谁也无心去细听。然而隔壁的两个人唠着唠着却突然没了声息。洪彩霞凭着女人的直觉，明白了其中的缘故，于是便一边用手指着隔壁，一边轻声向吴支队长建议说："他俩定情以来，时间也不短了，你该帮他们俩张罗张罗，早点结婚算了。"

"哪有那么容易，贺政委是部管的干部，他结婚得报请直工部党委审批！"

"那有啥难的呀，明天打个报告送上去不就得了吗！从现在到元旦还有两个月的时间，上边再忙也能给批下来了。"

吴支队长听到这儿，把报纸一扔突然站了起来，说："噢！今天是11月1号，咱们出国两周年了。怎么也没人提起这个事儿呢？就这么过去了？""过去就过去了吧，"洪彩霞赶忙说，"算了，这个不重要，重要的是他们俩的婚事儿你得给张罗张罗，明天叫他们写个申请，你给上级打个报告送上去，抓点紧给他们办了吧！"

第二天，吴庆阳支队长先找到潘雅娴听取她对结婚的意见后，又找了贺柏年，通知他赶快写申请，然后告诉雷干事给直工部写报告，写好之后连同贺政委的申请一起送上去。

在上甘岭战役中，尽管敌人用爆破、燃烧、烟熏等毒辣手段，企图破坏坑道，但我志愿军仍然斗志昂扬地克服缺粮、缺水、缺氧气的严重困难，打破了敌人封锁和破坏坑道的企图，以伤亡11000多人的代价赢得了战役的胜利。据统计，敌人投入兵力达6万余人，重磅炸弹几千枚，山头被削平了2米多。当上甘岭战役胜利的消息传到207支队时，大家兴高采烈、议论纷纷。有的说："若不是有了春天的那次坑道建设经验交流会，恐怕也就不可能有这次上甘岭战役的胜利了。"也有的说："那是啊，你别忘了打上甘岭战役的部队，那可正是陈赓司令员的老部队第三兵团呀！"可见，指挥员的远见卓识、英明决策和超前的指挥能力该有多么重要啊！

冬天里，漫天雪飘，遍地皆白，虽然是个寒冷的季节，但也并非只有寒冷，尤其是坑道里面竟是另一番景象。暖暖的空气里弥漫着芳香，沁人心脾，暖人心田。这些芳香时有时无，一旦有了又散去很慢，不仅有菜饭香，也来自姑娘们搽的雪花膏以及男青年们的搽手油，在冰天雪地的战场上能有这么一点享受，足以给人一种幸福感。可是当人们面临着1953年即将到来之际，尤其独自一人，静下心来审视着这即将逝去的一年，每个人的心态都是不同的，有人得意，有人沮丧，但经过革命英雄主义教育之后，人们都开始振奋起来，在战火纷飞的气氛中，当不断地有胜利的喜讯传来时，激荡着每一个人的心扉，不由得又都会点燃了一种新的希望。

停战

第十八章

1952年11月，新当选的美国第34任总统艾森豪威尔，由于他是一个职业军人，尚未等到宣誓就职就急忙跑到朝鲜战场进行视察，鼓吹扩大战争。现任美军总司令克拉克也定了实施计划，频繁地进行登陆与空降演习，并派遣大批特工潜入我军后方刺探军情，企图用伤亡五六万人的代价进行两栖登陆作战，妄想把战线向北推进150公里，以便在谈判桌上迫使我方让步。207支队获得这一情报后便迅速上报志司情报部和北京二局。

贺政委将要结婚的消息传开之后，吴支队长担心其他几位营职干部也可能会有想法，感到这等好事儿得办好，需要开个党委会统一一下思想。于是，便让洪彩霞发个电传通知留守处的管理股股长杨天喜来前方参加党委会。第二天早上，杨股长来到了前方，吴支队长便安排他上午休息。

下午，全体党委委员都集合在乒乓球活动室开会。党委书记吴庆阳亲自并主持做开场白，寒暄了一阵之后，便转入了正题，他说："今天开会主要议题有两个，一是干部问题；二是生活问题。除此谁还有什么动议？"吴庆阳环视了一下到会人员，看看大家都没有反应，然后继续说："那好，现在咱们来讨论第一个问题，这个问题其实也是生活问题，即干部结婚问题。贺政委准备结婚了，现在，按规定咱们队里还有一些符合结婚条件的同志，可能也会有这方面的考虑，我想这是个好事儿，但好事儿一定要办好，弄不好也会影响工作的！比如说，现在有几个女同胞一起结婚，将来就有可能一起休产假。几个女同胞上不了班，必然还会有几个男同胞分心分神，假若出现了这种局面，一下子有十来个同志的心不在工作上，那就势必会影响到工作……"

贺政委听到这儿便插话说："俺们庆阳同志真是英明！考虑问题全面周到，筹划工作会打提前量。"

"不是我英明，我这也是跟咱们陈赓司令员学的，若不是他当初竭力主张构筑坑道，今天也就打不了上甘岭战役了，所以我们干工作既要从实际出发，又要着眼于未来。"

"庆阳同志说得对，办事儿不能扎堆，要不这样吧！排排队，俺往后拖一下，让几位老大哥先结。"贺政委谦让地说。

"我同意柏年同志的意见，办事不能扎堆，但柏年同志不要往后拖了，你的职务摆在那儿，谁也不会同你争的。再说你的腿上有伤，身边也需要有个人照顾。报告已经送上去了，等直工部批下来，咱们元旦就办，剩下的几位同志暂不考虑，等到明年再说。"吴支队长先表明了自己的态度。

"别介呀！还是让老大哥们先结吧。"贺政委再次谦让了起来。

"柏年同志先结吧！别拖了。"周副支队长也表了态。

"对，还是政委先结吧！"

"政委，我们几个都是营职，谁会和你争啊，你就别再拖了！"大家你一言我一语地都劝政委别再谦让了，就在元旦结了吧。

"中！那就这么着，俺谢谢大家的好意！"贺政委感受到同志们的诚意，便表示同意了。

"那就这样，等直工部批下来政委元旦就办。其他的同志明年再议，目前咱们正在打仗，战备工作挺忙，请大家多把心思放在战备工作上。"吴支队长说完对与会人员环视一番，然后便把目光停在了杨股长身上，说："杨天喜同志，你的资格最老，年龄最大，我看你就写份申请把……"

"怎么？让我再结一次婚！"老股长误将那个"把"字听成了"吧"字，还没等吴支队长说完便不解地问，搞得大家哄堂大笑起来。

"哪能呢！那不犯错误了。老嫂子在家乡等你这么多年白等了？"吴支队长赶忙解释说，"现在上级有个精神，入伍10年的团职、15年的营职干部凡家属在乡的都可以办理随军，我看就你这位老革命够条件，是不是跟家里商量一下，如果嫂子愿意的话，就把家搬过来，住在安东留守处？"杨股长听了乐得嘴都合不拢了，一个劲儿地表示歉意，误会了支队长的好意。但杨股长在高兴之余表示等打完仗再说吧！吴支队长便说："别等了！开完会你就写份申请交给雷干事！"然后继续主持会议，讨论下一个议题。

这次党委会开得挺好，大家都挺高兴！贺政委很快就要结婚了，心里美得不得了，觉得组织上把他调来207支队太好了，起初他还不舍得离开步兵团，接到调令时还很勉强呢！现在来看，还真来对了，于是，打心眼儿里感激上级党组织的关怀。其余的那几位营职干部，虽说暂时还不能结婚，但也都盼望战争早日结束，心里也是挺高兴的。杨股长则更是心里乐开了花，自从延安时期参加抗日以来，入伍已有十五六年了，家属一直住在陕北农村。那年月部队尚未实行休假制度，进城后也从未回过家，因家属不识字也从未写过信，目前家里的具体情况也并不十分清楚，心想："若是真的办成了随军，那就是说家属的苦日子也算熬到头了，也该让她们娘儿几个到大城市里来享点福了。"

在吴支队长的精心安排下，给杨天喜股长批了20天假，开了军人通行证并带上了各种手续去延安搬家、迁户口。这位忠心耿耿的老股长上路后，虽然人离开了部队，但心里仍然想着工作，途中转车用去了很多时间，一到家便昼夜兼程地办好了户口迁移手续，告别了乡亲，急忙带着老伴和孩子提前赶回了部队。那年月，有家属来队探亲可是一件皆大欢喜的新鲜事儿，何况又是随军！因此，留守处好不热闹，大家像走马灯似的跑到杨股长的住处进行看望。当吴支队长得到报告说杨股长提前归队了，便请贺政委和周副支队长前往安东一趟，一是代表党委对老股长的家属表示欢迎，并请周副支队长去帮助安置一下；二是请周副支队长陪同贺政委跟留守人员见个面，因其到职后大多数留守人员还没见过他；三是给贺政委一点时间置办点结婚用品，并到当地政府去进行结婚登记。于是便派了那个会开车的警卫员张平顺，开着苏式嘎斯67吉普，并带上潘雅娴一同回国去了。

自从李德宝诚恳地跟景仰华谈了一次话，明确地表露自己的态度以后，景仰华的情绪稳定了许多。但时间不长又加上有人正在张罗结婚，所以她的情绪又开始有了波动，时常念叨李清照的"山间石多真玉少，世间人稠知音稀"的诗句，她还是想攥着李德宝不放手。大家看着她的情绪变化都很着急，高密中队长叫赵阿春同她谈了一下，也没起多大作用。最后，中队长不得不亲自出马了，告诉她："志愿军里不许搞跨国婚姻，你趁早死了心吧！"

然而，景仰华反问道："中队长同志，你知道《中国人民解放军军歌》是谁写的吗？"

"那怎么不知道，公木作词，郑律成作曲呗！"

"是啊，郑律成可是我们朝鲜人呀，他参加了中国的抗日战争，爱人却是中国人，日本投降后他携家带口离开中国回到了朝鲜；美帝国主义者入侵后，他又携家带口地去了中国。这难道不是跨国婚姻吗？"

"那可是历史上形成的事实，你可不能攀比。"

"我怎么就不能？"

"景仰华同志，我劝你不要一厢情愿进而一意孤行，否则我可就不要你了，你在这里影响我们的工作，我去找你们人民军少校，请他换个人来！"高密看看这小丫头片子的思想工作还挺不好做的，你说一句她就顶一句，由于一时冲动便说出了上边的这番话，但话一出口又有些后悔，担心自己的语气是否太重了。可是万万没想到，这几句话对景仰华来说倒还真的是一服灵丹妙药咧，顿时便奏效了，你看她又是敬礼又是道歉，并表示一定要好好学习、好好工作，只是千万别去找少校。高密心里觉得挺好笑的，这才是一物降一物，不撞南墙不回头呀！

1953年的元旦，还有半个多月就要到来了。贺政委、周副支队长和潘雅娴他们也都从后方赶到前方来了，吴支队长一见到贺政委便高兴地喊着："批下来了，批下来了！"并赶紧把直工部的批条拿给他看，然后建议道："干脆也别等元旦了，这个星期六咱就办了吧！正好也是庆祝上甘岭战役的胜利。"

"中，中啊！我听从支队长的安排，反正是该准备的都已经准备好了，结婚证也已拿到手了，可以说是万事俱备只欠东风喽！"

"那好啊！咱就这么办！"吴支队长说完便转身来到了雷干事的办公室，告诉他，"星期六政委就要结婚了，你找几个人帮助安排安排，把环境也布置一下，搞得喜庆、热闹一点。"

"好嘞！您就瞧好吧。"雷干事一向是个很机灵、很麻利，动作敏捷的人，接受了任务就痛快去干，干就得干好。他心想：尤其这个任务可非同一般，开天辟地头一回那可得办好喽！一边想着一边跑出了办公室，找人去了。

星期六的晚饭后，潘雅娴独自一人坐在宿舍的床上，心里美滋滋的，心想可盼到这一天了，她正在喜出望外地想着心事儿，突然，"呼啦"一下子门被推开了，进来一大帮人，都是一些常在一起演节目的文娱骨干，不由分说便七手八脚地给潘雅娴戴上了写有"新娘"字样的大红花，然后就连扯带拽地把她扶上了"马"。这个马就像童年时代骑马打仗那个样子的，找个身强力壮的站在前面，后面有两个人把手搭在他的肩上，潘雅娴则坐在这两个人的胳臂上，当雷干事一声令下"起轿喽"，便锣鼓喧天地敲打了起来，好不热闹。

大会场这边早已张灯结彩安排就绪，毛主席像下面的黑板上，贴着用红纸做的横幅，上面用黄色水彩写着：贺柏年、潘雅娴同志结婚典礼。

两张乒乓球桌子也摆到了前面，上面摆好了一堆一堆的糖果、瓜子、花生，还有几盒东北盛产的名牌"大生产"香烟等。支队里的几位首长都站在桌前，不知是谁早已给贺政委戴上了写有"新郎"字样的大红花，他站在那里，脸上表露出一种无法掩饰的喜悦，显得异常地兴奋，格外地精神焕发，似乎有些焦急地等待着"大花轿"的到来。

雷干事领着迎亲和送亲的队伍，锣鼓喧天地走了过来，这边也是掌声雷动，于是，锣鼓声、掌声、欢呼声都欢天喜地地交织在一起。雷干事走到桌前举起了双手吸引了所有人的目光，突然往下一压，顿时便鸦雀无声，雷干事跑到吴支队长面前嘀咕了几句，然后便招呼潘雅娴身边的赵阿春、金月容把新娘送到前面来，两位支队长见状也赶紧给新娘让出了位置。雷干事招呼大家赶紧找地方坐下后，便宣布结婚典礼正式开始，首先进行第一项议程，请主婚人讲话，吴支队长便站起来简单地说了几句，代表上级也代表大家向两位新人表示热烈祝贺！然后雷干事又宣布第二项议程，请证婚人讲话，周副支队长便把上级的批示和结婚证当众宣读了一下。然后雷干事便开始了第三项议程拜天地：一拜革命领袖，二拜革命战友，三是夫妻对拜，然后雷干事便高呼："祝一对新人白头偕老，百年好合，入洞房！"于是大家便簇拥着把一对新人送进了贺政委的办公室兼宿舍，后面有不少人就吵嚷着要闹洞房也跟着往里挤，吴支队长见势不妙便急忙站起来招呼大家，说："同志们，大家都知道贺政委的腿曾经受过伤，咱们不能让他站得工夫大了，我看闹洞房就免了吧，这边有政委从国内买来的糖果请大家来吃喜糖，要抽烟的也可以一人拿一支到坑道外边去抽！"大家听了吴支队长的一声招呼便都涌向了乒乓球桌前吃喜糖去了。李德宝上前抓了一把糖块，一边往嘴里塞着糖，一边跟旁边的人说："你知道这叫什么吗？这是小姨子嫁姐夫——有缘在先，这就验证了'后会有期'那句话，有缘千里来相会嘛！"

"快吃你的吧！吃着喜糖还没粘住你的嘴，真是切（吃）嘞空！"站在一旁的赵阿春嫌他多嘴了，便抢白了他两句，说他吃饱了没事干！李德宝听了后，耸了耸肩，缩一缩脖子，不好意思地跑掉了。

贺政委的办公室兼宿舍里，也被布置了一番，墙上贴着大红喜字儿，潘雅娴的行李也不知道是谁趁热闹的时候给搬到了政委的床上。大家闹哄了一阵子之后，雷干事带领着姑娘和小伙子们一齐向两位新人敬礼，表示热烈祝贺，然后便纷纷离去了。当房间里只剩下了贺政委与潘雅娴两个人时，他俩都变得有些腼腆了，分坐在办公桌的两边相对无言。此时，桌子上两支红蜡烛跃动的火光映在潘雅娴的脸上，贺政委出神地看着，幸福感油然而生。

在艰苦的岁月中也同样充满了欢乐，这就是革命战士的本色与气概，这也体现了一支部队领导人的能力和风格。在这一方面，柳协理员是最擅长的，他能在不同的时间、不同的季节里想到大家的心坎上，知道大家在想什么、希望什么，于是他就来什么，就把本来是很艰苦的环境给你搞得热火朝天，把大家的心思变成了现实，柳协理员生前就是这样默默无闻地做了大量的无声却有形、强而有力的思想政治工作，因此，人们时常怀念他。作为曾经带着改造这支小知识分子队伍想法的一名小八路出身、尽管年纪不大但确实是一位老干部的贺政委初来时的工作方法，比起从大别山出来的柳协理员来就不免稍逊一筹了。后来经高人指点，他改变了态度和做法，不再横挑鼻子竖挑眼了，从思想感情上接近他们，从而发现他们的长处加以引导和培养，为部队做了很多有益的工作，终于得到了大家的理解和爱戴。贺政委自从结婚后，由于身边有了个经常吹枕头风的人，所以他的工作方法就越来越贴近实际，除了身教言教之外，无声的思想政治工作也逐步地开始多了起来。

在贺政委的热心关照下，春节期间一连串办完了几件大事儿，组织大家会餐、包饺子、排节目、开晚会；欢送人民军少校等友军培训人员结业归队；与高炮营举行篮球赛等活动，给春节增添了更多的喜庆，让大家过了一个格外充实、痛快、热热闹闹而又欢欢乐乐的春节。

景仰华临走的那天，四处寻找李德宝告别，而李德宝躲闪不及终于被她找到了。"告别你，我心中有无限的感伤，天空的浮云带不走我的忧郁，奔腾的江水载不动我的愁绪，一切美好的记忆，从此全变成了无尽的惆怅。但我感谢上帝的恩惠，让我在这残酷的战争中结识了你，再见了，感谢你让我学到了本领，也留给我青春美好的回忆！"景仰华含情脉脉告别的那一幕，尤其那些柔情、甜蜜的话语深刻地留在了李德宝的记忆中，时常在他脑海中反复地播放着，每当此时则难免会出现一时走神的现象。细心的赵阿春发现后便在党小组会上提醒高密中队长引起重视，经党小组研究决定集体来做李德宝的思想工作，使之振作精神，集中精力努力工作并带好新同志。在党小组的热心关怀下，李德宝毕竟是有一定觉悟的热血青年，自觉地一再向党组织保证，很快地振作起来并认真写了入党申请书。经过一段时间的考察后，党小组决定由岳为民和赵阿春两人负责介绍，经党支部讨论通过，并很快得到了支队党委的批准，接收李德宝同志为一名光荣的中国共产党的预备党员，于是，全中队的同志都向李德宝表示祝贺！张来顺、钟惠生他们几位新同志也都表示要积极努力工作、认真学习、增强组织观念，争取早日入党。金月容在二中队那边听说李德宝入党了便有些坐不住了，也积极要求入党。宋大队长看到她急起直追的样子，便把内情透露给她，在党小组讨论时，有同志提出她的业务尚不够熟练，发挥骨干作用尚不够明显，对照一个党员的标准尚有距离。希望她沉住气，在政治上和业务上再多下点功夫。

春姑娘迈着轻盈的脚步，静悄悄地来到了朝鲜战场上。沉睡了一冬的土地在春风的吹拂下，逐渐地苏醒过来，春姑娘或许是在模仿着朝鲜妇女们的舞姿不停地旋舞起来，使大地充满了生机，向阳山坡上的小草，开始返青了，争先恐后地显露出点点浅绿色的笑容，人们喜爱的春天，赞美的春天，盼望的春天，终于又回来了。

自元旦以来，陆续发现了一种新的密码，使用广泛，数量很大，岳为民与赵阿春两个人难以应付，于是，高密中队长和李德宝两个人就都投入到这一工作中来。经过两个多月的艰苦奋战，终于搞清楚了。原来这种密码是在"联合国军"各军之间使用的一个新的密种，其实就是一种电话密语，从外形上看每组码数不定，几码一组的都有，每组密码的长短由词汇含字量的多寡而定，实际上却是两码代表一个字母或数字，译出后便组合成文字。这种双码密语使用起来很方便，但破译起来很难。破译之后，就交给李德宝负责处理日常工作，由于李德宝的英语水平尚有些不足，赵阿春也时常会抽空协助校对一下。一天，李德宝译出一份电文说，李承晚伪军接到命令，近日内，要开始进行登陆作战训练。这就预示了敌人又在准备登陆作战，高密中队长看完后，便马上送到战情股上报。

人民军少校临走的时候曾要求工作队派人去指导架设天线，吴支队长经与贺政委、周副支队长和万股长研究后，决定派技术员金宝良去执行此任务。金宝良去后在人民军的大力协助下，经半个多月的努力，完成任务归来。每天工间休息时间就拿着一盒纪念品到各大队展示给人们看。一个长方形的纸盒，用玻璃纸蒙着，外面用具有朝鲜国旗颜色的飘带扎成十字花，里面整齐地叠放着一件朝鲜族刺绣女装，并说这是以金日成的名义赠送给他的礼物。大家看了都很羡慕他，认为这代表着中朝人民的友谊，是很珍贵的！大家都纷纷嘱咐他说："你可要好好保存着啊！"

又是一个气清景明、万物复苏的清明节到来了，贺政委主动提出来，请两位支队长在家抓战备，自己带领大家去烈士陵园扫墓。在青松挺拔的密林里，在山野百花的簇拥下，柳协理员的墓碑显得格外庄严。潘雅娴在墓前哽咽着低声诉说着自己的情况。贺政委则带领大家向烈士们敬礼，告慰协理员说："你是我们光荣的旗帜，我一定努力向你学习！完成你的未竟事业，把207支队的工作搞好。请老大哥放心！"

1953年的春夏之交，敌我双方胶着在三八线的南、北两侧，整个战场上大战不多小战不断，乘此机会，中央通知彭总回国治病。根据207侦察支队所获取的情报，由北京二局上报中央，毛主席看后便下令加强西海岸的防务，在广阔的战场上都开展了防登陆、反空降作战。志司情报部夏副部长打电话来通报说：根据207支队的报告，防务已作了调整，把三十八军、四十军和四十二军先后从一线上撤了下来调往西线，加强从大同江至鸭绿江海岸线的防御，构筑工事，严阵以待，以防止仁川登陆的重演。

6月8日深夜，周总理打电话给李克农，对代表团全体成员表示慰问，大家都忍不住热泪盈眶。朝鲜停战谈判本是一场军事与外交互相交织的尖锐复杂的斗争，而且是头一次面对美国这样如此难缠的谈判对手。两年了，满头青丝的李克农已双鬓斑白，每一位参与谈判的人员都不免有些筋疲力尽之感。

6月中旬，正当遣返战俘协议准备签字之际，李承晚集团却在美帝国主义一些战争狂人的唆使下出尔反尔，悍然违反遣俘协议，扣留朝中被俘人员，疯狂地叫嚣"北进"。李德宝通过双码密语报译出有关电文后，便赶紧上报志司情报部。听夏副部长说，本来彭老总已从北京来到了朝鲜前线，准备进行停战签字的，在这种情况下，彭老总说了："不给他点颜色看看，不晓得老子的厉害！"首长们决定并报中央军委同意，在金城地区再打一场大仗，一定要把美帝国主义者和李承晚伪军集团打疼，迫使他们坐下来在停战协定上签字。

正当大家摩拳擦掌准备大干一场，并迎接和热烈庆祝金城反击战重大胜利的时刻，传来一个令人特别兴奋，而又让人丝毫不敢相信的消息：上级命令207支队尽快撤回国内。

这究竟是怎么一回事儿呢？原来，志司的首长们认为，金城反击战这一仗一定要把美帝国主义和李承晚等好战分子打痛了，届时他们就能在停战协定上签字了，到那时，咱们志愿军部队就得逐渐撤回国内。因此首长决定，除了一线的作战部队仍坚守岗位外，其余部队尤其是机要等核心部门要不显山不露水地陆续先行撤回国内，以免大部队撤离时造成拥挤不堪，这就是，在部队前进时要做到，兵马未动，粮草先行；在打了胜仗部队撤离时，要保护机要人员与核心机密的安全，做到稳而不乱地进行，充分显示出战场指挥员的未雨绸缪、运筹帷幄的领导才干。

吴支队长接到上级的指令后，便召开行政办公会进行了部署。会上传达了上级首长的指示，这是胜利回师并非败退，要很有秩序地进行。因此，支队决定这次的行军是后队改前队，二梯队的人员改为先遣梯队先行撤回国内，待工作展开后前方再进行撤离。前一天，支队的三位首长在志司开完会便到志司管理局和志政直工部办完了手续，开了供给关系和党员组织介绍信，正式脱离了志愿军序列，回来后便马不停蹄地在一起筹划着，并用电传通知留守处给先遣梯队安排食宿以及大部队返回后的食宿等问题，并命令嘎斯51汽车于当天夜里空载开到前方。

上午，按照行政办公会的部署，各个部门便开始着手准备，先行回国人员都已从岗位上撤了下来。两位支队长带着那几个侥幸逃过死神的球迷，乘着嘎斯67吉普去给柳协理员等三位烈士扫墓。吴支队长告慰三位烈士："战争胜利了，支队已奉命要回国了，唯恐今后除了由国家统一安排之外就很难来看望了，出一次国门再进一个国门不可能像现在这么容易了，今天，我们几位代表全支队的同志，特来向三位战友做最后的告别，望三位战友在天之灵安息吧！"

吃晚饭时，由于每个人的心情都不一样，都只顾埋头吃饭，整个饭堂里很少有人说话，唯有靠墙角处，嘎斯51汽车的驾驶员睡了半天觉后精神头旺盛，正在那大发感慨："这么多年了，我还是头一次开着空车来前方，哪一次不是满满登登的，我还以为有啥紧急任务哪！"

"那你认为这次任务还不够紧急呀！"管理股的李副股长便说了他一句。

"这……"驾驶员还想说什么，李副股长便赶忙在嘴唇前边竖起了一个手指头，示意他不要大声喧哗，并压低声音说，"你没看见大家都不讲话了吗？"

"回国是件好事儿呀，四十二军早在1月初就撤回到鸭绿江边去了，三十九军也在上个月撤回到安东了，有啥不高兴的嘛。"驾驶员也压低了嗓门说。

"那大家不是不高兴，这里边的心情是很复杂的，那你是前方后方经常跑，还是在后方待的时间多些，那你可能体会不到吧！"

"反正我是特别高兴的，跑完了这一次，恐怕也就不会再来了。"

"那你先别高兴得太早喽，后边还有你的任务呢，那你今晚回去，明天晚上就得把车开过来。"李副股长说话时还总是习惯地夹着个"那"字。

当天晚上，按照事先的分工，由贺政委带着潘雅娴和二梯队的几个女同志，坐着由那位会开车的警卫员张平顺开着的嘎斯67吉普在前边开道，嘎斯51汽车满载着先遣梯队的人员和器材在后边跟进，向着国内开拔。

第二天晚上6点，前方全面停工了，大家集中在大会场里，由吴支队长作动员报告。吴支队长最后说道："多少年来，很多人都没有睡过囫囵觉了，今天晚上除了警卫排谁也不值班，大家都可以美美地睡上一觉，明天上午准备行装，下午开拔。不过，大家要准备徒步行军，到平壤去乘火车回国。"

其实，这一天夜里好多人都没有睡好觉，躺在床上仍然七嘴八舌地谈论着，有的说，美帝国主义者是秋后的蚂蚱——蹦跶不了几天了；有的说，这回美帝国主义者是秋天的葵花——终于低下头了；也有的说"在国内本想打完'三大战役'就可以享太平了，谁知道又跑到这里来参加了抗美援朝"；还有的说"我以为这场战争，起码还不得打上个五年六年的，没想到这么快就要结束了"。有人深感遗憾："我本想能够在火线上争取入党呢，现在看来没能如愿啊！"也有人慨叹不已："唉，来朝鲜两年零八个月，除了住地洞就是钻山洞，哪也没去上，想看看朝鲜是啥样也没机会了。""啥样呀？到处是炸弹坑，房倒屋塌、断壁残垣，有啥好看的？""农村不是已经看到了吗？到处是草房，朝鲜就是这样呗！"当然也有人感到庆幸："啊，回国也好，至少来说我们是战争中的幸存者！""行啊，总算出了一次国，到国外走了一趟！"只有少数人不言不语，在悄悄地想着个人的心事儿。

早上起来，一个个伸着懒腰互相倾诉着，都说没睡好。洗漱后，整理个人用品打好背包。早饭后，清理密件，整理办公用品，该装箱的装箱。按规定，需要销毁的则与兼职保密员办手续，统一进行销毁，做到处处都不留下一点有文字的痕迹。

上午，吴支队长带着鲁参谋、雷干事、李卫平副股长和几名警卫员，拿着一些米面前往高炮营，表示感谢并告别。

下午，当部队集合时，来接管坑道的工兵排、各种施工机械和汽车都已整齐地排在操场上了。207支队的人员只好集合在盘山道上，由今天值星的宋大队长，按照行军的队形整理队伍，警卫一班开道，战情股，机要通讯股，一、二、三大队，技术保障股，管理股，警卫二班押后阵，嘎斯51汽车和上级临时派来的两辆十轮卡车满载着通讯器材与食堂的炊具，以及大家的背包、棉衣和日常用品在后边跟进。当支队首长与工兵排交接完毕之后，整个部队便开始了浩浩荡荡的行军，沿着盘山道走下山来，大家迈着整齐的步伐，斗志昂扬地向着平壤火车站进发。

从7月13日开始，在朝鲜人民军的积极配合下，我志愿军在金城以南上所里至北汉江之间地区，对李承晚集团4个师的阵地发起了进攻，经过14个昼夜的激战，金城反击战作为朝鲜战争最后的压轴戏，终于以敌人的失败、以我军的胜利而告结束，先后粉碎了敌人约7个师兵力的反扑，共歼灭78000余人，迫使美国侵略者坐下来在停战协定上签字。

由于李承晚不甘心战场上的失败，阴谋在签字时暗杀领导人，挑起事端。207支队获悉后便立即上报，由北京二局上报中央。毛主席知道后，便指示彭老总不要去谈判现场签字，由首席代表签字即生效，然后向双方的司令官送签，并互换文本。李克农根据这个情报，下令不允许李承晚伪军集团的任何人员（包括记者）进入签字现场。

7月22日，美国总统艾森豪威尔决定闪电式结束战争，国务卿杜勒斯也发表声明，他们是被迫接受停战的。于是，谈判桌上就很快全部达成一致的协议。这是一场历史上罕见的停战谈判，两易会场，五次中断，共计召开58次双方代表团大会，733次各种小会，从1951年7月10日至1953年7月27日，谈判历时两年零十七天终于结束了。

1953年7月27日上午10时，由南日大将、哈里逊中将分别代表交战的各方在板门店签下了停战协定。然后又分别送给美国陆军上将克拉克和朝鲜人民军最高司令官金日成、中国人民志愿军司令员彭德怀签字。当天22时，朝鲜战场上全线停火。这一天成了历史上一个非常有纪念意义的时刻！

尾声

和平的第一天，李克农刮干净了为纪念父亲而留下的胡子，来庆贺大功告成。此时，那舒展的眉结，似乎最能流露出他心中的轻松和兴奋。在长达两年的谈判中，李克农言教辅以身教，与战友们一起，运用他丰富的斗争经验、高超的斗争艺术和斗争策略，一次又一次地粉碎了敌人的阴谋，贯彻落实了中央的决策，为中朝人民赢得了胜利的成果。

美国参谋长联席会议主席布雷德里在国会上说："在一个错误的时间、错误的地点，与一个错误的对象，进行了一场错误的战争。"五星上将麦克阿瑟，也曾感慨万端："今后，谁若是跟中国在陆地上打仗，那一定是有病！"

"联合国军"总司令克拉克在签署停战协定后，曾沮丧地哀叹："我获得了一次不值得羡慕的荣誉，那就是我成了历史上第一个签订没有取得胜利的停战协定的美国陆军司令官。我感到一种失望的痛苦。我想，我的前任麦克阿瑟与李奇微两位将军一定具有同感。"

我们的彭老总签完字却说："几百年来，西方侵略者在东方的海岸上架起几门大炮就可以霸占一个国家、征服一个民族的时代，一去不复返了！"并说："我方的战场组织，刚告就绪尚未充分利用它给敌人以更大的打击，似有一些可惜。"

停战后不久的1953年9月12日，毛主席在中央人民政府委员会第二十四次会议上说："帝国主义侵略者应当懂得：现在中国人民已经组织起来了，是惹不得的。如果惹翻了，是不好办的。"

从1951年10月19日至1953年3月14日，我军先后出动了27个军，10个空军师（672名飞行员），各兵种总兵力共290万，民工240万，经过了首战两水洞，激战云山城，会战清川江，鏖战长津湖，突破三八线，血战汉江、上甘岭和金城反击战等重大战役，共毙伤俘敌71万余人（据美官方公布，"联合国军"方面被毙伤俘、失踪共250万人，其中有美军17.28万人，内含失踪8177人），击落击伤飞机4268架，缴获坦克、装甲车1584辆，汽车7949辆、各种火炮（不含击毁）4037门。我军涌现出杨根思、黄继光等28位战斗英雄，30万名功臣，6000个英雄集体；牺牲了包括15名军师级干部等19.7万人，损失飞机231架、坦克9辆、汽车6060辆，各种火炮4371门，终于换来了这场战争的胜利！胜利来之不易，这是中朝两国人民和军队团结战斗的伟大胜利！

伟大的抗美援朝战争是保卫和平反抗侵略的正义之战。我军以超人的勇气、智慧和胆魄创造了惊天地泣鬼神的战争奇迹，打出了新中国的国威和人民军队的军威。事实证明：一个觉醒了的敢于为祖国的光荣、独立和安全而战的民族是不可战胜的。伟大的抗美援朝战争，为世界和平与人类进步事业做出了巨大的贡献，极大地提高了我国的国际地位，极大地鼓舞了全世界被压迫民族和人民争取民族独立、人民解放。

抗美援朝战争的伟大胜利，也让苏联领导人看到了中国人民的力量，于是，下令把曾多次交涉而未果的苏军从中国东北掠走的机器设备和中长铁路的经营权以及苏联海军占用的旅顺港全部主动地归还给了中国。就连蒋介石也不得不承认，毛主席伟大！他曾对蒋经国说："美国人总说我无能，可他们不是也照样一败涂地嘛！可见，在当今世界上，毛泽东是谁都无法战胜的。"

时隔四年半之后，周恩来总理于1958年2月，首次正式访问朝鲜，所肩负的一个重大使命即会见朝鲜最高领导人金日成并与其商谈撤军问题。2月18日，正值我国春节，金日成首相用中国的茅台酒和朝鲜过年吃的打糕招待周恩来总理、陈毅元帅及粟裕大将等一行。就在那个气氛融洽的酒宴上，双方达成了一致，中国人民志愿军全部撤出朝鲜。2月19日，周恩来总理、金日成首相分别代表本国政府签署了联合声明，正式宣布中国人民志愿军将于当年10月全部撤出朝鲜。

1958年2月20日，志愿军总部发表声明，于3月15日开始撤军，10月底全部撤回。

1958年10月26日，志愿军总部发布公报，我中国人民志愿军已全部撤出了朝鲜。

一连几天的秋雨过后，秋风吹来，漫山遍野一片秋黄。一辆美式吉普，沿着盘山道艰难地向前行驶着，驾驶员是一个年轻的朝鲜人民军战士，他很不情愿地执行这次任务，一边开着车，一边嘴里不停地嘟囔着，嫌道路不好走，并且还怀疑是否走错了路。坐在副驾驶位置上的是一位朝鲜人民军女上尉军官，一边仔细地辨认着路，一边耐心地安慰着驾驶员说："求你了小朴，好好开车吧！别把车开到沟里去，都五六年了，我才好不容易请到了这么一次假，你就配合我一下吧！"

"不是我不配合你，上尉同志！这路也实在太难走了，根本就不像有汽车走过似的，说不定前边连掉头的地方都没有，我们可怎么回去呀！"听他这样一说，女上尉倒真的有点担心起来。

"那好吧，你就在这儿找个地方掉头吧！然后，等我回来咱们一起回去。"女上尉说着便从吉普上跳下来，沿着崎岖的、年久失修的盘山道径直向大山深处走去，她边走边想，自从停战以后，工作也不那么忙了，总想来这里看看，一晃已经五六年了，虽曾多次请假，但都未被获准。最近听说，志愿军要在今年入冬以前全部撤回国内了，说啥也得要来这里欢送他们呀！

眼前的这位女上尉，正是当年曾在207支队培训过的人民军少尉景仰华。五年过去了，她由少尉晋升为上尉，也从一个普通的业务人员成长为一名基层领导干部。今天专程请假出来，就是想来到这里看望中国人民志愿军207侦察支队的同志们，以便和李德宝话别并给大家送行的。可是，让景仰华万万想不到的是，这条路真的已经很久都没有走过汽车了。她仍然边走边固执地想着，这条路怎么竟变得如此难走，难道真的像小朴说的，这里早已不走汽车了？难道他们早已撤离了？难道……她心想，我们人民军早已住进宽敞的高楼大厦里面了，他们还能总住在坑道里面吗？由于心里急于弄清楚这一切，也就不由得加快了脚步，驾驶员把车掉头停稳后，不放心让她一个人上山便悄悄地跟在后面，景仰华对此全无觉察，仍然继续往前走。也不知她又走了多久，才隐约地看见远处半山腰上有很大一片平坦的地块，她猜想那就是当年的篮球场，便疯狂地跑了起来，还没等跑到地方就早已是上气不接下气了，她弯下腰去咳嗽了半天，等她喘匀了气儿之后，便又大步流星地走了起来。到了跟前一看，果然是原来的球场，但当年球场的模样一点都没有了，篮球架子也不翼而飞了，遍地长满了蒿草。再往上看，坑道口前面的木板房也无影无踪不知去向了，走到近处一看，往日进进出出的坑道口也无处找寻了，到处是青苔和野草，分明就在这里，怎么就是没有了呢？当年那种热火朝天的战斗岁月，如今竟然连一点痕迹都找不到了，看样子只能让无痕的岁月、飘飞的柔情，缠绵在多彩的梦里了。她纳闷了半天，突然转过身来，似乎明白了什么，竟十分执着而专心致志地站在山坡上，任凭秋风吹拂着她的脸庞，心中怀着无限的惆怅，透过崇山峻岭向着北方极目远眺，心里还不停地默念着：

啊，突然，
我感到困惑不解，
究竟我是在他乡想故乡，
还是身在故乡忆他乡，
尽管是远在千里，
却仅有一江之隔。

唉，有时，
我常常遐想联翩，
也曾想远离此乡去彼乡，
那是因为有你在彼乡
仿佛站在营门口，
痴情地把我张望。

哦，此时，
我的心儿在飞翔，
云遮雾罩也难把我阻挡，
似已奔向生我的地方，
如同出笼的小鸟，
此去再也不回还。

后 记

"一个大国如果没有一支精明强干的情报队伍，则必然遭到失败。"（见理查德·迪肯著《英国谍报史》，世界知识出版社，1983年10月版，第2页）我国土地革命时期，中央红军之所以能够转战自如，取得胜利，情报战线隐蔽斗争在其中发挥了重要的作用，就像夜间的灯笼一样指引着革命队伍前进的方向。笔者对当年战争中隐蔽斗争的情况不甚了解，仅出于一种向往和敬佩的心情，把所看到、听到过的一些信息，经过综合而构思了这么一个看似离奇却又确实存在的战斗故事，用以歌颂中朝两国人民用鲜血凝成的友谊，歌颂在抗美援朝、保家卫国战争中默默无闻、无私奉献、勇于牺牲的无名英雄们。

世上本无秘密可言，时间会把一切都告诉你。本书在很大程度上反映了抗美援朝战争中的历史事实，并以历史的发展脉络为轴心，在其基础上加以创作。书中所涉及的史料、时间、地点、参加停战谈判的人和事都是真实、有据可查的。虽然有些故事是虚构的，但不少人物都是有原型的，其中的苦乐情节，如与朝鲜阿妈妮的交往、吃饼干喝汤、吃罐头泻肚、惨遭敌机轰炸、冬天露营等则为笔者的亲身经历。尽管笔者也曾亲历了那场战争，但对全局的了解难免有一定的局限性，因此，为尊重历史的真实则需要参考与借鉴一些史料。在此，特向有关史料的持有者、大力支持本书写作的胡谟璋、孙沭、廖荣圣等战友，以及在本书出版过程中，曾给予热情帮助、耐心指导与修改的军事科学院副研究员包国俊老师，一并表示衷心感谢！

当前，世界正经历百年未有之大变局，我国安全形势不确定性和不稳定性增大。我们作为新时代的一员，应该继承和发扬伟大的抗美援朝精神，即祖国和人民利益高于一切、为了祖国和民族的尊严而奋不顾身的爱国主义精神，英勇顽强、舍生忘死的革命英雄主义精神，不畏艰难困苦、始终保持高昂士气的革命乐观主义精神，为完成祖国和人民赋予的使命，慷慨奉献自己一切的革命忠诚精神，为了人类和平与正义事业而奋斗的国际主义精神，时刻警惕并消灭敢于来犯之敌，为实现中华民族伟大复兴的中国梦，砥砺前行，英勇奋斗！

2022年12月10日